파라다이스

파라다이스의 그림 작가들

김정기
환경 파괴범은 모두 교수형,
꽃 섹스

문지나
농담이 태어나는 곳

아이완
내일 여자들은, 맞춤 낙원,
대지의 이빨, 안티-속담

오영욱
존중의 문제, 사라진 문명, 안개 속의 살인,
당신 마음에 들 겁니다, 상표 전쟁

이고은
영화의 거장, 남을 망치는 참새,
허수아비 전략, 아틀란티스의 사랑

파라다이스

웃! 2

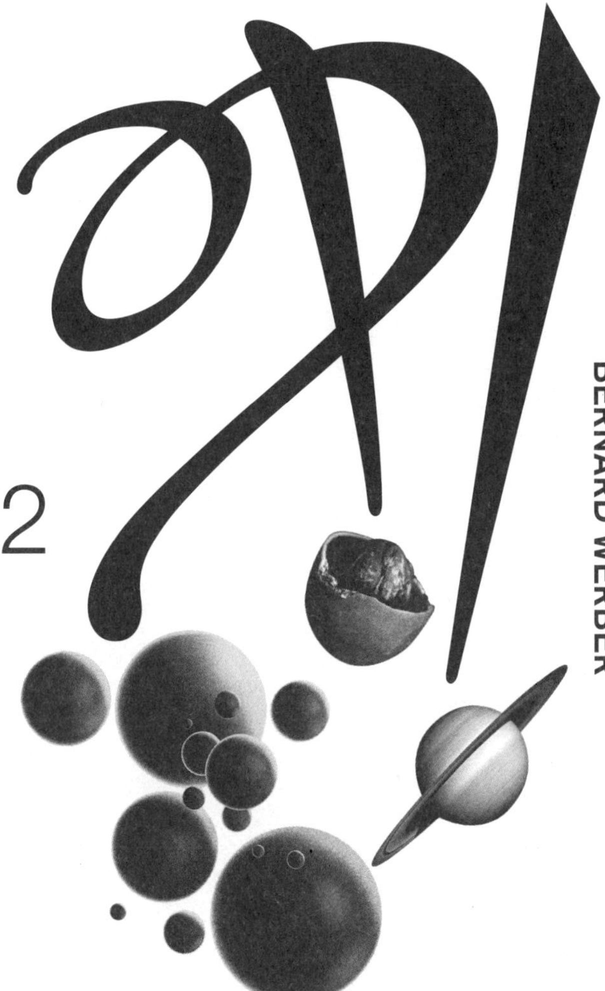

BERNARD WERBER

베르나르 베르베르 장편소설 임희근 옮김

PARADIS SUR MESURE
by BERNARD WERBER

Copyright (C) Éditions Albin Michel S. A. -Paris, 2008
Korean Translation Copyright (C) The Open Books Co., 2010, 2024
All rights reserved.

맞춤 낙원
있을 법한 미래
7

남을 망치는 참새
있을 법한 추억
19

농담이 태어나는 곳
있을 법한 미래
60

대지의 이빨
있을 법한 과거
153

당신 마음에 들 겁니다
있을 법한 미래
177

상표 전쟁
있을 법한 미래
219

허수아비 전략
있을 법한 과거
239

안티-속담
막간의 짧은 이야기
257

아틀란티스의 사랑
있을 법한 과거
264

감사의 말
299

맞춤 낙원

있을 법한 미래

친구야,

네가 내 소식을 듣고 싶어 한다는데, 마침 누가 너에게 간다기에 그 편에 소식 전한다.

우리가 함께 시골에서 행복하게 지내던 날들이 기억난다. 막 사춘기에 들어선 우리는 아무 근심 없이 풀들이 웃자란 초원을 뛰어다녔지. 내 기억 속에 순진하고, 경쾌한 철부지 시절로 남아 있는, 그리고 때때로 강렬한 기쁨의 순간들이 찾아들던 그때.

너나 나나, 우린 불꽃 같은 삶의 여정을 정성껏 만들어 가고 싶다는 바람을 맘속에 품고 있었지. 우리 둘 다, 빛바래고 열정 없는 삶을 살게 되면 어쩌나 하는 두려움에 사로잡혀 있었으니 말이야.

우린 속으로 이렇게 다짐하곤 했지.

「우리는 평범하게 살려고 태어난 게 아니야. 우리는 둘 다 저마다의 재주로 이 시대에 한 획을 그어야만 해.」

이것이 유년 시절에 품은 생각이었고, 막연한 희망의 말들이었어.

그들이 왔을 때, 그들은 너와 나 둘 중에서 누굴 택할지 망설였어.

기억나니? 그들이 손가락으로 우리를 가리키며 둘 중 누구를 뽑을지 의견 일치를 보지 못하던 일. 결국 뽑힌 건 나였지. 네가 될 수도 있었는데 말이야.

운명이란 게 뭔지 참······.

내가 떠나자 너와 다른 친구들이 걱정했다는 거 알아. 너희는 내가 과연 준비된 상태인지, 경력을 잘 쌓아 갈 만큼 초탈한 마음 자세인지 그게 궁금했을 거야.

너희 중 몇몇은 심지어, 내가 위험에 빠졌다고까지 상상했던 모양이지.

하지만 그건 아니었어. 나는, 수놓은 새틴 허리띠를 하고 검은 턱시도에 레이스 가슴 장식이 달린 흰 셔츠를 차려입고 나비넥타이를 맨, 아주 맵시 좋은 남자를 소개받았어. 역삼각형으로 다듬은 그의 가느다란 턱수염이 좀 우스꽝스럽더군. 그는 두 손이 아주 깨끗했고, 약지에는 뒷발로 일어선 일각수 모양의 가문(家紋)을 새긴 반지를 끼고 있었어. 난 속으로 이 사람이 연예계 공연 기획자가 아닐까, 그것도〈저급 예술가〉류가 아니라 스타들만 상대하는 매니저인가 보다 생각했지. 그는 나를 쳐다보더니 고개를 끄덕하고, 빙긋 웃으며 자기 집으로 데려갔어.

집에 가더니 대뜸 나를 나무 냄새와 먼지 냄새만 풍기는 어두운 지하실에 가두는 거야.

처음 며칠은 그 턱시도 입은 남자가 와서 창살 너머로 말을 건네더군. 잘은 못 알아들었지만 내가 나름대로 이해한 바로는, 당황하지 마라, 모든 게 잘될 거다, 널 믿는다, 뭐 이런 얘기였어.

이제야 털어놓는 말이지만, 난 무척 걱정됐지. 모르는 남자의 손에 맡겨진 내 앞날이 불확실하게 보일 수밖에.

어느 날 저녁, 이 사람이 훨씬 더 좁은 공간에 나를 가두는 거야. 그리고 내가 점점 더 어둡고 협소한 장소에서 살아가는 데 적응하기를 바라기라도 하듯 그 안에 나를 방치해 두었어. 가끔씩 내 입을 다물게 하려고 때리기도 했어. 머리와 등을 때렸지. 전기 몽둥이로 감전도 시켰는데, 그가 기대하는 것이 절대 복종이라는 걸 내가 깨달을 때까지 그렇게 했어. 난 움직여도 안 되고 소리를 내도 안 되었어. 그대로 복종하니까 그제야 보상으로 먹을 것을 조금 주더군. 내가 얼마나 배고팠겠니. 처음 한 입 베어 물었을 때의 황홀함이란, 내 이엔 영원히 잊지 못할 그 기억이 아직도 간직되어 있단다.

그러던 어느 날, 그는 이제 내가 준비됐다고 믿는 것 같았어. 그러자 모든 게 급속도로 진행됐지. 몸을 웅크리지 않을 수 없을 만큼 좁다란 곳에 나를 가두었어. 머리통이 천장에 닿아 짓눌릴 지경이었지.

거기는 창살도 없었는데, 벽은 둥글고 불투명하고 조금 물렁물렁했어. 바깥에서 일어나는 일은 전혀 안 보였지. 나는 그 안에서 오랫동안 이리저리 흔들렸어. 사람들이 나를 그 밀폐된 장소째 들어 올려 어딘가로 옮겼다가 다시 내려놓는 것 같았어.

갑자기 무슨 냄새가 나서 깜짝 놀랐지. 들큰한 향수 냄새 같았어. 그 냄새가 벽에 온통 배어나는 거야. 그 냄새, 정말이지 절대 잊을 수가 없네.

그러자 나를 가둔 창문 없는 둥근 감옥이 움직임을 멈추고 덜컥 정지했어. 더 이상 움직이지 않았어. 난 기다렸지. 밖에선 무슨 일인가 벌어지고 있었어. 우선은 더웠어. 그리고 메아리, 반향되어 울리는 소리가 내 귀에까지 들려오는 거야. 마치 수많은 군중이 웅성대는 것 같았어. 나를 지배하던 감정이 호기심이었는지 공포였는지, 그건 나도 모르겠어. 도대체 밖에서 무슨 일이 일어나는 건지 궁금했고, 그러면서도 알게 되는 것이 두려웠어.

금방 또 다른 소리가 크게 났어. 음악 소리였지. 찰칵찰칵 하는 소리. 그리고 목소리들.

그래서 난 빈대떡처럼 납작 엎드렸지. 목을 옆으로 비튼 자세로, 다리는 배 밑에 찰싹 깔아 붙이고 말이야. 천장에 여전히 머리가 짓눌려 숨조차 맘껏 들이쉴 수 없었어. 하지만 내 호기심은 못 말릴 지경이었어. 호기심 때문에 두려움까지 잊을 만큼 말이야.

난 기다렸어. 귀를 기울였지.

한없이 긴 고독과 고통의 순간.

갑자기 그 사람 목소리가 들리더군. 턱시도 입은 남자가 말을 하고 있었는데, 일정한 간격으로, 박수 소리에 그의 말소리가 묻혀 버리곤 했어.

그러더니 내 감옥이 갑자기 뒤집혔어. 그래, 바로 그거야. 180도로 확 뒤집혔다고! 천장이 바닥이 되고 바닥이 천장이 됐지. 난 토하고 싶었지만 억지로 참았어. 그런 상태에서, 여전히 기다렸지. 그 남자가 뭔가 흥분에 사로잡힌 것 같다는 느낌이 왔어. 그러자 날 가둔 감옥의 천장이 갑자기 쑥 올라갔어. 반지 낀 손이 들어오더니 나를 붙잡아 아주 높이 끌어올렸어. 난 눈을 깜박깜박했고, 현기증이 났어. 어땠을지 상상이 가지? 하지만 내 눈앞에 펼쳐지는 광경에 어안이 벙벙했지. 내 앞에 수백 명이 앉아 있었어. 모두가 나를 쳐다보며 박수를 치는 거야. 아마 그렇게 좁은 공간에서 그토록 오래 기다린 내 지구력과 인내심에 감탄하는 박수인 것 같았어.

귀가 먹먹할 정도의 박수 소리였어.

공연 기획자라는 사람은 여전히 나를 자기 머리 위로 들어 올리고 있었어.

나는 순전히 반사적으로, 굳은 몸을 좀 펴보려고 발을 버둥거렸지.

처음엔 목과 양쪽 귀가 아프더니 그 아픔이 가시자 희한하고 새로운 느낌이 들었어.

사람들은 마치 내가 지금까지 자기들이 본 것 중 가장 훌륭하고 중요한 대상이라도 되는 듯이 환영을 하는 거야.

나를 뚫어지게 바라보는 그들의 눈은 기쁨으로 번득이고 있었어.

긴가민가했지만, 그들의 박수를 받은 건 분명 그 턱시도 남자가 아니고 나였어. 그들이 발견한 건 나였고, 그들을 열광하게 하는 대상도 나였던 거야.

불현듯 모든 고통과 모욕이 내 기억에서 지워졌어.

어느 모로 보나 내 첫 느낌이 맞았던 거야. 이 사람은 분명 스타들을 상대하는 공연 기획자였고, 그는 자기가 키우는 예술가들의 가치를 부각시킬 줄 아는 사람이었어. 집중적인 조명으로 대상을 부각시켜서 관중이 열광하게 만드는 방법을 아는 기획자.

그다음에 그는 나를 조금 더 널찍하고 바람이 통할 만한 쇠창살 감옥에 다시 가두었고, 우리는 집에 돌아왔어. 오자마자 그는 내게 먹을 것을 주면서, 자기가 쓰는 말로 내게 무슨 말인가를 했지. 격려 아니면 축하 같은 친절한 말들이었어.

사람들이 그렇게까지 나를 마음에 들어 할 줄은 그도 미처 예상 못 했던 것 같아.

이 기이한 의식이 다음 날도 되풀이되었어. 그리고 연거푸. 언제나 저녁 시간에. 검은 턱시도 입은 남자가 나를 붙잡아서는 불투명한 벽으로 둘러싸이고 들큰한 냄새가 나는 그 둥근 감옥에 집어넣는 거야. 난 머리통이 짓눌린 채 밖에서 일어나는 일을 보지 못하고 그렇게 있다가, 갑자기 조명 속에 확 튀어나오면 함성과 박수갈채가 끝없이 터지고. 매일 그러는 거야. 도무지 이해할 수 없는 영광이었지. 오직 나만 누리는 영광. 오로지 나 혼자만 말이야.

가끔씩은 공연장이 조금 더 넓을 때도 있었어. 관중도 훨씬 많고.

알겠지, 내 자랑이 아니라, 그 정체 모를 턱시도 남자가 나를 그러니까…… 1급 스타로 만들었던 것 같아.

심지어 국제적인 스타로 말이지.

분명 내 양쪽 귀에는 안된 일이었지만. 오랫동안 귀를 찢는 듯한 고통이 계속되었으니 말이야.

내가 아직 이 말은 안 했는데, 그 남자는 내 겨드랑이를 붙잡아 들어 올리거나 두 손으로 나를 받쳐 들지 않고 내 두 귀를 잡아번쩍 추켜올리는 이상한 버릇이 있었거든.

처음엔 이 사람이 완전히 미쳤나 했지. 그렇지만 관중은 놀란 기색이 없는 거야. 게다가 박수를 받고, 감탄 어린 시선을 받고, 심지어 이 정도로 사랑을 받는다는(그냥 터놓고 말하겠는데, 그건 분명 사랑받는 거 맞아) 기쁨으로 소소한 불행 같은 건 보상이 되었어. 아, 네가 그 사람들을 보았다면! 사람들이 벌떡 일어서서 기쁨의 함성을 질러 대는 거야! 기쁨의 함성이라니까, 무슨 소린지 알겠지! ……날 그냥 보기

만 해도 말이지. 내가 그들에게 얼마나 큰 영향을 미치는지 참…….

맞아, 때로는 몇 시간 동안 내 감옥 속에 찌그러져서 기다리는 경우도 있었어. 하지만 번번이 박수갈채가 날 기다리고 있었거든. 그리고 남들로부터 감탄을 한 몸에 받는 그 마법 같은 순간 때문에 이 상황에 미심쩍은 데가 있다는 것조차 잊어버렸지. 너도 알다시피 상황이 심상치 않잖아. 난 낙원에 있었던 거야.

먹는 얘길 하자면 음식은 날로 좋아졌어. 불편한 걸로 말하자면, 나는 마침내 장시간 찌그러져 있어도 몸이 많이 쑤시지 않고 견딜 수 있는 자세를 찾아냈어. 결국은 어떤 상황에든 적응하게 마련이라니까.

이 수수께끼 같은 의식(儀式)이 몇 년 동안 되풀이되었지.

내 뼈마저 결국 상황에 적응했던 것 같아. 매일 반복되는 이 훈련, 내가 상당히 으쓱해했던 이 훈련을 위해 일종의 유연성을 획득한 거지.

하지만 뜻하지 않은 문제가 생겼어.

공연 기획자가 점점 술을 많이 마셨어. 어느 날 저녁, 그가 내 양쪽 귀를 잡고 추켜올리다가 꽉 쥐지 못하고 놓치는 바람에 내가 미끄러져 떨어졌어.

나는 바닥에 넘어졌지. 누워 있다 발딱 일어서는 동작을 해 보인 다음 간신히 몸을 추스렸지. 관중은 일순 깜짝 놀라더니 야유의 휘파람을 불기 시작했어.

나는 도망칠까도 생각했지만, 아니, 그냥 기다리는 편이 낫다는 생각이 들었어. 검은 턱시도 남자가 나를 다시 잡았지만, 무척 신경질이 나 있는 것 같았어.

그때부터 그는 술을 마시며 몸을 더욱 떨기 시작했고, 공연장에 와서 나를 보며 박수 치는 사람 수는 점점 줄어들었어.

그러던 어느 날, 내가 두려워하던 일이 닥치고 말았어. 그가 포기한 거야.

한때 나를 눈부신 조명 속에 푹 잠겨 들게 만든 그 이해 못할 영광을 이제 다시는 누릴 수 없게 된 거야.

나도 늙었고.

나도 가끔씩 몸을 덜덜 떨었지. 내 뼈는 전보다 덜 유연해졌고, 몸무게가 좀 늘기까지 했다니까.

기획자는 나를 〈없애〉 버리려고 했어.

또 한 사람, 군데군데 빨간 얼룩이 진 하얀 앞치마를 두른 아주 뚱뚱한 남자, 어쩌면 프리랜서 제작자인 것 같기도 한 사람이 찾아왔고, 그들은 나를 내려다보면서 이야기했어. 내 앞길이 방향 전환을 하겠구나 싶었지.

하지만 그렇게 오랜 기간 호기심만 첨예하게 살아 있다 보니 내 감각은 지나치게 발달해 버린 거야. 예감이 안 좋았고, 내 경력뿐만 아니라 목숨까지도 끝장이라는 느낌이 들었어. 내가 쇼 비즈니스 계에서 겪은 이토록 별난 모험의 의미가 뭔지 알고 싶었어.

어째서 나를 향수 냄새 나는 둥근 감옥에 가둔 걸까? 왜 나를 찌그러질 정도로 짓누른 걸까? 왜 내 두 귀를 잡아 올려 박수 치는 사람들 앞에 보인 걸까? 왜?

어떤 기능을 자꾸 써먹으면 그 기관이 발달하는 법인가 봐. 자꾸만 알고 싶어 하다 보니 내 뇌의 이해력이 곱절로 늘어난 거지.

턱시도 남자의 손에서 흰 앞치마를 두른 남자의 손으로 넘겨지기 직전 나는 마지막 몇 초를 틈타 시각, 청각, 후각을 고도로 발달시킨 거야.

내가 영광을 누리는 이유를 알아야 했고, 동시에 무엇이 나를 몰락시켰는지도 알아야 했어.

친구야, 탁 터놓고 말해서, 네가 상상도 못할 의식 수준까지 올라가기 위해 나는 엄청난 두뇌 회전을 해야만 했어. 색색의 포스터를 멀리서도 알아보았지. 그 포스터엔 턱시도 입은 남자가 나와 같은 누군가의 양쪽 귀를 잡아서 높이 솟은 검정 펠트 모자 위로 번쩍 들어 올린 모습이 그려져 있었어.

그제야 알았어. 난 〈마술〉 공연의 한 부분이었고, 검정 턱시도 남자는 공연 기획자가 아니라 〈마술사〉였던 거야. 마술사의 높다란 모자에서 내가 갑자기 나타나게 하는 마술이었던 거지. 내가 원래부터 그 모자 속에 있었다는 걸 아무도 몰랐기 때문에, 그들은 내가 아무것도 없는 상태에서 불쑥 나타난 줄 알고는, 내가 맘대로 나타났다 없어졌다 하는 능력을 가졌다고 생각한 거지.

마술 공연!

젊어서 국제 쇼비즈니스라는 힘든 직업 세계에 발을 담가 이렇게도 순진하게 세상 물정을 몰랐던 거지!

친구야, 정말이지 이런 사실을 알고 나서 내 자아와 자존심은 크게 충격을 받았단다. 스타는 내가 아니라 그 남자였던 거야! 난 그저 그의 모자나 턱시도처럼 〈주인공을 돋보이게 하는 장치〉였을 뿐이야.

난 〈그의〉 마술 공연 중 미미한 하나의 장식에 지나지 않았어.

그렇지만, 처음의 모욕감이 사그라지자 기억이 났어. 모든 걸 떠나서, 나를 쳐다보고 감탄하고 박수 치는 관객이 수천 명, 아니 수만 명, 수십만 명이었다는 사실 말이야. 그러니까 그들이 박수를 보낸 대상은 나였지, 그 마술사의 모자가 아니었던 거야.

그들은 내게 갈채를 보냈고, 자기들 나름대로 진정 나를 사랑했던 거야.

나머지 다른 것은 전혀 중요하지 않아.

그거야.

그 좋은 시절도 이젠 다 지나갔지. 날 기다리는 게 뭔지도 알아. 붉은 얼룩이 진 앞치마를 두른 뚱뚱한 남자, 그가 마술사와는 아주 다른 방식으로 나를 주시하고 있어.

이 남자가 공연 기획자도 아니고, 제작자도 아니고, 심지어 마술사도 아니면 어쩌나 싶어서 난 두려워져.

설상가상으로 그는, 내가 경력을 쌓기까지의 우여곡절이나 내가 국제적 스타라는 단순한 사실, 그런 걸 전혀 모르는 것 같단 말이야. 그는 나를 단지 〈공연에 가끔씩 나왔다 말았다 하는 부품〉 같은 걸로 보고 있어!

심지어 어쩌면…… 말해 줄까? 그 사람은 나를 〈고깃덩어리〉로 보고 있는 것 같단 말이야.

아니, 웃지 마. 의식이 날카로워지니 나를 대하는 그의 꿍꿍이속이 느껴져. 기억나니? 시골에 같이 살 때 네가 이런 말을 하곤 했지.

〈어쨌든 우린 모두 희생 제물이 될 거야. 그런데 매도 먼저 맞는 편이 낫지. 먼저 맞을수록 고통이 짧을 테니까.〉

좋아, 난 모든 걸 체념하고 받아들였어. 앞날을 두려워하기보다는 두 번 다시 오지 않을 지난날을 그리워하면서 살고 있지.

너에게 가서 내 소식을 전할 모기 편에 내가 말하고 싶었던 게 이런 이야기였어.

게다가, 지난번 네가 보낸 최근 소식을 들으니, 네 삶도 그리 나쁘진 않더군. 내가 제대로 알아들은 거라면, 새로운 현대판 토끼장 속에서 〈공식 씨내리〉로 쉰 마리쯤 되는 암컷들을 상대로 네 씨를 주는 일을 한다니 말이야. 물론 별로 위세 당당한 일은 아니지만, 적어도 넌 물 좋은 〈데이트〉는 할 거 아니냐.

너도 언젠가는, 운명이 내게 베풀어 준 그런 영광을 누려 보기를 진심으로 바란다.

우리 모두는 각자 삶에서 짧은 한순간만이라도 유명해질 권리가 있다고 생각해.

한마디로, 세상 살면서 바랄 수 있는 최고의 경지가 바로 그런 상태인 것 같아.

영광…….

그것 아니라면, 살아서 무엇하겠어?

남을 망치는 참새
있을 법한 추억

파리, 24세.

둥지에서 떨어진 새였다. 그런 새가 지닌, 보는 사람 마음을 찡하게 하는, 애틋한, 그리고…… 위험한 면을 다 가지고 있었다.

내가 그녀를 처음 만났을 때, 우린 둘 다 스물네 살이었다. 그녀는 자그마한 몸집에 기다란 검은 머리, 끝이 살짝 들린 코, 항상 먼 곳을 멍하니 바라보는 듯한 커다란 두 눈을 가진 여자였다. 매혹적이지만 차갑고 조금 슬픈 미인이었다.

시빌린.

그녀는 말하곤 했다.

「내게 상관 마.」

그런데 나는 그녀에게 상관하고 싶었다.

그녀는 말하곤 했다.

「난 병적이야, 난 저 아래쪽으로 자꾸만 끌려. 내가 너까지 저 밑바닥으로 끌고 갈 거야.」

나는 이것을 그녀 특유의 도발이라고만 생각했다.

우리는 파리의 오트빌 거리, 내 작은 다락방 원룸에서 저녁 식사를 했다. 프라이팬에 지진 가리비를 볶은 양파와 함께 먹었다. 이건 내가 만들어 낸 메뉴였는데, 아무에게도 추천할 만한 음식이 못 되었다. 그녀는 건성으로 먹고는 아주 맛있다고 했다.

그러고 나서 나는 그녀의 사진을 찍었다. 그녀는 팔다리가 뒤틀린 인형 같은 포즈를 취했다. 나는 그녀의 신비로운 미소 뒤로 우울한 분위기가 배어 나오는 사진 한 장에 빠져 버렸다.

그녀는 말을 많이 했다.

지긋지긋한 어머니 생각을 떼려야 뗄 수 없는 그녀는 내게 가족이라는 저주에 대해 얘기해 주었다. 그녀는 자기 어머니를 증오했고, 그 어머니는 할머니를, 할머니는 증조할머니를 증오했다. 아마 그 위로 올라가도 마찬가지였을 것이다.

집안의 남자들, 그러니까 아버지와 형제들은 이 증오의 여인 천하에서 그저 무늬만 식구일 뿐이었다.

그녀는 내게 말하기를, 어머니와 할머니가 50년을 하루같이 외곬으로 서로 미워하다가, 어느 날 식당에서 만나 서로 쌓인 감정을 풀고 용서하는 자리를 만들기로 결정했다는 것이었다.

두 사람은 결국 그렇게 했다. 어려운 일이었지만 그들은 해냈다. 하지만 후식을 먹고 음식 값을 내고, 집에 오려고 외투를 다시 입던 순간, 할머니가 갑자기 뭔가 생각났다는 듯 소스라치며, 자기만 바보가 된 거라고 욱했다. 그러자 지난날의 분노가 한꺼번에 다시 치밀어 오른 할머니는 두 주먹을 불끈 그러쥐고 느닷없이 딸의 등을 때렸다.

시빌린은 내게 자기 어머니의 인생 역정을 들려주었다. 어머니는, 아내의 손에 살해당한, 이탈리아의 한 뛰어난 은행가의 증손녀였다. 어머니는 귀족 작위라면 사족을 못 썼고, 아버지와 결혼한 것도 그 때문이었다. 아버지는 귀족 가

문의 문장(紋章)과 성 한 채(비록 저당 잡힌 성일망정)를 가진, 프랑스에서 손꼽히는 집안의 마지막 상속자였던 것이다.

어머니는…… 시빌린의 강박 관념이었다. 그녀는 헤어날 길 없는 그 정신적 속박 속에서 〈생살이 벗겨진〉[1] 시의 영감을 얻어 자기 고통을 언어로 표현할 수 있게 되었다.

시빌린은 내 마음속에 보호 본능을 일깨워 주었다. 둥지에서 뚝 떨어진 새, 나는 그 새를 거두어 주고, 안심시키고, 요컨대 구원해 주고 싶었다.

3년 동안 지속되는 야릇한 사랑 이야기는 이렇게 시작되었다.

시빌린은 언제나 까만 옷만 입었다. 그녀는 옷이 몇 벌 없었고 멋 내려는 노력도 전혀 하지 않았다.

「멋은 내서 뭘 해. 어쨌든 난 하찮은 인간인데…….」

그녀는 입버릇처럼 말했다.

그 당시 나는 『르 게퇴르 모데른』[2]이라는 잡지의 기자였다.

그녀는 나와 똑같은 직업을 갖길 원했고, 내게 기자 일을 가르쳐 달라고 했다.

나는 그녀에게 일을 가르쳐 주었다.

그랬더니 또 내게 일자리를 찾아 달라고 했다.

나는 그녀에게 어떤 주간 잡지의 인물 소개면 담당 기자

---

1 ecorchée vive. 혹독한 아픔이 시인이나 예술가에게는 더 풍부한 감성의 원천으로 작용할 수 있다는 의미로 쓰는 표현.

2 Le Guetteur Moderne. 〈현대 전망자〉라는 뜻. 작가가 한때 기자로 일했던 『르 누벨 옵세르바퇴르Le Novelle Obserbateur(새로운 관찰자)』를 패러디한 이름.

자리를 구해 주었다.

그러는 한편 나는 내가 쓰고 있는 첫 장편소설 이야기를 들려주었다.

「넌 꼭 성공할 거야. 하지만 난 절대 성공 못 할 거야.」

그녀가 단정 지어 말했다.

내가 기자직에서 만족스러운 성과를 거둘 때마다 그녀는 한숨을 지었다.

「아! 나한테는 그런 일이 안 생기겠지.」

그래서 나에게 일어나는 안 좋은 일만 그녀에게 말하는 습관이 생겼다.

그러다가 그녀에게 자꾸 졸도하는 증상이 나타나기 시작했다. 그녀는 아무 데서나, 길에서도, 엘리베이터에서도, 지하철에서도 픽픽 쓰러지곤 했다.

「나 경련질(痙攣質)이야.」

그녀가 불가사의하고 부끄러운 병이라도 지닌 것처럼 내게 털어놓았다.

나는 의사 친구 로익에게 물어보았다. 그가 말했다.

「경련질이라는 병은 없어. 그건 완전히 사람들이 지어낸 가짜 병이야. 사람들은 자기가 그런 병에 걸렸다고 생각하지만 사실은 아무렇지도 않은 거야. 자기 스스로 경련질 발작이 온다고 생각하기 때문에 기절하는 어떤 여자가 있었는데 (이 증세는 주로 여자들에게 많거든), 그 여자를 치료하면서 내가 귓속말로 얘기했지. 〈당신이 아무렇지 않다는 걸 난 알아요. 이런 연극 그만하지 않으면 사람들 다 있는 앞에서 망신을 주겠습니다.〉 이게 직방이었어. 그 여자는 이제 나아졌다면서 마치 내가 기적의 약이라도 준 것처럼, 고맙다며 벌떡 일어나더군.」

로익은 빙글빙글 웃었다. 야간에 근무하는 의사인 그는 건강 전선에서 산전수전 다 겪은 역전의 용사 같았다. 그가 내게 알려 주었다.

「밤에 의사를 부르는 사람 중 70퍼센트는 외로워서 그러는 거야, 아파서가 아니라. 단지 말 걸어 줄 사람을 만나고 싶어서 그러는 거지. 누구나 사랑을 갈구하잖아. 의사의 덤덤한 눈길 한 번도 어떤 사람들에겐 큰 위로가 되거든.」

나는 이 정보를 시빌린에게 전했다.

그녀는 내 말을 귀 기울여 들었고 자기를 급습하곤 하는, 실재하지 않는 이 병에 대해 예의상 조금 웃어넘겼지만, 큰길에서 광장에서 계속 기절했다.

어느 날 저녁, 인물 기사를 쓰느라 인터뷰를 마치고 돌아온 그녀는 놀라운 사람을 만났다고 말했다. 막시밀리앵 폰 슈바르츠라는 정신과 의사인데 사랑의 화학에 대한 책을 여러 권 썼다는 것이었다.

「인터뷰 끝에, 그 사람이 뭐라고 했는지 알아?」

「몰라.」

「〈기자님, 저는 당신을 사랑합니다〉라고 했어.」

「그렇게 뻔뻔하단 말이야?」

「난 이미 남자 친구가 있다고 대답했지. 그게 너일 수도 있고. (그녀가 웃었다.) 그는 상관없다면서, 자기는 누굴 원하든 항상 손에 넣고야 만다는 거야. 〈어쨌든, 저는 당신을 원합니다. 당신을 내 것으로 만들 겁니다!〉 이러는 거야.」

우리는 사랑의 전문가라는 그 사람의 낯 두꺼움에 대해서 즐겁게 농담을 주고받았다.

시간이 흘러, 시빌린은 점점 더 건강이 악화되었고, 기절하는 빈도도 점점 높아졌다. 나는 그녀를 찾으러 병원이나 긴급 구조대로 가곤 했다. 내가 『르 게퇴르 모데른』에 〈신과 과학〉이라는 정기 기고란을 얻게 되자 그녀는 짜증을 감추지 못했다. 얼마 동안 만성적으로 기분이 저조하다가, 그녀는 결국 파리 16구에 있는 자기 원룸에 살겠다며 돌아가 버렸다. 한 주에 두 번 만날 때도 늦게 나오거나 아예 나오지 않았다.

「미안해, 깜박 잊었어. 요즘 내가 통 정신이 없어서.」

그녀는 이렇게 말하곤 했다. 상황은 점점 더 안 좋아졌다. 나의 애정 생활은 완전히 엉망이 되어 버렸다. 나는 일 속으로 도피했고, 단번에 멋진 심층 취재 기사를 몇 편이나 써 그 글이 다른 매체에까지 인용되었다. 그녀는 이 일에 영향을 받았다. 나는 이상야릇한 나선 속에 끌려들어 가는 기분이었다. 그녀가 내게 이제 성공 좀 그만하라고, 아니 실패하라고, 그래서 자기와 같은 수준에 머물러 달라고 요구한다는 확신이 들었다.

우리의 약속은 더욱더 뜸해졌다. 한 주에 한 번, 그러다가 보름에 한 번꼴로 만났다.

「누구 다른 사람 생겼어?」

내가 어느 날 저녁 물어보았다.

「아니, 아냐. 그냥 이럴 때도 있는 거지. 난 좀 혼자 있고 싶어.」

「누구 다른 사람 만난 것 같은데? 선택은 네 마음이니까 이해할 수 있어. 하지만 더 이상 거짓말은 하지 말아 줘. 내일 저녁에 안 나오면 우리 사이가 끝난 걸로 생각할게.」

다음 날 저녁 그녀는 오지 않았다.

나는 밤새도록 담배를 피우며 〈머릴리언〉이라는 그룹의 노래를 들으면서, 이제 다시 혼자가 됐다는 생각에 익숙해지려고 했다.

그녀는 보름 뒤에 전화해서 부득부득 오페라 광장 근처의 한 카페에서 만나자고 했다.

「네 말이 맞았어. 다른 사람 만난 것 맞아.」

그녀가 실토했다.

「잠깐, 내가 맞혀 볼게. ……혹시 사랑의 화학 전문가라는 그 정신과 의사야? 〈저는 당신을 원합니다. 당신을 내 것으로 만들 겁니다!〉 그 사람? 막시밀리앵 폰 아무개?」

「그래, 그 사람이야. 어떻게 알았어? 그 사람 아주 대단한 사람이야. 경련질의 세계적 전문가로 알려져 있어. 정신 병원에서 특별 진료부장으로 일하지. 게다가 정치도 해. 파리 시장하고 절친해대. 그래서 시의회 의원으로 선거인 명부에 오르게 될 거야!」

「잘됐네.」

「쇼비즈니스 쪽, 언론 쪽에도 친구가 좍 깔렸어. 그가 내게 유명 신문사의 정식 기자 자리를 잡아 줄 거야. 그는 네가 다니는 『르 게퇴르 모데른』 편집장하고도 친구야. 그 사람과 편집장은 테니스를 같이 치나 봐.」

「그거 잘됐네.」

「저기, 막시밀리앵은 나한테 없어서는 안 될 사람이야. 내 병에 대해서도 그는 아주 낙관적이야. 나를 구해 주겠다고 했어. 이미 나 같은 여자들을 수도 없이 구해 주었대. 나를 치료해 줄 준비가 되어 있고, 우리 엄마도 치료해 주겠다고 했어. 불쌍한 엄마. 엄마는 나보다 훨씬 더 정신과 치료가 필요해.」

그녀는 어머니에 대해서 그렇게 이야기하는 게 아주 기쁜 모양이었다.

「보면 알겠지만, 게다가 그 사람은 아주 잘생겼어. 날 얼마나 좋아하는지 몰라! 난 지금까지 한 번도 이 정도로 이해받고 사랑받는다고 느껴 본 적이 없어. 너한테 보여 줘도 될까?」

내게 이런 질문을 하면서 그녀는 이미 지갑을 열고 사진 한 장을 꺼냈는데, 거기엔 푸른 눈의 금발 미남이 폴로셔츠를 입고 테니스 라켓을 들고 있었다. 그는 보기 좋게 그을린 피부에다 승자의 여유만만한 웃음을 활짝 웃는 운동선수 같은 모습이었고, 이마에 살짝 흘러내린 금발 머리카락 한 올이 왠지 더 기품 있어 보였다.

「로버트 레드퍼드 같지, 그렇지? 다들 로버트 레드퍼드 닮았대.」

「정말, 진짜 놀라운데. 닮아서 놀랍단 소리야. 축하해, 네가 행복했으면 좋겠다.」

그녀는 얼굴이 어두워지더니 이렇게 중얼거렸다.

「그 사람이 다시는 너를 만나지 말래. 하지만 난 우리가 정기적으로 만났으면 좋겠어. (그녀는 아양을 떨며 내 어깨에 머리를 기댔다.) 알지, 너는 내게 중요한 사람이야. 몰래라도 만나고 싶어. 괜찮지? 제발, 좋다고 해. 제발!」

우리는 그 뒤로도 계속 만났다. 그녀는 자기의 행복한 이야기를 들려주었다.

「막시밀리앵은 아주 주의 깊은 사람인데 무척 예민하기도 해. 그는 정말로 나를 필요로 해. 내가 쓸모 있는 사람이라는 게 느껴져. 게다가 날 보호해 주고. 간단해. 난 이제 더 이상 우리 엄마 때문에 강박 관념에 사로잡히지 않아. 심지어 그는 우리 엄마를 만나서 치료해 주겠다고 하는걸. 우리 엄마 정말 제정신 아닌 것 알지. 엄마를 환자로 보고 치료해 줘야 해, 그게 다야. 그 사람이 바로 그렇게 말했다니까. 그는 문제를 잘 이해했어.」

시빌린은 흡족한 것 같았다. 다만 가끔씩 그가 불쑥 나타날까 봐 두려운 듯 주변을 살피곤 했다.

석 달 동안 우리는 옛 친구로 오후 서너 시쯤 카페에서 만났다.

그러던 어느 날, 그녀가 당황한 목소리로 나를 불렀다.

「어떻게 알았는지, 막시밀리앵이 내가 널 계속 만나는 걸 알고 불같이 화를 냈어. 더 이상 만나지 말래. 만나는 거 금지래!」

「이해해, 그러지 뭐.」

「아니, 난 이해 못 해. 넌 나한테 아주 중요해. 난 우리가 계속 연락하고 지내면 좋겠어. 그러니까 내가 전화할게. 가끔씩 전화해도 되지? 된다고 말해, 제발!」

그래서 우리의 연락과 대화는 계속 이어졌다. 일종의 주간 전화 데이트였다.

어느 날, 불쑥 그녀가 물었다.

「넌 법을 전공했잖아. 위증이 큰 죄야?」

「그럼. 형벌을 받을 만한 범죄지. 그런데 왜?」

내가 대답했다.

「막시밀리앵이 일부러 그런 건 아닌데…… 누구를 치

었어.」

「사고야?」

「문제는 그러니까…… 어린애야. 열한 살짜리. 그리고 이번이 두번째래.」

「뭐라고?」

「그에게 시청에서 일하는 친구들은 있는데, 법조계에는 없다나봐. 그 아이가 자살한 것으로 믿게 하려면 내 증언이 필요하대.」

「어린아이가 피해자인 사고가 두 건이라고? 어떻게 된 일인데?」

「내가 전에 보여 준 사진에서 네가 알아봤는지 모르겠는데, 그는 키가 작아. 나보다 작거든. 그런데 차는 대형 BMW야. 그가 운전석에 앉으면 쿠션을 등에 받쳐도 푹 파묻혀. 정말 작거든. 그래서 앞 범퍼 쪽에서 무슨 일이 생겨도 잘 안 보인다고.」

그녀는 잠시 뜸을 들이더니 후 하고 숨을 크게 내쉬었다.

「범퍼 앞쪽에 공놀이하는 아이가 있었는데 못 봤나 봐.」

「그런데 BMW 범퍼 앞쪽에서 공놀이하는 아이를 못 본 게 이번으로 두번째란 말이야?」

「응. 놀랍겠지만, 그게 사실이야. 어쨌든 그 사람 말로는 그래. 그래서 나보고 증언을 해달라는 거야.」

「하지만 너는 사고 났을 때 거기 없었잖아?」

「물론 없었지.」

「네가 지금 무슨 소리 하는지 제대로 알고 있긴 한 거야? 그 사람이 연이어 두 번이나 아이를 치고 나서 너보고 위증을 해달라는 거잖아. 전에 사고 냈을 때는 어떻게 모면했대?」

그녀는 망설이다가 털어놓았다.

「그의 전처가 위증을 해줘서 잘 해결됐대.」

나는 그녀에게 변호사 친구의 전화번호를 주었다.

「그리고 한 가지가 더 있어……」

그녀가 한숨을 쉬면서 말했다.

「내가 너한테 전화하는 걸 그 사람이 알고 펄펄 뛰며 화를 냈어. 앞으로 너와 통화하기가 점점 더 힘들 것 같아. 사정이 되는 대로 바로 연락할게.」

「그 정도로 질투가 심해?」

「응, 그렇지만 날 사랑하니까 그런 거야. 하루 종일 그 말을 되풀이한다니까. 내가 상상도 못 할 만큼 나를 사랑한다고 말이야.」

시빌린은 계속 내게 전화해서는, 마치 그 남자가 문 뒤에서 엿들을까 봐 두려운 듯 소곤소곤 말했다. 전화할 때마다 그 인물에 대한 그림을 조금씩 완성시켜 주었다.

「사실, 막시밀리앵은 환자들과 함께하는 걸 즐겨. 그 사람 말로는 〈일상의 쳇바퀴에 매몰되지 않으려고〉 그러는 거래. 어쨌든, 그가 즐긴다는 말은…… 어쩌면 환자들을 조금은 갖고 논다는 건지도 몰라. 사람들이 우울증 때문에 오면 그는 변비 치료제를 처방해 줘. 중고등학생들 장난 같지. 그리고 저녁에는 이런 농담을 해. 〈그것들 땜에 아주 쩐다니까, 나도 그것들을 쩔게 해야지!〉」

그녀는 이 말을 하면서 마치 자기를 안심시키려는 듯이 웃었다.

「막시밀리앵이 얼마나 민감한지 넌 모를 거야. 사실 그는 아주 우울한 상태거든. 아침마다 자살하고 싶어 해서, 어쨌든 살아야 한다고 설득하는 데 한 시간이나 보낸다니까. 내가 그를 사랑으로 구원해 주는 것 같아. 그인 정말 나 없으면 안 돼. 내 덕에 마음이 좀 놓이면 그제야 기운이 나서 출근을 하지.」

「그리고 저녁에 퇴근해서는 설사약 줬다는 농담을 하고 환자들을 비웃는단 말이지.」

「환자들의 변태 같은 짓거리, 신경증에 대해 내게 이야기해 주면서〈하나같이 병신 같은 것들!〉이라고 해.」

「그럼 사고 당한 두 아이 사건은?」

「다 잘 해결됐어. 그 사람이 자기 다니는 테니스 클럽 친구 중에서 법조계에 있는 사람들을 찾아 부탁했고, 그들이 일을 해결해 주었어. 그는 죽은 아이 부모들에게 보상금을 줄 필요도 없대. 이런, 전화 끊어야겠네. 열쇠 돌리는 소리가 나, 지금 왔어!」

멀리서 목소리가 들렸다.

「뭐 하고 있어? 누구하고 얘기하는 거야? 설마 그놈은 아니겠지! 만약 그놈이면 내가 그냥 확……」

전화가 뚝 끊어졌다.

두 달 동안 시빌린은 소식이 없었다. 그사이에 나는 단칸방을 떠나 파리 19구, 스탈린그라드 광장 부근 우르크 운하 변의 좀 널찍한 아파트로 이사했다. 아침에 일어나면 운하에 떠가는 배와 갈매기가 보여, 파리 시내인데도 꼭 항구 같았다.

그러던 어느 날 저녁, 새로 이사한 아파트 현관 앞에 시빌린이 큰대자로 뻗어 있는 걸 보았다. 그녀 옆에는 비닐봉지 하나 외엔 아무것도 없었다.

그녀는 내게 황급히 달려들더니 나를 꼭 껴안았다. 둥지에서 떨어진 어린 참새 같은 그녀의 심장이 내 가슴에 닿아 콩닥콩닥 뛰는 것이 느껴졌다.

「더 이상 안 되겠어. 막시밀리앵은 미쳤어! 우리가 지난번에 전화 통화한 것 때문에, 나를 며칠 동안 방에 가뒀어. 그리고…… 자기가 네 직장인 『르 게퇴르 모데른』 편집장과 친하다면서, 너를 해고시키겠다는 거야. 그래서 앞으로는 너에게 전화 안 하기로 약속해야만 했어. 하지만 계속 나를 때려.」

시빌린은 내게 양팔과 등의 맞은 자국을 보여 주었다.

「뭘로 이랬어?」

「주먹으로. 화가 치밀면 참지를 못해. 그러면 손에 잡히는 대로 아무거나, 신발짝, 내 핸드백, 그런 걸로 때리는 거야.」

나는 그녀를 데리고 집으로 들어와 뜨거운 물로 목욕을 하게 했다.

양파 볶음을 곁들인 가리비 요리를 준비하고, 그녀에게 긴장을 풀고 그간의 일을 모두 얘기해 보라고 했다.

「나랑 살기 전에도 여자가 셋 있었대. 그 여자들 모두 지금 정신 병동에 있어. 그 사람이 그 여자들을 억지로 입원시켰고, 정신과 의사 친구들에게 부탁해서 병원에 가둬 두고 있는 거야. 그는 〈이렇게 하면 위자료를 안 줘도 된다〉라고 농담을 해.」

「알겠어.」

「여자마다 아이 하나씩을 낳았어. 그는 요령을 부려 아이들을 엄마와 떨어뜨려 놓고 엄마들이 정신적으로 책임질 수 없다는 이유를 대서 양육권을 자기가 가졌어. 하지만 최악은 이제부터야.」

시빌린은 씽핑 웃었다.

「전처들이…… 글쎄, 너무 똑같이 생겼어. 세 사람 모두 성말이지 나하고…… 아주 판박이야!」

나는 한순간, 혹시 이 여자가 허언증, 그러니까 없는 이야기를 지어내는 정신병 아닌가 생각했다. 하지만 뒤이어 쏟아 낸, 앞뒤가 맞아떨어지는 세세한 이야기들은 쉽게 꾸며 낼 수 없는 것이었다. 제아무리 〈생살이 벗겨진 시인〉, 혹독한 아픔을 문학적 자양분으로 간직한 시인이라 할지라도 말이다.

「사실 그는 모든 사람을 증오해. 특히 여자들을. 만약 모든 여자를 죽여 버릴 수 있다면 그렇게 할 거야. 그에게는 인간을 향한 증오와 파괴의 충동밖에 없어.」

「그런 사람이 사랑에 대한 책들을 썼다는…….」

「자기가 가장 잘 모르는 감정이니까 말로 더 떠드는 거지. 그는 아주 못된 인간이야. 자기 아내들을 미워해. 나도 미워하고. 이젠 알겠어, 그 사람이 원한 건 단지 나를 지배하는 것뿐이었어! 그는 자기 부모조차 미워해.」

「자기 부모를?」

「그 사람 자살 충동이 있다고 내가 말했잖아. 자기 자신이 미우니까 자기를 태어나게 한 부모도 미운 거야. 그래서 그들을 없애 버리려고 해. 부모도 정신 병원에 입원시켰어. 심지어 부모님 두 분이 같이 있지 못하게 수까지 썼어. 그의 아버지가 어머니를 다시 만나게 해달라고 부탁했지만 그는 거절했어. 그 사람 말로는, 부모는 여전히 서로 사랑하지만 서로 만나게 하고 싶지 않다는 거야. 두 분을 만나지 못하게 하려고 어머니는 시골 병원으로 옮겨 놓기까지 했어 …….」

그녀는 마치 늘 맞던 짐승이 다시 발길이 날아오는 것을 볼 때처럼 다시금 온몸을 부르르 떨었다.

그러다가 그녀의 눈길이 다시 나를 향했다.

「16구에 내가 살던 그 방은 이제 없어. 내가〈공식적으로〉 막시밀리앵 집에 살게 됐을 때 우리 어머니가 그 방을 세놓았거든. 졸지에 나는 잘 곳이 없어졌어. 네 집으로 다시 와도 돼? 이 집은 훨씬 넓네. 이사하길 잘했어.」

「그래, 하지만 그저 친구로서야. 너랑 다시 시작하고 싶진 않아.」

「사귀는 여자 있어?」

「요즘은 일에 온 힘을 쏟고 싶어. 곧 승진할 것 같아.」

우리 사이에 뭔가가 아주 깨져 버렸다. 난 그걸 느꼈다. 하지만 이런 위기 상황에 그녀를 버린다는 것은 말도 안 되는 일이었다.

「며칠은 있어도 돼. 거처를 다시 찾을 때까지 말이야.」

그녀는 만족한 듯 배시시 웃었다.

「난 어디서 자?」

「저 옆 손님방에서.」

「네 옆에서 자면 안 될까? 밤에 너한테 꼭 붙어 있는 게 좋아. 잘 알잖아.」

「그러고 싶지 않아. 우선 너 자신을 좀 추스려. 이 시련에서 정신을 차리고, 그다음에 다른 방을 하나 찾도록 내가 도와줄게. 하지만 어머니하고 다시 연락해서 어머니 도움을 받도록 해.」

「그건 절대 안 돼!」

그날 밤, 새벽 2시에 자동 응답기가 돌아갔다. 음침한 목소리가 이런 말을 마구 해대기 시작했다.

「난…… 난, 그 여자가 당신 집에 있다는 걸 알고 있어! 그래, 안다고, 느껴져. 당신 집에 있지! 당장 집으로 돌려보내. 당장 보내라고! 안 돌아오면 그 여자를 죽이고, 그다음에 당신도 죽일 거야! 내 말 들려? 둘 다 죽인다고. 죽인단 말이야!」

「저거…… 그 사람이야!」

시빌린이 내 방으로 들어오면서 속삭였다. 마치 자동 응답기 저편에서 막시밀리앵이 들을까 봐 두렵다는 듯이.

그녀는 내게 몸을 꼭 붙이고 옹크렸다. 혹시 일이 이상하게 꼬일 경우에 대비해, 난 서둘러 자동 응답기 녹음을 증거자료로 챙겼다.

다음 날, 새벽 2시에 다시 전화벨이 울리기 시작했다. 스피커가 울렸다.

「그 여자 당신 집에 있는 거 알고 있어. 둘 다 죽…….」

이번에는 내가 수화기를 확 집어 들었다.

「여보세요, 폰 슈바르츠, 저하고 통화를 원하시는 모양이죠?」

상대방은 바로 전화를 끊었다.

며칠 뒤, 그는 내가 다니는 『르 게퇴르 모데른』 사무실로 전화를 했다. 나는 금방 그의 목소리를 알아들었다.

「편집장 바꿔 주시오.」

이미 두 차례나 들었던 음침한 목소리가 그렇게 말했다.

「아! 안녕하세요. 폰 슈바르츠 박사님, 전화 제대로 거셨네요. 밤중에 집으로 거는 것보다는 이렇게 정상적인 시간에 거는 게 낫군요. 그런데……..」

그는 나시 전화를 끊어 버렸다.

전화 교환수가 실수로 편집장 찾는 전화를 내게 돌린 것인가 궁금했다.

시빌린은 시빌린대로, 차츰 다시 제대로 먹고 자기 시작했다. 매 맞은 흔적이 조금씩 사라졌다.

한 달째 그녀는 방을 찾았지만 구하지 못했다.

어느 날 아침, 그녀는 그 〈사랑의 화학의 위대한 전문가〉 집에 아직 남아 있는 자기 물건, 특히 문서와 옷가지, 노트북 컴퓨터(내가 그녀에게 준 첫 선물)를 챙겨 와야겠다고 말했다. 난 그녀에게, 집에 불이 났는데 물건 챙긴다고 불구덩이 속으로 뛰어들 생각을 하면 안 된다고 주의를 주었다. 그 인간과 접촉하는 것 자체가 위험해 보였다. 하지만 그녀는 그와 통화했는데 물건 다 가져가라고 동의했다며 나를 안심시켰다.

「가지 말라니까!」

내가 말렸다.

그녀는 촉촉이 젖은 커다랗고 까만 눈으로 나를 바라보더니 숙명론자처럼 어깨를 으쓱했다.

「이제 시간이 지났잖아. 그리고 전화로 들으니 목소리가 달라졌더라고. 좀 진정된 것 같아.」

그녀는 결국 불구덩이 속으로 뛰어들었다.

바로 그날 저녁, 집으로 전화가 왔다.

「서로 많은 얘기를 나눴어. 몇 시간 동안. 자기가 나한테 잘못했다고 인정했어. 나를 너무 사랑해서 그랬대. 하지만 자기는 불행하대. 나 없이는 자기 인생이 의미가 없고, 나를

잃느니 죽는 게 낫다고. 용서해 달래. 이젠 제대로 행동하겠다고 약속했어. 나한테 잘못한 것을 만회할 기회를 달라고 애원했어.」

「그래서?」

「그럴 기회를 줘야 할 것 같아. 다시 한번 기회를 가질 권리는 누구나 있잖아.」

「그래서 결론은 그 사람에게 돌아간다는 거야?」

잠시 침묵하더니, 작은 목소리가 단호하게 말했다.

「이해해 줘야 해. 그는 정말 갈피를 못 잡고 있어. 나 없이는 죽고 말 거야. 내 도움이 필요해.」

「그래, 이해할게. 그럼 행운을 빌어. 행복하게 살아, 시빌린.」

넉 달이 지나갔고, 난 더 이상 그녀 생각을 하지 않았다.

내 생각에 그녀는 마침내 그 사랑의 화학 전문가와 제자리를 찾은 듯했다.

그러던 어느 날 새벽 4시, 운하 앞길에서 자동차 경적 소리가 여러 번 울렸다. 일어나 보니 경적을 울린 것은 택시였다. 처음엔 빈 택시인 줄 알았는데 자세히 보니 뒷좌석에 작은 체구의 사람 윤곽이 보였다.

나는 내려갔다. 시빌린이 맨발에 잠옷 바람으로 택시 뒷좌석에 쪼그려 앉아 있었다. 택시 기사는 내게 차비를 계산하라고 했다. 그녀가 기사에게 주소를 주면서 요금을 내주러 내려올 사람이 있다고 했던 것이다.

나는 그녀가 차에서 내리는 걸 도와주었다. 춥지 않은데도 그녀는 이를 딱딱 부딪쳐 가며 떨고 있었다.

속이 비치는 옷을 입은 그녀의 몸 윤곽은 마치 아무것도 얻어먹지 못한 사람처럼, 예전의 반쪽이 된 것 같았다. 그녀는 구부정하게 서 있었다. 창백한 두 팔에 흐르는 땀이 얇은 필름처럼 반짝였다. 그녀의 얼굴 자체가 변해 있었다. 광대뼈가 툭 튀어나오고, 눈 주위는 푹 꺼지고, 두 눈은 깜박거리지도 않았다.

마치 인질로 잡혀갔다가 풀려난 여자를 보고 있는 것 같았다. 아니면 유령이거나. 나는 윗도리를 벗어 그녀를 감싸 주고 내 아파트로 데려갔다.

말 한마디 없이, 그녀는 신발장 앞 맨바닥에 철퍼덕 주저앉더니 두 무릎을 가슴에 끌어안고, 자기 몸을 보호하듯 더욱더 오그려 붙였다. 그녀는 계속 덜덜 떨며 이를 딱딱 부딪쳤다. 한참이 지나서야 겨우 몇 마디 말을 내뱉었다.

「그…… 그…… 그 사람이…… 내게 알약을 줬는데, 무슨 약인지 모르겠지만 지금 그 약이 필요해……. 약이 떨어져서…… 그…… 그가 자기 환자들에게도 이런 짓을 했어. 다시 오게 만들려고.」

「어떤 건데? 약통을 봤어?」

「……흰색, 빨간색, 노란색 알약들. 그가 내 손에 그걸 쥐여 줘서 통은 한 번도 못 봤어. 빨간 알약은 동그랬어.」

그녀는 환각에 취한 얼굴로 나를 쳐다보았다. 마치 내가 결국 〈아, 무슨 약인지 알겠어〉라고 말하길 바라는 듯이.

「그가 날 중독시켰어. 내가 죽는 걸 보고 싶은 거야……. 절대 내가 집을 떠나게 놔두지 않을 거야.」

그녀가 희미한 목소리로 말했다.

「저녁은 먹었어?」

「그는 나를 가둘 때 먹을 걸 거의 안 줘. 그런데 이 약을 먹으면 배가 안 고파, 잠도 안 오고. 그는 마른 여자가 좋대. 잡지에 나오는 스타일.」

나는 이를 악물었다.

「아마 암페타민인 것 같군…….」

「그 약을 먹으면 진정돼.」

「……진정제를 섞은.」

「기분이 안 좋아.」

그녀는 나에게 덜덜 떨리는 자기 손을 보여 주더니, 거의 발작하듯이 손목을 뒤틀었다.

「거기로 돌아간 다음에 무슨 일이 있었던 거야?」

내가 물었다.

「처음엔 다 잘됐어. 그 사람은 계속 자기가 잘못했다고 했어. 자기한테는 내가 전부라고.」

「좋아. 그래서?」

「처음 며칠간은 아주 자상하게 보살펴 줬어. 사슬로 된 금목걸이도 선물해 주고.」

「사슬이라고, 그것 참 의미심장하군…….」

「쉴 새 없이 날 사랑한다고, 날 위해서라면 죽을 수도 있다고 했어. 보석도 잔뜩 선물해 주고. 비싼 값 주고 샀을 것 같은, 큼직한 고리가 이어진 금팔찌도 줬고.」

그녀는 입술을 깨물며 얼굴을 일그러뜨렸다.

「그러더니 약속을 다 잊었어. 모든 게 다시 시작된 거야. 질투. 사랑이라는 미명하에, 외출을 금지했어. 자기 아이들이 오면 아이들 앞에서 날 모욕했고, 아이들을 재미있게 해 주려는 듯이 내게 잔인하게 굴었어. 그러면 아이들이 기뻐하는 것 같더라고. 나를 바보라고, 미친년이라고, 그리고 우리 엄마를 천박한 사람이라고 했어. 또 내가 괴로워하는 걸 보면서 심술궂게 웃었어. (그녀는 턱을 떨더니, 눈을 감았다.) 그러고는 또 미안하다는 거야. 그런 일이 계속 반복됐어. 내가 전화를 썼다는 걸 알더니만 아주 발작을 했어. 믿어지지 않을 만큼 펄펄 뛰고 화를 내면서. 나를 때리고는 벽장 속에 가두거나 침실에 가두었지.」

「그런데 넌 대들지도 않았어?」

「그 사람 힘이 세. 그리고…… 미안하다고 하거든. 날 사랑한다는 말을 되풀이하고.」

그날 아침, 그녀는 내 욕조에 들어앉아, 뜨거운 물로 목욕을 하고 몇 시간 동안 머물러 있었다. 몸에는 맞은 자국 천지였고, 어떤 상처는 무척 깊었다.

다음 날, 병원에서 혈액을 채취해 그가 그녀에게 복용시킨 약성분을 확인했다.

의사가 나를 보자고 했다.

「아닌 게 아니라, 습관성이 아주 강한 약물들이네요. 일단은 계속 복용시키다가, 조금씩 양을 줄여 가야 합니다. 단번에 끊을 수는 없어요.」

그녀를 며칠간 입원시키고 용태를 보았다. 그런 다음 우리 집으로 다시 데려왔다.

아침에 집을 나설 때, 그녀는 맨바닥에 웅크린 채, 거울을 등지고 앉아, 멍한 시선으로 먼 곳을 바라보고 있었다. 저녁에 집에 돌아오면, 그녀는 움직이지 않고 그대로 있었다. 아무것도 먹지 않고 잠도 자지 않았다.

나는 결국 그녀에게 마치 아기 대하듯 말을 걸고, 장난을 걸었다.

「자, 밥 먹자, 한 숟갈은 아빠 위해 먹고, 한 숟갈은(엄마라고 하면 안 되지)…… 날 위해 먹고.」

「나도 먹고 싶어. 널 기쁘게 하고 싶어. 그런데 배가 안 고파. 정말 안 고파.」

그녀는 잠도 안 잤다. 어쩌다 밤중에 깨서 보면, 항상 눈을 크게 뜨고 자기 침대에 앉아 있었다.

「어서 자, 시빌린.」

「잘게.」

저녁에는 나와 마주 보고 앉아서 끊임없이 그에 대한 얘기를 했다.

「근데 그는 여자들만 싫어하는 게 아니야. 인류 전체를 증오해. 사람들을 모조리 죽여 버릴 수 있다면 아주 행복할 거래.」

나는 마침내 탈진한 귀신 같은 여자가 도사리고 있는 집에 들어가고 싶은 마음이 없어졌다. 나는 늦은 시간까지, 때로는 자정까지 잡지사에 남아 일을 했다. 몇몇 동료들이 걱정하기 시작했다. 나는 내 행동을 설명하려 애썼다.

「이해해야 해. 그녀에겐 이제 아무도 없어. 내가 도와주지 않으면 길에 나앉게 돼.」

「남을 돕고 싶어 하는 게 바로 네 병이야. 그냥 놔버리라고. 인도 속담에도 있잖아. 자기 똥은 자기가 치워야 한다고.」

회사 동료 바스티앵이 말했다.

나는 점점 더 잠들기가 힘들어졌다. 설상가상으로, 그놈의 사랑 전문가의 전화가 밤중에 다시 걸려 왔다. 목소리엔 잔뜩 힘이 들어가 있었다.

「당신을 죽일 거야⋯⋯. 내 말 듣고 있다는 거 알아. 죽일 거야. 그 여자가 당신 집에 있는 거 안다고⋯⋯. 죽일 거야⋯⋯.」

어느 날 더 이상 견딜 수 없는 상태가 되어, 나는 노르망디에 살고 있는 시빌린의 어머니에게 전화를 했다.

「안녕하세요, 어머니. 이젠 따님한테 신경 좀 써주셔야겠습니다. 위험에 처해 있고 도움이 필요합니다. 저는 전에 사귀던 남자 친구인데요, 지금까지 제가 할 수 있는 일은 다 해서 그녀를 도왔습니다. 하지만 이제는 어머님이 나서야 할 것 같아요.」

그리고 모든 이야기를 자세히, 그 〈의사이자 테니스 선수인 동시에 파리 시장 친구〉의 면모도 물론 빼놓지 않고 들려주었다.

그녀의 어머니는 어리둥절해하다가, 부드럽고 다정한 음성으로, 맹세코 자기는 아무것도 몰랐다고 했다.

다음 날 어머니가 딸을 찾으러 왔다. 그리고 난 마침내 평온을 되찾을 수 있었다. 집도, 잠도.

시빌린은 노르망디의 부모 집에 석 달 동안 머물렀다. 파리에서 멀리 떨어져 있다는 것이 그녀에게 아주 좋은 영향을 주었다. 폰 슈바르츠는 계속 내 자동 응답기에 음성을 남겼지만 나는 밤이 되면 자동 응답기를 꺼버리는 게 버릇이 되어, 더 이상 그의 목소리는 들리지 않았다.

시빌린은 규칙적으로 내게 전화했다. 점점 나아지고, 몸무게도 늘어 가고 있으며, 식욕도 되찾고 잠도 잔다고. 특히 그 사람으로부터 자기 목숨을 구해 준 내가 고맙다고 했다.

「네가 없었으면 난 이미 끝났을 거야.」

그녀가 거듭 말했다.

「어머니랑은 어때?」

내가 불쑥 물어보았다.

「얘기하고, 또 얘기하고 그래. 이번만큼은 나를 대할 때 꾸중하지 않으셔. 엄청난 발전이지.」

「네가 겪은 일을 글로 써야 할 거야. 하도 특이한 일이라서 소설을 써도 될걸. 난 예술의 변형 작용을 믿어. 예술은 두엄 더미도 꽃으로 바꿔 놓는다니까.」

내가 말했다.

「이젠 네가 시인이 됐네?」

「그리고 넌 소설가가 될 거고.」

「내가 그럴 능력이 되나.」

하지만 나는 그녀 안에서 뭔가 새로운 것이 깨어나고 있음을 간파했다. 나는 계속 밀고 나갔다.

「물에 뛰어들면 수영은 저절로 배우게 돼. 네가 겪은 일을 그냥 써봐. 실제로 일어난 순서대로, 사실대로 말이야. 멋지게 쓰려고 하지 말고 그저 일어난 일과 느낌을 쓰면 돼. 왜, 히치콕이 그랬잖아. 〈훌륭한 플롯은 악당의 성격이 결정한다. 주인공의 공적을 만들어 주는 것이 바로 악당이니까.〉 막시밀리앵은 끝내주는 악당이잖아. 게다가, 실존 인물이니까 사람의 상상으로 지어낸 어떤 악당보다도 더 복합적이고 심오한 악당이 될 거 아니야.」

「아마 네 말이 맞을 거야. 하지만 아직은 그 사람 이야기를 할 마음의 준비가 안 되었어. 그리고 이건 실화라도 너무 놀라운 이야기라서 사람들이 절대 믿지 않을 테고.」

「사람들이 믿고 안 믿고는 중요하지 않아. 중요한 건 네 체험이 그냥 없어지지 않는다는 거지. 네 체험은 경각심을 불러일으킬 거야. 사람들은 이러겠지.〈이것 봐, 정신과 의사인 내 애인하고 있었던 일이 시빌린의 악몽 같은 이야기와 참 비슷한데…….〉그러고는 실제로 조심할 거 아니겠어. 어쩌면 네가 여러 사람 목숨을 건지는 거지. 자기 스스로 경련질이라 생각하고 그의 마수에 걸려드는 가엾은 여자들을 생각해 봐.」

「해보고 싶긴 한데, 잘 안 될 게 분명해.」

이번에는 어조가 분명했다.

「난 너에게 소설가가 될 재능이 있다고 생각해. 그리고 이런 체험이 널 키워 줄 거야. 왜, 그런 말 있잖아. 죽지 않았으면 강해진 거라고. 힘든 고비는 넘어섰으니, 궂은일을 이용해서 좋은 걸 만들어 봐.」

이렇게 석 달이 흘러갔고, 그녀에게선 소식이 없었다. 그러던 어느 날 전화가 왔다. 목소리는 부드럽고 어조에 자신감이 배어 있었다.

「나 다시 파리에 왔어. 하지만 걱정하지 마. 이제 네 집에 가서 눌어붙지 않을 테니. 나 셋방 하나 구했어.」

그녀는 다음 말을 잘 잇지 못하고 망설였다.

「그런데 한 가지 말 안 한 게 있어. 이게 너한테 하는 마지막 부탁인데…….」

「내가 들어줄 만한 부탁이면 들어줄게.」

「……막시밀리앵 집에 남아 있는 내 물건들을 꼭 찾아와야 해.」

「뭐라고? 지금 농담하는 거야? 너 아직도 사태 파악을 못 했단 말이야? 그 사람하고 접촉하는 건 무조건 위험해.」

「그 집에 내 여권도 있고, 신분증도 있고, 노트북 컴퓨터도 있어. 정말로 내 물건들을 찾아와야만 한다니까.」

「집에 불이 났을 땐 말이지…….」

「알아…… 하지만 난 달라졌어. 이젠 강해졌다니까. 게다가 난 그 사람과 잘 아는, 나랑 제일 친한 친구 중 하나를 다리 삼아 접촉했어. 그 친구 도움으로 일이 잘 해결될 것 같아. 내일, 틀림없이 그 사람은 집에 없어. 병원 당직 날이거든. 내가 몇 번씩 확인해 봤어. 나한테 아직 그 집 열쇠가 있어. 들어가서, 내 물건들을 챙겨 가방 몇 개에 담아 오기만 하면 돼. 오래 걸리지 않을 거야. 그런데 가방들을 옮기려면 네 도움이 필요해. 그걸 다 메고 지하철로 이동할 수도 없고 택시를 타러 갈 수도 없어서 말이야. 짐이 너무 많거든.」

난 뭐라 할 말을 찾으려 노력했다.

「실수하는 거야, 아주 큰 실수.」

「제발, 날 실망시키지 말아 줘. 이것만 해주면 더 이상 아무 부탁도 안 할게. 하지만 정말 네가 필요해.」

다음 날, 나는 내 작은 포드 피에스타를 몰고, 경련질 증상의 세계적 전문가가 거주하는, 고풍스러운 아파트 앞으로 갔다.

「금방 챙겨 올게. 여기서 기다려. 가방 갖고 내려올 테니. 시동 끄지 않고 있어도 돼. 금방 올 테니까.」

그녀가 다짐했다.

반 시간을 기다려도 그녀가 내려오지 않아, 나는 시동을 끄고 차를 보도 위에 세워 두기로 했다.

그런데 좋지 않은 예감이 들었다.

아파트 경비에게 폰 슈바르츠 박사 집이 어디냐고 물었다. 7층 오른쪽.

왁스 칠 하고 빨간 벨벳 융단을 깔아 놓은 나무 층계를 한 번에 네 계단씩 뛰어 올라갔다. 계단에서는 오래된 나무 냄새와 밀랍 냄새가 풍겼다.

7층에 이르자, 현관문이 보이고 바로 억눌린 듯한 비명과 때리는 소리가 들렸다.

「시빌린!」

내가 소리쳤다.

다시 우당탕 소리, 소동 사이로 잘 이어지지 않는 작은 목소리가 들려왔다.

「그냥 가, 함정이야. 그 사람이 여기 있어!」

이 말 중간에도 따귀를 찰싹 때리는 메마른 소리가 들리고, 다시 비명 소리가 났다.

「때리지 마!」

내가 문 저편을 향해 부르짖었다.

그때 불현듯 바보 같은 생각이 떠올랐다. 〈몸으로 돌진해서 문을 안쪽으로 무너뜨리는 거야.〉 현관문은 안전장치가 되어 있어서 내가 부딪쳐 봐야 휘지도 않을 것 같았다. 하지만 적어도 그로 인한 충격이 저 폭력배의 주의를 흩뜨려 놓을 수는 있을 것이라는 계산이었다.

결과는 예상대로였다. 내가 어깨로 두 번째 충격(나에게는 고통)을 주자마자 그가 부르짖기 시작했던 것이다.

「그놈이 온 거지, 엉? 그 어릿광대 놈 맞지? 엉?」

이런 순간에 듣는 〈어릿광대 놈〉이라는 말은 뭔가 초현실적인 데가 있었다.

「야, 너냐? 이 어릿광대 놈!」

「그 사람은 놔둬요, 제발. 그 사람은 손대지 말아요! 그 사람은 상관없어요.」

「손대지 말라고?」

목소리의 주인공이 빈정거렸다. 이번에는 내가 앞집 현관문에서부터 복도를 가로질러 달려와 몸을 던져 육중한 문짝에 쾅 부딪쳤다. 그러자 폭탄 터지는 것처럼 쾅 울리는 최대의 효과가 났다.

「에이! 더러운 어릿광대 놈! 미리 경고해 두는데 계속 이렇게 나오면 경찰을 부를 테다!」

「안 돼요, 안 돼. 그 사람은 손대지 말아요. 그 사람은 상관없어요.」

시빌린이 오열하며 말했다.

「그래, 좋아! 경찰 부르쇼! 경찰도 관심 많을 테니!」

내가 맞받아쳤다.

나는 주기적으로 맹렬하게, 어깨가 아픈데도 계속 문을 들이받았다. 반복되는 진동은 어떤 견고한 구조물도 무너뜨릴 수 있다. 그 방정식을 만들어 낸 과학자 니콜라 테슬라는 내 우상 중의 한 명이었다.

이 소음에 마침내 이웃들이 문을 빼꼼빼꼼 열고 겁먹은 표정으로 내다보았다.

이때 가죽점퍼를 입은 불량배 셋이 7층까지 올라왔다. 그들은 멈춰 서서 나를 살펴보았다. 나는 아랑곳하지 않고 박자를 맞춰 계속 문을 들이받았다.

갑자기 그 불량배 중 하나가 내 등 뒤로 다가와 손가락으로 어깨를 톡톡 치며 심드렁하게 물었다.

「도대체 여기서 뭘 하고 있는 겁니까?」

그는 키가 아주 크고 덩치도 아주 우람한 데다, 얼굴엔 수염이 텁수룩하고, 반지 같은 귀고리를 달고 있었다.

「이봐요, 안 그래도 복잡한 상황을 더 복잡하게 만들지 마슈.」

내가 대답했다.

그러자 그 불량배는 삼색 띠가 그려진 신분증을 내밀며 중립적인 어조로 또박또박 말했다.

「경찰입니다! 실례지만 신분증 있으십니까?」

그가 내민 신분증을 확인하고 안심이 되어 나도 내 신분증을 내밀었다.

「이 집 안에서 어떤 사람이 여성을 구타하고 있어요. 나는 그녀를 구해 주려는 거고요.」

내가 설명했다.

경찰은 나를 물끄러미 보더니, 잠시 망설이다가 마치 이런 일, 그러니까 매 맞는 여자를 구하려고 남자가 문 부수는 일 같은 것은 매일 보아 이골이 났다는 듯이 고개를 끄덕였다.

그가 초인종을 눌렀다.

「경찰이오. 문 열어요!」

마침내 문 뒤에서 대답하는 소리가 들렸다.

「잘됐군. 마침 기다리던 참이었소! 난 폰 슈바르츠 박사요. 파리 시장이랑 각별한 친구고. 그놈을 빨리 감옥에 처넣어요. 내가 고발합니다!」

그러자 헐떡이는 여자 목소리가 났다.

「아뇨, 거짓말이에요! 그 사람은 놔두세요. 그 사람은 아무죄도 없어요!」

「왜 이 무죄가 없어? 저 어릿광대 놈이 어떤 일을 당하는지 이제 보여 주지! 그놈을 체포해요, 경찰 양반들. 내가 나중에 경찰서에 가서 조서는 작성해 드릴 테니.」

「열어요, 경찰입니다!」

그의 말에 전혀 상관하지 않고 검은 가죽점퍼 입은 남자가 거듭 말했다.

「내가 고발한다니까. 저놈은 강도라고. 나를 공격하려고 현관문을 부수고 있었어요.」

난 얌전한 태도로 어깨를 으쓱하면서, 안전장치가 된 두꺼운 문을 내가 손상시킨 게 없다는 점을 강조했다.

「열어요, 경찰입니다!」

「시장이 내 친구라니까. 그 광대 놈이나 잡아가란 말이야!」

짜증 난 그의 목소리가 되풀이했다.

「열어요.」

결국, 한참이 지나서야 딸각 소리가 나더니 잠금장치가 풀렸다. 문이 열렸지만 두툼한 체인은 아직 그대로 매어져 있었다. 그 유명한 막시밀리앵 폰 슈바르츠 박사의 붉으락푸르락하는 화난 얼굴이 흘긋 보였다.

「내가 시의회에서 일하고 당신네들 상관인 시장의 각별한 친구라니까.」

그가 되풀이했다.

「체인 풀어요.」

그 사랑의 전문가는 덜덜 떨리는 손가락으로 나를 가리켰다. 그는 무슨 열병에라도 걸린 것 같았다. 틀림없이 코카인을 흡입했을 거라고 생각되었다.

「이럴 때 당신들은 저 광대 놈을 잡아야지. 아주아주 위험한 놈이라고! 아주 위험하다니까!」

「걱정 마십시오. 잡고 있어요.」

경찰이 내 팔꿈치에 한 손을 가만히 대면서 말했다.

「체포하라니까 그러네, 엉! 수갑을 채우라고. 위험한 놈이라니까. 얼른 감옥에 처넣어요, 엉? 내가 누군지 알고 그래? 시장님하고 각별한 친구라니까 그러네. 시장님이 당신들에게 고맙다고 할 거요!」

「체인 풀고 문 열어요!」

막시밀리앵 폰 슈바르츠가 마침내 체인을 풀자, 나는 처음으로 그의 실물을 자세히 볼 수 있었다. 그는 전혀 로버트 레드퍼드와 닮지 않았다. 그러니까 그냥…… 너무나 왜소한 남자에 불과했다. 아마 그래서 저렇게 미친 사람처럼 된 것 같았다. 자기보다 키 큰 사람에 대한 증오. 나는 생각했다. 이 인간은 틀림없이 힘난한 어린 시절을 보내야 했을 거고, 그러면서 인류 전체에 대해 증오를 키워 왔을 거야. 늘 자기를 머리 위에서 굽어보는, 그러나 자신은 턱 아래쪽과 콧구멍밖에 볼 수 없는 인류 전체에 대해서 말이다. 의사가 되어 권력을 얻자, 그는 환자를 지배하고, 여자를 지배하려 했다. 그의 인생은 오직 복수의 집념으로 가득한 여로였을 뿐이다.

〈푸른 수염〉의 축소판이었다.

그의 등 뒤에서 시빌린이 머리는 산발을 하고 두 손 두 발로 기는 자세로, 찢어진 옷을 걸친 채 일어서려 하고 있었다.

등장인물이 영 미덥지 못한 이 영화 같은 현실 속에서 나는 점점 더 기분이 나빠졌다. 마치 치과에 갔을 때처럼, 어서

빨리 시간이 흘러 다음 날이 되어 있었으면 싶었다.

〈남을 돕고 싶어 하는 게 바로 네 병이야.〉

바스티앵의 말이 역시 옳았던 것 같다.

「어떻게 된 일입니까?」

경찰이 냉정하게 물었다.

「그러니까 안에 저 남자 분이 기다리고 있다는 걸 모르고 이분이 자기 물건을 찾으러 온 거예요. 저 남자가 여자를 여러 차례 때려서 제가 문을 밀어서 열고 저 여자를 도와주려고 한 겁니다.」

경찰이 질문하는 눈빛으로 시빌린 쪽을 돌아보았다.

「네, 그렇게 된 거예요. 맞아요. 제가 들어왔더니, 저 사람이 달려들어서…….」

시빌린이 말했다.

바로 그때 금발의 키 작은 그 남자가 시빌린 쪽으로 돌아서더니 그녀의 양어깨를 꽉 잡았다. 그는 그녀를 꼼짝 못하게 붙들고 말하기 시작했다.

「아냐! 진실을 말해! 저놈이 옛 애인이라고. 나한테 오려고 저놈 곁을 떠났다고. 넌 저놈을 이제 사랑하지 않잖아. 그리고 저놈, 저 〈어릿광대 놈〉은 네가 자기 곁을 떠나는 걸, 우리가 서로 사랑하는 걸 못 참아 했잖아. 그래서 여기 와 내 집 문을 부수면서 너를 되찾아 가려고 하는 거잖아. 하지만 네가 좋아하는 건 나뿐이지. 나뿐이잖아. 난 네 생애 유일한 사랑이야!」

「하지만…….」

「나만 사랑한다고 이 사람들에게 말해. 우리 사랑은 그 무엇보다 강하고 넌 이놈을 다시는 보고 싶지 않다고 말해. 그리고 이놈이 감옥에 가서 다시는 우릴 방해하지 않기를 원한 다고 말해. 왜냐하면 넌 날 사랑하니까, 엉? 안 그래? 네가 날 얼마나 사랑하는지 말하라고. 오직 나만을, 나만, 다른 어느 누구도 아니고!」

「그게 그러니까……. 」

그녀는 흐느껴 울었다.

「이 사람들에게 말해, 날 사랑한다고! 나만 사랑한다고 말 하라니까. 나만! 나만! 나만!」

그녀는 눈물을 펑펑 쏟았다.

경찰이 한 걸음 다가섰다.

「이봐요, 사실을 제대로 말할 수 있는 건 당신뿐입니다. 이 두 남자 분 중에 누가 진실을 말하고 있는 겁니까?」

난 그녀의 예쁜 검은 눈 속에서 일종의 혼란 같은 것을 보 았다. 그녀는 폰 슈바르츠와 나를 번갈아 쳐다보았다.

「이젠 모르겠어요.」

그녀가 눈을 아래로 깔면서 마침내 인정했다.

「이젠 모르겠다니, 어떻게 그럴 수가 있어요? 분명히 둘 중 한 사람은 거짓말을 하고 있는 거잖아요.」

「내 말이 진실이라고 말해!」

정신과 의사가 그녀를 마구 흔들면서 겁을 주었다.

「그래요, 그래요…… 예.」

「뭐가 그렇다는 거죠?」

경찰이 물었다.

「이 사람 말이 진실이라고요.」

그녀가 마침내 체념한 듯 말했다.

「날 사랑한다고 말해. 〈나만〉 사랑한다고.」

그가 계속 밀어붙였다.

「그래요, 난 〈당신만〉 사랑해요.」

이 순간 나는 시빌린에 대해 완전히 무심해지는 자신을 느꼈다. 그저 멀리 있고 싶을 뿐이었다. 다른 곳에. 이 순간이 이미 추억이 되었으면, 훗날 이야기할 수 있는 추억담이 되어 버렸으면 싶었다. 나 자신도 긴가민가 의심스러운 과거의 일화였으면…….

얼마나 바보스러웠으면 이런 상황에 빠진단 말인가?

시빌린은 두 뺨이 눈물 범벅이 된 채로 〈그래요, 난 당신만 사랑해요〉라는 말을 끝없이 중얼댔다. 마치 영화가 돌아가다 필름이 멎은 것 같았다. 행정적 문제로 여념이 없는 경찰관과 그 뒤에 냉정하게 서 있는 다른 두 경찰관, 그녀를 도우려다가 감옥에 갇힐 수도 있는 내 신세, 입술에 거품을 물고 얼굴이 실성한 듯 뒤틀려 있는 저 축소판 〈푸른 수염〉.

어마어마한 고독감이 내 가슴에 밀려들었다.

이처럼, 실제 삶에서는 위험에 처한 처녀를 구해 주는 영웅이 될 수 없는 것이었다. 내가 그녀를 구하는 멋진 왕자인 줄 알았는데, 이제 할 일은 집에 가서 고이 발 닦고 자는 일뿐이었다. 푸른 수염의 지하실에 정육점 고기처럼 매달린 순진한 아내들의 시체가 즐비하다는 것을 알면서도 공주는 푸른 수염을 선택했으니까. 내가 잘못 생각한 것이다. 사람은 남을 도울 수 없으며, 기껏해야 남들이 겪는 고통의 증인이 되고 잘 견디라고 격려나 할 수 있을 뿐이다. 끼어들면 바로 끝장이다.

특히 어떤 감사도 바라지 말아야 한다. 오히려 주제넘게 도와주려 한 것을 사과해야 한다.

이윽고 경찰이 이런 말을 하면서 멈췄던 영화가 다시 돌아갔다.

「당신도 신분증 좀 보여 주십시오.」

정신과 의사는 말문이 막혀 그를 쳐다보았다.

「아니, 내가 설명했잖소. 난 시장님과 각별한 친구 사이라고. 시장한테 전화 한 통만 해보면 확인해 줄 거요.」

「신분증 주십시오. 이건 명령입니다. 누구라도 이 명령에 따라야 합니다.」

폰 슈바르츠는 경찰관을 꼬나보더니, 망설이다가 어쨌든 시빌린이 증인들 앞에서 승복했으니 자기가 싸움에서 이겼다는 걸 의식하고 어깨를 으쓱했다.

「이 어릿광대 놈 잘 보고 계시라고요, 알겠죠?」

그는 마치 내가 달아날까 두렵다는 듯 주장했다.

정신과 의사는 서류가 정리되어 있는 방으로 가려고 긴 복도를 향해 멀어져 갔다.

그러자 곧바로, 지금껏 이 모든 난리통에 무심한 듯 보이던 경찰이 시빌린의 한 팔을 끌어당기더니 내 품으로 그녀를 밀었다.

「얼른 도망쳐요. 우리가 저 사람을 잡고 있을 테니!」

앞뒤 재지 않고 우리는 7층에서 1층까지 계단을 마구 뛰어 내려왔다. 층계참마다 문틈으로 사람들이 내다보는 것이 보였다.

우리는 포드 피에스타에 얼른 올라탔다. 시동을 걸려고 황급히 차 열쇠를 돌렸지만, 자동차는 우리 사정을 알아주려 하지 않았다. 열쇠를 돌리고 또 돌려 봤지만 계속 시동이 걸리지 않았다.

나는 아버지가 주의를 주셨던 말씀이 기억났다.

〈만약 시동이 안 걸리면, 좀 기다렸다가 다시 열쇠를 돌려 봐라.〉

백미러로 보니 폰 슈바르츠가 미친 듯이 쫓아오고 있었다. 나는 허둥지둥 차 문의 잠금장치를 잠갔다. 어느새 그는 시빌린을 끌어내기 위해 차 문을 열려고 했다. 그녀는 소리를 지르기 시작했고, 그는 안전장치가 된 그의 집 현관문보다 불행히도 훨씬 연약한 차 문을 마구 때렸다.

나는 일순 동작을 멈추고 눈을 감았다.

머릿속에서 모든 소리를 지우고, 깊이 숨을 들이쉬었다. 〈다 놓아야 해〉라고 나는 속으로 말했다.

나는 시빌린도 무시하고, 그악스럽게 차 문 손잡이를 잡아당기는 그 코카인 먹은 땅꼬마도 무시했다. 그리고 열쇠를 천천히 돌렸다. 정상적인 가르릉 소리가 나면서 시동이 걸렸다.

피에스타는 미끄러져 갔다. 차가 움직이자 정신과 의사는 차 문을 놓쳤다. 그는 내가 빨간 신호등에 걸려 멈추기를 바라며 뒤따라 달리기 시작했지만 다행히 노란불이었고, 나는 그대로 속도를 올렸다.

나는 차를 빠른 속도로 몰아 멀리까지 갔다. 말 한마디 없이.

샹젤리제 대로에 이르러, 나는 차 문을 열고 시빌린에게 말했다.

「내 애프터서비스는 여기까지야. 앞으론 내게 전화하지 마, 어떤 일이 생겨도. 네가 행복하길 바란다. 그리고 네 물건 찾아오려는 시도는 더 이상 하지 말았으면 해. 정말로 없어선 안 될 물건이란 없어. 없어선 안 될 사람도 없고 말이야. 넌 노르망디에 계시는 어머니 댁에 다시 가는 게 좋겠어.」

그녀는 두 눈을 내리깔았다.

「알았어, 내가 바보였어. 하지만 내가 경고했잖아. 나는 나를 돕는 사람을 수렁으로 끌고 들어갈 수밖에 없는 사람이라고. 그게 나한테 내려진 저주라고.」

한없는 침묵이 이어졌다. 그러다 그녀가 침묵을 깼다.

「네가 나한테 해준 것 절대 안 잊을게. 내 목숨을 구해 줬어. 난 널 다시 만나고 싶지만, 넌 별로 그러고 싶지 않겠지?」

그녀는 차에서 내려 보도 위에 꼼짝 않고 서 있었다. 난 백미러를 들여다보지도 않고 출발했다.

5년 뒤, 나는 시빌린이 귀족 작위를 여러 개 지니고 성과 가문의 문장까지 있는 어떤 기자와 결혼했다는 소식을 들었다. 그녀가 선택한 남자는 시빌린보다 한층 더 〈생살이 벗겨진〉 남자여서 아마 그녀의 모성 본능을 자극한 모양이었다. 남편의 정신 상태에 대해 불평할 엄두도 내지 못한 채, 그녀는 자기 안의 〈시인〉에 대해선 단념하고, 남편을 마음속 악마들로부터 구해 내는 일에 생을 바쳤다.

어느 날 저녁 텔레비전에서 나는 막시밀리앵 폰 슈바르츠 박사가 출연한 프로그램을 보게 되었다. 그는 젊은 여성들의 성 문제와 심인성 질환 전문가로 초청되었다. 미소 띤 얼굴로 사근사근하게, 그는 농담을 하고 있었다. 고통받는 환자들의 극적인 사례를 언급할 때는 심각한 얼굴이 되었다. 그가 직접 체험했다는 몇몇 일화에 진행자는 넋을 잃었다. 모든 이가 감탄하며 그의 말에 귀를 기울였다.

그러나 내 눈에는 분노로 뒤집힌 그의 얼굴, 입에 거품을 물면서 〈이 어릿광대 놈을 감옥에 처넣어! 난 시장의 각별한 친구야, 알겠어!〉라고 소리소리 지르던 그의 얼굴이 떠올랐다.

그리고 시빌린이 했던 말도 기억났다.

〈그는 인류 전체를 증오해. 사람들을 모조리 죽여 버릴 수 있다면 아주 행복할 거래.〉

화면에선 그의 얼굴 아래쪽에 작고 흰 글씨로 자막이 떠올라 시청자에게 정보를 제공하고 있었다. 〈막시밀리앵 폰 슈바르츠 박사, 사랑의 화학 전문가.〉

농담이 태어나는 곳
있을 법한 미래

「……그래서 그 사람이 대답했답니다. 그야 당근이지, 이 사람아. 그러니까 그 양반이 그걸 비밀로 간직하려는 것 아냐. 그걸 아는 사람이 그래!」

그러자 와르르 웃음이 터졌다. 올랭피아 극장을 채운 관객 모두가 박수갈채와 환호를 보냈다. 일어선 청중이 박자 맞춰 외치기 시작했다.

「트리스탕! 트리스탕!」 그러다가 「앙코르! 앙코르!」

박수갈채를 받은 코미디언은 겸손하게 뒤로 물러나 이마의 땀을 닦고, 몸을 굽혀 인사를 하고 나서 승리의 표시로 양팔을 들어 올렸다. 청중은 여전히 외쳐 댔다.

「앙코르! 앙코르!」

그는 몇 번 더 답례 인사를 하고 손으로 관객에게 입맞춤을 보낸 뒤 무대 뒤편으로 물러났다.

기자 하나가 다가가 인터뷰 요청을 했다.

그러나 트리스탕 마냐르는 그 기자에게 관심조차 두지 않았다. 젊은 팬들이 사인을 해달라고 했지만 그는 그들을 지나쳐서 허둥지둥 걸어갔다. 그는 꽃으로 가득 찬 출연자 대기실로 들어가더니, 자기를 막무가내로 찍어 대는 사진 기자들의 면전에서 문을 쾅 닫았다.

트리스탕은 테두리에 노란 등불들이 달린 거울을 바라보며 신경질적으로 화장을 지웠다. 그의 매니저이자 연예 기획사 사장인 장미셸 페트로시앙이 다가왔다.

「정말 훌륭있이! 좋 — 았 — 어! 그런데 자네, 다시 무대로 나가야겠어. 관객들이 아주 난리도 아냐. 한 번 더 해달라잖아! 건망증 있는 문지기, 그 연기 좀 보여 줘. 그거 언제나 반응 좋잖아. 손님들이 아주 좋아할 거야.」

「됐어, 더 하긴 개뿔…….」

「저 소리 안 들려? 대성공이라니까! 문화부 장관도 온 모양인데.」

「오든 말든 내 알 바 아니야.」

멀리서 수백 명이 입을 모아, 무슨 부족의 주문처럼 외쳐 대는 소리가 웅웅 울려왔다.

「앙코르!」

「저 사람들 가만있지 않을 기센데! 자네 때문에 아주 후끈 달았어! 자네는 왕이야. 트리스탕! 사람들이 자네가 좋아 죽잖아.」

「난 저 사람들을 경멸해.」

「자네 인기 관리 좀 생각해. 저 사람들도 생각해 보고. 새로 지을 별장의 수영장을 생각해 보라고.」

「내 생각을 가장 잘 요약하는 건 말이지…… 〈알 게 뭐야!〉 바로 이 말이야. 내 인기 관리 같은 것 알 게 뭐야. 청중도 알 게 뭐야. 수영장도 알 게 뭐야.」

장미셸 페트로시앙은 영문을 모르겠다는 듯 입을 다물었다. 한편 트리스탕은 결연히 이 말만 되풀이했다.

「장관도 알 게 뭐야. 청중도 알 게 뭐야. 대성공도 알 게 뭐야. 영광도, 돈도, 꿀풀 냄새 나는 이 꽃도 알 게 뭐야. 나한테는 다 소용없다니까.」

「트리스탕, 대체 뭐가 문제야?」

장미셸 페트로시앙이 담배에 불을 붙여 건넸지만, 코미디언은 밀쳐 냈다. 그러자 페트로시앙은 코카인을 내밀었고 트리스탕은 그것을 훅 불어 버렸다. 코카인 가루가 구름처럼 흩어졌다가 내려앉았고, 매니저는 에취 하고 재채기를 했다.

「잠깐! 지금 공중에 흩뿌려 버린 게 뭔지 알기나 해! 저건 1백 프로 코카인이라고!」

「미안해, 지미. 자네가 이해를 못한 것 같군. 난 모든 걸 중단했어. 정말이야. 이제 지긋지긋해. 이 바닥에서 7년짼데, 이제 더는 못하겠어. 질렸다니까!」

「7년간의 영광 아닌가!」

「7년간의 사기였지.」

두 사람은 옥신각신했다. 장미셸 페트로시앙은 덩치가 좀 있고, 진한 눈썹 옆 관자놀이에는 벌써 희끗희끗한 머리가 보였다. 검은 셔츠의 앞단추를 풀어 놓아 곱슬곱슬한 가슴 털이 보였다.

트리스탕 마냐르는 마른 체구에 코는 길고 뾰족했고 공연 때문에 앞머리에 젤을 발라 넘긴 모습이었다.

「왜 그래, 트리스탕? 나한테는 말해 줄 수 있잖아. 난 자네하고 한편인데.」

페트로시앙이 곁에 와 앉으며 강한 어조로 물었다.

「뭐가 문제인지 정말로 알고 싶어? 알고 싶으냐고, 지미?」

코미디언은 얼굴을 짐짓 찡그렸다. 그러고는 손가락으로 매니저의 가슴팍을 가리켰다.

「뭐가 문제인지 말해 줄까. 7년째 내가 매일 저녁 짤막한 개그로 보여 주는 이 농담들, 그 농담을 지어낸 건 내가 아니란 말이야! 바로 그게 문제라고!」

「무슨 소린지 모르겠군, 트리스탕. 그야 그저…… 농담일 뿐이잖아.」

「어디서 나온 건지도 모르면서 난 그걸 팔고 있잖아. 내 것이 아닌 개그로 사람들을 웃기고, 마치 내게서 나온 것처럼 사람들에게 보여 주고 있어! 내가 꼭 사기꾼 같기만 해. 그래, 그게 문제야. 사람들은 모두 내가 이 분야의 거장이라고 생각하지만, 이 작은 교향곡을 작곡한 사람은 누군가 다른 사람이야! 내가 아니고!」

매니저는 그를 격의 없이 한번 툭 쳤다.

「자, 자, 그래 그걸 쓴 사람은 작가들 맞아. 그래서? 작가들은 대만족이야. 자네 때문에 작가들은 제일 높은 저작권료를 받아 가잖아. 자네 대본 써주는 작가 되는 게 모든 이의 꿈인데, 그게 무슨 소리야.」

「틀렸어! 그들도 아니야! 작가들도 그런 내용을 어디선가 찾아온 거지, 그들이 지어낸 건 아무것도 없어. 작가들도 사기꾼이라고!」

「아니, 이런 참! 떠돌아다니는 이런 농담들을 대체 누가 지어냈다는 거야? 누가!」

「그걸 난들 알아…… 사람들이 지어냈겠지.」

「어떤 사람들이? 이름 좀 대봐!」

장미셸 페트로시앙은 자기 연예인을 진정시킬 방도를 찾으려고 했다. 그는 좀 세게 나갔다.

「좋아 좋아, 농담을 〈이삭 줍기〉하듯 줍는 거야. 나무에 열린 열매 같은 거지. 작가들이 그걸 따서 자루에 담아 자네에게 갖다 줘. 자네는 그걸로 잼을 만들고, 사람들은 그 잼을 좋아해. 잼 병에는 〈트리스탕 잼〉이라는 상표가 붙어. 자네 재능은 자네 방식으로 만든 요놈의 잼을 준비해서 공급하는 거라고. 그걸 사람들이 사서 즐기는 거고. 자네 스스로를 과소평가할 것 없어.」

코미디언은 작은 화장대 탁자를 주먹으로 탁 내리쳤다.

「나 자신을 과소평가하는 게 아니야! 반짝이와 가식투성이인 이 세상 것들의 실체가 내 눈엔 환히 보인단 말이야. 어떤 농담은 이미 잼이라는 제품으로 만들어져 있어서 나는 손댈 것도 없었어. 뭔가를 지어내려면 비법이 있어야 하고, 그거라면 나도 좀 알아. 누군가가 있는 게 틀림없어. 어디엔가 이런 흐름, 이런 인물, 이런 상황을 상상해 낸 이가 틀림없이 있다고.」

「그래, 마술도 그렇잖아.」

「바로 그거야! 마술 공연에도 저작권이라는 게 있잖아. 마술을 만들어 낸 사람이 누군지 알려져 있고, 보통 그런 사람들은 아주 부자야. 반면에 농담은 무상으로 주어지고 작자가 누군지도 몰라. 이 작은 보물들을 누가 만들어 냈는지 절대 모른다니까. 지어낸 사람이 왜 자기 이름을 안 밝혔는지도 모르고. 난 그래서 꼭…… 도둑이 된 것 같은 심정이라네.」

코미디언은 화장 지우는 크림이 담긴 병을 손에 탁탁 쳐서 크림을 쏟아 낸 다음 파운데이션 바른 얼굴 위에 한 겹 펴 발랐다. 매니저는 조심스럽게 화장 솜을 건넸다. 그는 자기 생각을 어떤 식으로 표현할지 궁리하고 있었다.

「농담은 저절로 생겨나는 거야. 마치 수증기가 눈으로 바뀌고, 눈이 혼자 뭉쳐지면서 결국은 하얗고 큰 덩어리가 되는 것처럼 말이지. 최종본을 원했거나 결정한 사람은 정말 아무도 없어. 눈이나 눈덩이도 발명한 사람이 따로 없잖아. 그냥 혼자서 저절로 만들어진 거야. 공중에 퍼져 있는 거야. 그냥 경험적인 거라고.」

「〈텔레비전 진행자〉 개그가 경험적 현상이라고? 거기엔 등장인물, 배경, 서스펜스, 극적 사건, 특이한 결말, 이런 게 다 들어 있어. 근데 그게 내가 거둔 최대의 성공이고 〈경험적〉인 거라고?」

「바로 자네가 그걸…….」

「제발 그만 좀 해. 여긴 무대가 아니잖아. 거짓말은 더 이상 하지 말라고. 지미, 그걸 만들어 낸 건 내가 아니고, 내 작가들도 아니야. 그 농담은 누군가에게서 훔친 거야. 그 〈누군가〉가 유명한 사람이 아니라고 해서 이 도둑질이 용납되는 것은 아니란 말이야. 그 〈텔레비전 진행자〉 농담을 지어낸 친구는 천재야. 내 대본을 써주는 작가 중 어느 누구도 그렇게 강력하고 복합적이면서 속도감 있는 시나리오를 구성할 재주는 없어. 이 농담은 완벽해. 정밀하기가 시계보다 더하다고. 어느 것 하나 빠진 게 없고, 단어 하나하나가 필수 요소야. 이건 기념비적인 작품이야. 누가 그런 기념비를 세웠는지 알고 싶어.」

장미셸 페트로시앙은 뭐라 대답할 말을 찾지 못했다. 트리스탕의 분노는 잦아들지 않았다.

「잼의 원료가 된 과일의 경우라면 말이야, 나무에게 고맙다고 하면 되지. 그렇지만 내게 영광을 안겨 준 그 농담들에 대해서는 누구에게 고맙다고 하지? 누구에게? 지미, 누구에게 고마워해야 하냐고?」

올랭피아 극장 객석에서 관객들이 여전히 〈앙코르! 앙코

르!) 하고 외쳐 대는 소리가 멀리서 들려왔다.

매니저는 휴내 진회를 반기는 심드렁한 음성으로 중얼거렸다.

「오케이, 프레드. 이제 객석 불 켜도 돼. 트리스탕은 다시 무대에 나가 인사하지 않을 거야.」

트리스탕 마냐르는 의기양양하여 매니저를 가리키며 말했다.

「나, 1년간 안식년을 가지려네. 시간을 오직 한 가지 활동에만 바칠 거야. 작자 미상 농담의 존재라는 수수께끼를 푸는 일 말이야. 그리고 내 말 잘 들어, 지미. 만족할 만한 답을 찾기 전에는 무대에 다시 서지 않을 거야.」

「자네 내일 저녁에도 바로 여기 올랭피아 극장에서 공연해야 하잖아. 혹시 잊어버릴까 봐 다시 말해 두겠는데, 대통령이 몸소 관람하러 오실지도 모른다고 사람들이 알려 주더군. 상상 좀 해봐, 대통령이라고!」

「대통령이건 뭐건 알 게 뭐야.」

「어쨌든 예약석의 관람료는 이미 지불됐어. 이봐, 자네는 계약대로 움직이는 거야. 하고 안 하고 그런 선택의 여지가 없어.」

「그깟 계약서 따위 알 게 뭐야.」

트리스탕 마냐르는 자리에서 일어나더니 화장이 제대로 지워지지도 않은 얼굴을 수건으로 급히 닦고 문 쪽으로 달려갔다. 매니저의 면전에서 문을 쾅 닫아 버리고, 자기를 촬영하려는 사진 기자들도 마다하고, 달라붙는 한 떼거리의 젊은 팬들도 밀쳐 버리고, 인터뷰를 원하는 취재 기자도 떠밀어 버렸다.

밖에 나오니 안전을 위해 설치한 방벽 뒤로 또 한 무리의 열성 팬들이 〈트리스탕! 트리스탕!〉 하며 박자 맞춰 외쳐 대고 있었다.

그는 오토바이에 올라타 곧장 빈터로 갔다. 그러고는 무대 의상을 벗어 땅바닥에 놓고 라이터로 불을 붙여, 되돌아가고 싶은 유혹의 여지마저 없앴다. 하늘로 올라가는 불꽃을 오래 지켜보다가, 확신 없는 불사조처럼 그는 자기도 언젠가 자신을 태운 재 속에서 다시 태어날 수 있을까 하고 자문해 보았다.

검은 구름이 자욱했다.

그가 관객 앞에 모습을 보인 것은 그날의 올랭피아 극장 공연이 마지막이었다.

길이 기억에 남을 이날 밤 공연 이후, 트리스탕 마냐르는 감쪽같이 사라졌다. 어떤 사람들은 자살 가능성을 언급했지만, 그렇다면 시체라도 나와야 했다. 그가 혼자 배를 타고 떠나 어떤 잠수함도 찾지 못할 먼바다에서 자폭했을 것이라고 추측하는 사람도 있었다. 어느 가설이나 근거가 없기는 마찬가지였다. 사실 일반 대중을 당혹하게 했던 점은, 트리스탕 마냐르가 인기 절정인 상태에서 무대를 떠났다는 사실이었다.

고아인 데다 별 연줄도 없는 트리스탕 마냐르의 실종은 수수께끼로 남았다. 어느 날 누군가가 바누아투 제도 부근의 외딴 섬에서 그를 보았다고 했다. 그러자 곧장 사람들은 그가 갑자기 사람 싫어하는 병이 도져 로빈슨 크루소 같은 체험을 해보러 떠난 것이리라고 상상했다.

그 섬에 헬리콥터들을 급파해 찾아본 결과, 그와 꼭 닮은 사람을 찾아내기는 했는데, 그 사람 말인즉 남들이 자기를 프랑스의 유명 코미디언인 줄 종종 착각한다는 것이었다.

인터넷상에는 정말 말도 안 되는 가설들이 점점 많이 떠돌았다. 트리스탕 마냐르가 지구인의 웃음 작동 원리를 알아내려는 외계인에게 납치되었다는 설도 있었다. 버뮤다 삼각지대를 여행하다가 시공간의 구멍 속에 빨려들어 미래로 갔을 것이라고도 했다. 또 어떤 사람들은 경쟁자인 코미디언이 그를 납치해서 그의 자리를 뺏고 비밀 은신처에 잡아 두고 있다고 했다.

그러다가 그를 찾는 활동이 중단되었다. 서서히 사람들은 그를 추모하는 쪽으로 바뀌었다. 추모 방송, 회고 방송 등이 쏟아졌다.

결국 새로운 코미디언들이 출현해, 그를 대신하여 대중의 마음속으로 들어섰다.

하지만 트리스탕 마냐르는 여전히 살아 있었다.

그는 항상 머릿속을 떠나지 않는 형이상학적 질문, 〈이 농담들의 기원은 어디인가?〉에 대한 답을 찾기 위해 조사를 하고 있었다.

번잡한 상황을 피하려고 그는 우선 신분부터 감추었다.

머리를 빡빡 밀고, 두꺼운 안경을 쓰고, 수염을 텁수룩하게 길렀다. 평상시와 다른 옷을 입고, 다른 차를 타고 신분증도 다른 것으로 꾸몄다.

개그 대본을 써주던 대표 작가가 어느 날 털어놓던 말을 그는 기억했다.

〈난 말이지, 농담을 주로 카페에서 구해. 우리 아빠트 건물 1층에《친구들의 만남》이라는 카페 있잖아.〉

그는 그곳부터 추적하기 시작했다.

처음에는 신중하게 시도했다.

오랫동안 그 카페 홀을 관찰한 뒤, 그는 과감하게 바까지 진출했다. 거기에서 걸쭉한 입담을 자랑하는 카페 주인을 둘러싸고 모인 술주정꾼들의 이야기에 귀를 기울였다. 빨간 나비넥타이를 맨 카페 주인은 양 뺨이 떨어져 나가라 웃어 대 툭 튀어나온 광대뼈 부분에 터질 듯한 핏줄들이 드러나 보였다. 모두들 아주 큰 소리로, 주위 사람들을 열렬한 청중으로 만들고 싶다는 듯이 떠들어 댔다.

「거위 축제 날 루마니아로 휴가 떠난 뚱뚱한 농부 두 사람 이야기, 알아?」

트리스탕 마냐르는 카페 주인을 관찰했다. 주인은 한 손에 명함 크기의 종이에 깃털 펜으로 사람들이 들려주는 농담을 모두 받아 적고 있었다. 왁자지껄한 웃음소리가 규칙적인 리듬으로 철썩이며 부딪쳐 오는 파도 소리처럼 번져 갔다. 이야기가 멈추는 것은 오직 맥주가 한 순배 돌 때뿐이었다.

트리스탕 마냐르는 온종일 카페의 바에 넋 놓고 앉아 공공연한 이 장소에서 벌어지는 일을 모두 꼼꼼히 기록했다.

그는 몇 시간 동안 카페 손님이 다 빠져나가기를 기다렸다가, 자정을 알리는 시계의 마지막 땡 소리와 함께 문 닫는다는 소리를 듣고서야 그는 주인에게 다가갔다. 주인은 잘못 넘겨짚었다.

「뭐 드릴까요, 손님? 커피 한 잔 더? 마지막입니다. 이제 문 닫아야 하니까요.」

트리스탕은 가명으로 자기소개를 하며 일간지 기자라고 둘러댔다. 그러고는 이 동네이 분위기 좋은 주점들을 취재 중이라고 했다.

분위기 좋은 카페의 주인은 기분이 좋아져 자기 신상을 털어놓았다. 카페 주인 알퐁스 로비케는 신문이 공짜 광고를 해줄 거라는 사실에 들떠 있었다. 그는 까치밥나무 열매 시럽을 넣은 키르 한 잔을 우정의 표시로 그냥 주면서, 이곳은 그야말로 주택이 밀집한, 최고로 목 좋은 자리라고 설명했다.

「당신이 손님들과 농담하는 이야기를 들었어요.」

트리스탕 마냐르가 이야기를 시작했다.

「아닌 게 아니라 농담이 우리 집 특별 메뉴라고 할 수 있죠.」

알퐁스 로비케는 설명했다. 깜짝 파티에 쓰는 장난감을 파는 소상인이었던 아버지는 희극적 효과에 푹 빠진 사람이었다고 했다. 어릴 때 차가운 물을 담아 둔 유모차에 자기를 앉힌 적도 있었다고 했다. 그래서 항상 의자에 앉기 전에 혹시 방귀 소리 나는 쿠션이 놓여 있는 것 아닌가 확인해야 했다고 했다. 또한 겨자 병을 열 때는 종종 용수철에 달린 악마가 확 튀어나왔다고 했다.

조금 놀란 트리스탕은 대화를 좀 더 원활하게 하려고 고개를 끄덕였다.

「그뿐인 줄 아세요? 카망베르 치즈에서 빵빵 하는 경적 소리가 나는가 하면, 내 침대에 가짜 생쥐가 숨어 있기도 했지요. 아버지는 〈웃음은 꼭 있어야만 하는 것〉이라고 말씀하셨죠!」

그는 어린 시절을 되살리다 보니 즐거운 것 같았다.

그는 이렇게 남을 웃기는 재능이 유전 인자에서 온 것이라고 생각했다. 왜냐하면 어머니를 두고도 사람들은 입을 모아 말장난 잘 치는 〈명랑 아줌마〉라 불렀던 것이다.

「우리 엄마는 영국식 〈난센스〉 유머 쪽이었죠. 아버지는 정치적, 인종적, 성적인 걸쭉한 농담 쪽이었고. 양자가 서로 보완적이죠, 안 그래요?」

알퐁스 로비케는 목가적인 어린 시절을 회상하며 이야기해 주었다. 아침 일찍 아버지가 재치 있는 말 한마디로 하루를 시작하면 그 말을 받은 어머니가 질세라 한마디 덧붙였다. 밤에 자기 전에 아버지가 항상, 좋은 꿈 꾸게 하는 최상의 수면제라고 하면서 이야기를 해주었는데, 웃다가 힘이 다 빠질 만큼 〈재미있는 이야기〉였다. 그의 아버지가 하고 또 하던 말이 바로 〈좋은 웃음은 스테이크 한 덩어리만 한 가치가 있는 데다, 웃으면 살도 안 찐다〉였다.

직업에서, 연애에서 쓴맛을 볼 대로 본 서른다섯 살 무렵에 알퐁스는 일생을 자기가 좋아하는 두 가지 취미, 술 파는 일과 농담 들려주는 일에 바치기로 마음먹었다.

술 한잔 하고 나서 카페 주인은 자기와 죽이 딱 맞는, 진정한 짝이 될 여자를 한 번도 만나지 못했다고, 또 살아오며 사귄 여자들 대부분은 그가 〈이제, 재미있는 농담 할 사람 누구지?〉 이런 말만 하면 곧장 시큰둥한 내색을 했다고 밝혔다.

그래서 그는 자식도 없었고, 자기 말에 따르면 〈정말 유머를 지닌 유일한 여인〉을 배필로 만났던 아버지가 부럽다고 했다.

트리스탕 마냐르는 수첩에 메모하는 척했다.

알퐁스 로비케는 여러 개의 구두 상자 안에 주제별, 날짜별, 특히 〈시기별〉로 농담들을 분류해서 명함 크기의 종이에 적어 모아 두었다고 했다. 왜냐하면 시대마다 〈특별히 유행하는 농담들〉이 있으니까. 예컨대, 금발 여자들에 대한 농담. 〈머리를 갈색으로 염색한 금발 여자를 뭐라고 할까? 인공 지능!〉 아니면 이런 것. 코끼리. 〈코끼리 한 마리가 나무 위에 올라가 있다. 어떻게 내려올까? 나뭇잎 위에 자리 잡고 가을을 기다린다!〉

그는 숨도 안 쉬고 계속했다.

「어떤 남자가 애완동물 파는 가게에 들어가서 말하는 앵무새 한 마리 달라고 했어요. 가게 주인이 대답하길 〈네모난 알을 낳는 앵무새가 있답니다〉, 〈내가 사고 싶은 건 말하는 앵무새지, 알 낳는 앵무새가 아니에요〉, 주인이 대답하길 〈오, 이 앵무새는 알 낳을 때 말을 하는데요. 아야! 하고〉.」

그러자 트리스탕은 그에게 항복했다는 표시를 하며 충분히 알아들었다고, 굳이 시대별로 예까지 들어 줄 필요 없다고 말하지 않을 수 없었다. 하지만 알퐁스는 정확하게 다 말해 주고 싶어 했다. 그는 결국 농담의 소재를 시기별로 꼽아 나갔다. 그의 말에 따르면, 헝가리인 이야기가 있었고, 헝가리인 전에는 벨기에인, 벨기에인 전에는 스코틀랜드인, 스코틀랜드인 전에는······.

알퐁스 로비케는 자기 등 뒤, 술병 위로 층층이 주제별로 정리된 구두 상자들을 보여 주었다.

〈주님 곁에 주당이 있네〉라고 그가 요약했다.

그는 상자 하나를 들어서 뚜껑을 열더니 안에 든 것을 보여 주었다. 번호와 날짜가 매겨진 기록지들이었다.

「내게 이 이야기를 해준 사람 이름도 기록하죠.」

그가 시시콜콜 말해 주었다.

「그리고 내 메모를 붙여요. 예를 들면, 여기 보세요. 〈포커 치는 토끼 농담〉 (토끼가 말했다. 〈오 이런! 클로버란 클로버는 다 먹어 버렸구나!〉) 내게 이 농담을 들려준 사람은, 그러니까 (그는 안경을 쓰고 이름을 찾아보았다) 제젠, 정식 이름으로 하자면 외젠 샤파넬. 이 동네 사는 이발사죠. 여기 내가 점수도 줬네요. 20점 만점에 13점.」

「〈텔레비전 진행자〉 농담의 기원을 찾아 주실 수 있나요?」

갑자기 트리스탕이 물었다.

알퐁스 로비케는 썼던 안경을 치켜들고 눈썹을 찡그렸다.

「〈텔레비전 진행자〉라고요? 홈…… 그 주제로 여러 가지 농담이 있는데.」

트리스탕은 숨을 깊이 들이쉬었다. 그리고 자기가 무얼 일컫는지 잘 설명하려고 또박또박 말했다.

「맨 마지막에 극적인 반전이 있는 거 말입니다. 그 진행자가 실제로는 그러니까…….」

「아, 그래요. 트리스탕 마냐르를 유명하게 만들어 준 그 농담 말이죠?」

「어, 그렇죠…….」

잠시 그는 상대방이 자기를 알아볼까 봐 겁을 먹었지만, 카페 주인은 이미 선반 꼭대기에 올려놓았던 상자를 뒤지는 중이었다.

「아, 트리스탕! 그 사람 참. 이 무슨 비극인지! 가엾은 사람. 영광의 정점에 있다가 획 사라져 버렸죠. 그에게 무슨 일이 일어났는지 알 도리가 있겠어요? 틀림없이 여자랑 도망쳤을 겁니다. 사랑에 빠지고 보니 유명세를 더는 못 참겠다는 생각이 든 거죠. 그는 행복의 열쇠를 찾은 겁니다. 행복하게 살려면 숨어서 살자. 그는 높은 산 어딘가에 있는 오두막집에 그 여자와 둥지를 틀고, 아침부터 저녁까지 좋아서 죽을 거라니까요!」

「정말 그렇게 믿으시나요?」

「물론이죠. 사랑은 어떤 바보짓이라도 하게 만드는 법. 내가 직접 확인했죠. 나도 사랑 때문에 자취를 감추고 싶었거든요. 내 나이보다 너무 어린 갈색 머리 여자. 아, 그 못된 년 때문에 고생깨나 했죠. 그 여자가 나한텐 마약처럼 되었거든요. 사랑이란 죽음보다는 조금 덜 힘든 것. 그리고…… 유머보다는 조금 더 힘든 것. 사랑이란 죽음 직전, 그리고…… 유머 바로 뒤.」

자신의 재치 있는 답변에 스스로 흐뭇해하며 카페 주인은 서둘러 그 말을 적어 놓았다. 그러더니 다시 구두 상자 속에서 명함 종이 한 장을 찾아내 그것을 휘두르며 보여 주었다.

「아…… 여기 있군. 〈텔레비전 진행자〉 농담 말이오. 그 얘길 처음 들은 건 7년 전이죠. 아침마다 카페라테 큰 잔으로 한 잔, 포도빵, 오렌지주스를 시켜 먹던 정보 처리 기술자 펠릭스 자니코라는 사람이 이 얘길 해줬어요.」

「그 사람 주소 갖고 계신가요?」

펠릭스 자니코는 긴 머리를 두억시니처럼 산발한 키 크고 시커먼 장정이었다. 그는 반쯤 잠에 취한 것처럼 말을 천천히 했다. 그의 아파트는 전자 부품, 컴퓨터 모니터, 키보드, 레이저 디스크 등이 가득 들어찬 만물상 같았다.

여덟 대의 컴퓨터가 켜져 있고 그 옆에 먹고 나서 팽개친 피자 상자들이 쌓여 있었다.

이 정보 기술자는 트리스탕 마냐르에게 농담의 대부분을 인터넷 전문 사이트에서 찾아냈다고 순순히 알려 주었다. 그리고 〈텔레비전 진행자〉 또한 다른 농담들처럼 자기가 매일 아침 들어가는 농담 사이트인 〈농담 닷컴〉에서 찾았다고 했다.

「저는 농담을 좋아하거든요. 제가 보기에 농담 닷컴은 가장 농담이 많이 올라 있는 사이트입니다. 방금 나온 신선한 농담들이 항상 바로 뜨죠. 이 사이트 덕에 저는 지구 전체에 새로 유포되는 유머 현황을 그대로 파악할 수 있답니다. RSS 서비스 덕분에 전 세계 곳곳에서 생겨나는 농담들을 실시간으로 알 수 있어요.」

트리스탕 마냐르는 더럭 걱정되었다. 인터넷은 너무 방대한데, 인터넷 세상에 빠져 익사할까 봐 두려웠던 것이다.

〈농담 닷컴〉 사이트 운영자는 니콜라 상송이라는 짧은 머리의 청년으로, 넥타이까지 맨 정장 차림을 하고 아주 현대적인 사무실에서 그를 맞아 주었다. 〈농담 닷컴〉 사이트는 CDPD(파리 디지털 개발 회사)라는 이름으로 통합된 수많은 사이트 중 하나였다.

「회사 이름은 CDPD지만 우리 동료 중엔 이성애자가 많습니다.」[3]

그가 농담을 했다.

---

[3] 프랑스어로 PD(페데)는 〈동성애자〉. CDPD는 〈C'est des PDs(동성애자들이다)〉라는 말과 소리가 같다.

그는 트리스탕에게 고백하기를, 자기는 CDPD라는 그룹을 관리하는 회사를 방금 매입했기 때문에 개인적으로 이런 일은 잘 모른다고 했다. 그렇지만 자기 수하의 역사 담당 웹마스터와 연결해 줄 수는 있다고 했다. 그 웹마스터는 키가 작고 뚱뚱한 곱슬머리 남자였는데, 레게 스타일에 남방셔츠를 입고 향이 진한 궐련을 피우고 있었다. 이름은 리샤르 아베카시스라고 했다. 그는 자기에게 〈텔레비전 진행자〉 농담을 보내 준 사람의 이름을 찾아보겠다고 했다.

「아, 카르나크에서 온 거군요. 오래전부터 저에게 농담들을 보내 주는 사람한테서 온 겁니다. 사실…… 이 사람은 제가 모아들이는 농담의 주요 공급책 중 한 사람이지요. 마을 초등학교 교사인 것 같아요.」

「이름도 알려 주실 수 있나요?」

「물론이죠. 길랭 르페브르라고 합니다.」

길랭 르페브르는 자기가 보낸 농담들은 처남 베르트랑으로부터 들은 거라고 실토했다.

「토요일 날 저녁 식사가 끝날 때면 항상 베르트랑이 자리에서 일어나 농담을 한 꾸러미씩 풀어 놓거든요. 그는 기억력이 무지하게 좋아요. 모든 걸 어렵잖게 기억하죠. 난 기억을 못 하니까 컴퓨터에 적어 놓고요. 그렇게 적어 놨다가 우리 반 학생들에게, 수업 중 긴장을 좀 풀어 주려고 이야기해 주죠. 아이들의 공격성이 훨씬 줄었어요. 아주 간단해요. 내가 아이들에게 농담을 해준 뒤로는 걔들이 더 이상 내 차 바퀴에 구멍을 내지 않는다니까요! 이건 유머의 〈평화화〉 능력이라고나 할까요?」

길랭은 자기가 발견한 것을 나누게 되어 무척 기쁜 것 같았다.

「그래서 내가 속으로 생각하길, 다른 선생들도 이 〈트릭〉을 활용해서 학생들을 지도하면 되겠구나 했죠. 그래서 이 이야기를 농담 닷컴에 보낸 겁니다.」

「〈텔레비전 진행자〉라는 농담을 보내신 게 선생님 맞나요?」

「네, 지금 말씀하시니 말인데, 그건 베르트랑이 내게 해준 이야기예요. 최근 일은 아니지만 기억이 나요. 그 이야기를 듣고 우린 정말 많이 웃었죠. 한참 지나서야 코미디언 트리스탕 덕분에 인기를 끌게 됐죠. 그 농담을 제일 먼저 안 사람은 우리였어요. 처남 베르트랑과 나. 게다가 트리스탕이 하는 걸 보자마자 처남이 말했죠. 〈이것 봐, 저 사람, 파리의 대스타가 내가 하는 농담을 가져갔잖아. 하지만 난 원망하지 않아, 저 사람이 너무 웃기니까 말이야.〉」

이때 트리스탕은 자기도 모르게 손을 입에 갖다 대면서 얼굴 일부를 가리려고 했다.

베르트랑 르게른은 키 큰 황새를 닮았는데 이따금씩 이유 없이 풋 하고 웃음을 터뜨렸다.

「우리끼리 얘긴데, 농담은 사적인 대화의 종착역이죠. 내가 활동을 개시하면 그건 이야기 주제가 이제 바닥났다는 뜻입니다. 내가 개인 간의 대화를 이어 가는 핑계가 된단 말이지요. 일반적으로 사람들은 이런 순서로 이야기해요. 1) 차려진 음식 이야기. 어떻게 요리했는지, 그리고 어떤 다른 요리법이 있는지. 또 요리와 함께 마시는 포도주. 2) 남의 이야기. 누가 누구랑 잤네, 누가 누구랑 이혼했네, 누가 누굴 배신했네, 누가 애를 가졌네 이런 얘기. 3) 축구 이야기. 어떤 팀이 전국 대회 결승전에 진출했고, 우리 지방은 현재 어디까지 올라갔는가 하는 것. 4) 전체적 대화는 그러다 정치 쪽으로 흘러가죠. 때로는 지방 축구팀 이야기와 연결돼서 말입니다. 그러다 국가적 차원으로 올라가 대통령이 누구랑 잤는가, 파리의 높은 양반들이 새로 표결에 부쳐 제정하려는 악법 이야기. 5) 치안 문제. 최근에 누가 차를 도둑맞았다더라, 뉘 집에 강도가 들었다더라 하는 이야기. 6) 문화. 텔레비전에서 어떤 프로를 보았다, 좀 더 교양 있는 사람들이라면 DVD로 출시된 새 영화나 영화관에서 개봉된 새 영화 이야기. 그리고 영화 얘기가 다 끝나면 몇몇 사람들은 책 이야기를 하지만 이건 누구에게나 따분한 소재니까, 결국엔 모두 나를 향해 이렇게 부탁하게 되지요. 〈베르트랑, 농담 하나만, 베르트랑, 농담 하나만!〉 15분이 내게 주어진 영광의 시간이죠. 보통 나는 사람들에게 조용히 하라는 뜻으로 내 술잔을 두드려 쨍쨍 소리를 냅니다. 그러면 어린아이들부터 눈을 반짝반짝 빛내기 시작하는 게 보이죠. 그리고 길랭이 수첩과 펜을 꺼냅니다. 그러면 내가 공연을 하는 거죠. 시간이 가면서 나는 점점 이 〈쇼〉를 개선해 왔어요. 등장인물에 따라 목소리도 바꾸고, 이런저런 몸짓도 하고. 이게 아마 영화, 연극, 텔레비전의 기원이 아닐까 싶어요. 목소리 변화와 몸짓을 곁들이는 농담 말입니다.」

베르트랑 르게른은 양어깨 사이로 머리를 쑥 집어넣으면서 낄낄거리기 시작하더니 몸까지 들썩였다. 꼭 마른 거인이 키득키득 웃어 대는 것 같은 모양새였다.

「그런데 그 농담들은 다 어디서 얻으신 건가요?」

트리스탕이 물었다.

「나요? 일급 비밀을 하나 알려 주죠. 우리 동네 성당 신부님한테서 알아낸 거랍니다.」

「〈텔레비전 진행자〉 농담도요?」

「네, 그렇다마다요. 그 농담이라면 아주 잘 기억하죠. 신부님이 내게 그 이야기를 해주셨어요. 트리스탕이 그걸 발표해서 대중적으로 인기를 끌기 훨씬 전에요. 여기 카르나크는 그래요, 파리보다 앞선, 심지어 전 세계 어느 곳보다 앞선 〈미공개〉 상태의 농담들이 우리에겐 있죠.」

「왜 그럴까요?」

「여기 분위기가 그렇다고 생각해요. 브르타뉴가 워낙 공상의 땅 아닙니까. 브로셀리앙드 숲이 멀지 않죠. 이곳의 원주민인 드루이드들은 우리의 무당 격이죠. 우리 브르타뉴의 구전(口傳)은 그대로 텔레비전과 인터넷에 살아남았어요. 여기선 아직도 잠자리에 드는 아이들에게 이야기를 들려준답니다. 아시겠죠, 요정과 도깨비 들이 이 황야의 일부란 겁니다. 밤이면, 그들이 켈트인의 곡조에 맞춰 춤추는 소리가 들리죠. 우리는 유럽 땅 중에서 서쪽을 향해 가장 앞으로 나와 있고, 그래서 논리적으로 따져서 가장 앞섰다, 즉 가장 진보했다고 간단히 말할 수 있겠죠.」

트리스탕은 농담이 생겨나는 데에 정말로 마술적 차원이 존재하는 게 아닌가 하고 내심 자문하기 시작했다.

「그러니까 당신에게 그 이야기를 해준 게 신부님이란 말이죠? 신부님 성함은요?」

「라브뢰부아 신부님, 프랑크 라브뢰부아. 가시기 전에 제가 짧은 농담 하나 해드릴까요? 두 명의 레즈비언 흡혈귀 이야기 아시나요?」

트리스탕은 극구 사양했다.

「어…… 아뇨, 고맙지만, 괜찮습니다.」

하지만 베르트랑은 이미 이야기꾼으로서 흥이 나 있었다. 그는 아무 소리도 못 들은 것처럼, 마치 식탐을 부리는 사람처럼 계속해서 이야기를 했다.

「아, 그러니까 그 두 흡혈귀 레즈비언은 헤어질 때 서로 이렇게 말한답니다. 〈28일 후에 봐!〉」

베르트랑 르게른은 혼자 웃기 시작했다. 트리스탕은 황당하기 짝이 없었다. 그는 모든 게 그렇지만 농담도 남용하면 안 돼, 하고 생각했다. 혹시 전문가인 내가 너무 까다로운 완벽주의자가 된 건가, 하는 생각도 들었다. 이젠 공장에서 생산되는 음식으로는 성에 차지 않고 미식에 가까워진 것 같다. 그런데 방금 이 사람은 패스트푸드를 면전에 잔뜩 갖다 안긴 셈이었다.

「이 농담 재밌지요, 안 그래요?」

학교 교사의 처남이 집요하게 물었다.

그는 마른 양어깨 사이로 고개를 쑥 집어넣고 낄낄대기 시작했다.

트리스탕 마냐르는, 간접적으로 자기가 출세한 것은 이 사람 덕분이기도 하다고 속으로 생각했다.

「감사합니다. 안녕히 계세요.」

「이럴 때, 바로 그 농담…… 〈28일 후에 봐!〉」

상대방은 쾌활하게 마무리를 지었다.

좁은 유리창으로 빛이 들어오는 로마네스크식 카르나크 성낭에서 검은 사제복 차림의 프랑크 라브뢰부아 신부는 트리스탕 마냐르를 고해소 쪽으로 인도했다.

「형제님, 당신의 고백을 듣겠습니다. 죄를 범했습니까?」

「신부님, 저는 신부님을 뵈러 온 겁니다. 죄를 지어서 온 게 아니고 질문을 하나 드리려고 왔습니다.」

「천국에 대한 질문인가요?」

「아뇨, 텔레비전에 대한 질문입니다. 아니, 좀 더 정확히 말하자면 텔레비전에 나오는 농담인데, 그 농담을 시작하신 분이 신부님이라고 생각되네요.」

「아! 마이크 선이 연결되어 있는 바람에 그 사람 인간성이 완전 들통 나는, 그 농담 말이죠……」

프랑크 라브뢰부아는 알 만하다는 듯이 웃음을 억지로 참아 가며 킥킥댔다.

「그 농담 재미있죠?」

그가 덧붙였다.

「아, 정말 끝내주죠.」

「파리에서 어떤 코미디언이 그 농담을 되살려서 유명해진 모양이던데. 그 사람 대성공했죠.」

「맞습니다. 그 농담이 처음 나온 게 바로 여기라고 사람들이 말하더군요. 그 농담을 직접 지어내신 건가요, 신부님?」

「오! 아닙니다. 이 세상에 존재하는 건 모두 〈그분〉의 뜻이 열매 맺은 것일 따름입니다.」

「그럼 신부님께 그 농담의 영감을 주신 분이 하느님이라는 말씀이신가요?」

신부는 다시 한 번 억지로 참아 가며 킥킥 웃었다.

「물론 하느님이라는 근원이 계시기에 그 농담을 지어낸 존재도 나왔지요. 인간 말입니다, 피와 살을 가진 인간. 모든 농담들도 그렇고요.」

프랑크 라브뢰부아 신부는 그 농담을 자기 성당의 복사(服事)에게서 들었고, 그 복사는 정기적으로 어디서 그런 농담을 알아 오는 것 같다고 털어놓았다.

「성가 합창이 끝나면 파스칼이 내게 그런 농담들을 해줘요. 그러면 우린 배꼽 빠지게 웃죠. 합창 후의 휴식 같은 거죠.」

「어떤 종류의 농담이죠?」

「온갖 유형이 다 있지요. 최근에 들은 걸 이야기해 드릴까요?」

「어…… 저…….」

신부와 신자를 분리하는 고해소 창살 너머로, 트리스탕은 신부의 재미있어하는 표정을 보았다.

「작은 생쥐 한 마리가 엄마와 함께 길을 가고 있었대요. 그런데 갑자기 박쥐 한 마리가 날아가는 게 보였답니다. 그러자 생쥐가 말하길 〈엄마, 지금 본 게 아무래도…… 천사 같아〉.」

잠시 트리스탕은, 결국 농담을 한다는 건 일종의 병리 현상 아닌가 하고 자문했다. 마치 딸꾹질처럼 말이다. 한번 시작하면 멈출 수가 없는 것이다. 그리고 그 결과가 주변 사람들을 얼마나 지겹게 만들 수 있는지 당사자는 모른다. 자기 자신이 그것을 직업으로 삼았고 그래서 영광의 자리에 올랐는데도, 이런 유의 농담광들과 만나는 일이 트리스탕에게는 일종의 역겨움을 안겨 주었다.

프랑크 라브뢰부아는 여전히 고해소의 사제석에 앉은 채

낄낄거리며 웃었다. 트리스탕은 예의상 억지로 짜내어 웃었다.

「요즘은 박쥐 농담이 대세인가 보죠?」

그가 몇 발짝 양보하는 마음으로 말했다.

그러고는 감사해서 그러는 것처럼 무심코 웅얼거렸다.

「아, 잘 들었습니다. 또 있나요? 제 생각으로는 별로 이야기할 게 없을 것 같은데…… 박쥐에 대해서는.」

「있어요, 있어. 하나 더 있어요. 아주 기막힌 농담이라오. 당신도 아주 좋아할 겁니다. 분명 웃을 거예요.」

트리스탕 마냐르는 언젠가 농담 잘하는 비결을 묻는 초심자에게 이렇게 설명했던 기억이 났다.

〈다른 건 몰라도 이 말만은 하지 말아요.《이 농담을 하면 당신은 웃을 겁니다》라는 말. 그러면 틀림없이 반대 효과가 나니까요.〉

이미 신부는 안달이 나 있었다.

「이건 박쥐들이 출입하는 선술집에서 일어난 일입니다. 박쥐들이 모두 목말랐어요. 한 박쥐가 날아갈 채비를 하고 출발했죠. 박쥐 특유의 그 힘줄 들어간 긴 날개를 펄럭이며 날았어요. 펄럭! 펄럭! 잠시 후 그 박쥐가 돌아왔는데 입술에 피가 좀 묻어 있었대요. 다른 박쥐들이 어디 가면 그런 마실 것이 있더냐며 궁금해했지요. 그러자 날아갔다 온 박쥐가 설명했어요. 〈저기 벤치 보이지? 거기 연인 한 쌍이 앉아 있어. 나는 둘 중에 여자를 물었는데 정말 맛있었어.〉 즉시 두 번째 박쥐가 날아갔어요. 펄럭! 펄럭! (내가 이렇게 직접 날개 소리도 냅니다, 허허.) 그 박쥐는 얼굴에 피칠갑을 한 채 돌아왔어요. 〈어디서 찾아 먹은 거니?〉 다른 박쥐들이 물어봤어요. 〈저기 버스 정류장 보여? 마침 영국 관광객들 한 무리가 버스를 기다리고 있더라고. 나는 그중에 제일 키 큰 남자를 콱 물었는데, 그 사람 혈관이 아주 얇더라고. 그 바람에 피가 확 튀었지.〉 이번엔 세 번째 박쥐가 날아갔어요. 펄럭! 펄럭! 몇 분 뒤 온몸을 피로 물들이고 돌아왔죠. 얼굴, 목, 어깨 모두. 온통 피투성이가 돼서 온 거예요. 〈넌 어디서 찾은 거야?〉 다른 박쥐들이 감탄하며 물었죠. 〈저기 큰 나무 보이지?〉 그 박쥐가 가리키는 방향을 보며 다른 박쥐들이 고개를 끄덕였어요. 〈근데, 난…… 저 나무를 못 본 거야.〉 피투성이 박쥐가 말했어요.」

신부가 다시 낄낄 웃었다.

트리스탕 마냐르는 예의상 조금 웃어 주었다. 그가 진짜로 웃으려면 이 정도 갖고는 어림도 없었다.

「감사합니다, 라브뢰부아 신부님. 근데 신부님 그 복사 이름이 뭐라고 하셨지요?」

키 크고, 뚱뚱하고 머리가 벗어진 파스칼 델가도는 긴 두 팔이 어깨에서 축 늘어져 있는 모양새가 좀 되통스러워 보였다. 마흔다섯 살이라는 이 복사는 슈센 술[4]을 여러 잔 마시더니, 자기는 아직 숫총각인데 농담에 대한 열정만으로도 자기 인생은 이미 충만하다고 털어놓았다.

트리스탕 마냐르가 채근하자, 그는 마침내 작은 소리로 속삭이듯 말해 주었다. 그는 이 〈특별한 농담들〉을 30년 전부터 매주 토요일 아침, 카르나크에 죽 늘어선 거석군(巨石群) 아래 놓여 있는 양철 상자 속에서 꺼내 가지고 왔다는 것

---

[4] 브르타뉴 지방 특산 증류주.

이었다. 별로 조르지 않았는데도 그는 트리스탕 마냐르에게 농담들을 모아 둔 장소로 안내하겠다고 했다.

그들은 아이오딘 냄새 짙은 바람이 몰아치는 벌판을 걸었다.

멀리서 나뭇잎들이 바람에 쏴쏴 소리를 냈다.

파스칼 델가도는 몸에 비해 너무 큰 외투를 걸친 것 같은 모습으로 이마를 앞으로 내밀고 앞장서 갔다. 그는 수직으로 선 거대한 화강암 수를 헤아렸다.

열세 번째 선돌을 지나 그가 가리킨 것은 고인돌이었다. 거대한 바위 세 개가 각지게 만나 탁자 모양을 이루고 있었다. 거기 바위 속에서 그는 선반처럼 조금 굴곡진 부분을 찾았다. 미리 알고 찾는 것이 아니라면, 절대 찾을 수 없는 곳이었다.

이 작은 비밀 장소 바닥에 폭풍우 속의 배 한 척이 그려진 양철 비스킷 상자가 있었다.

「토요일 아침이면 이 상자 속에 농담 하나가 들어 있을 거라는 사실을 저는 알고 있죠.」

복사가 자신 있게 말했다.

「누가 농담을 적어서 여기다 갖다 놓는데요?」

「저는 몰라요. 제가 열다섯 살 때 어느 날 아버지가 말씀하셨죠. 〈토요일 아침마다 농담 하나가 이 고인돌 아래 놓일 거다. 넌 가서 그걸 찾아다가 신부님께 드려라.〉 그게 다예요. 난 아버지가 시킨 대로 했죠. 그 뒤로 아주 배꼽 빠지게 웃고 있어요.」

트리스탕 마냐르는 주변을 관찰해 보았다. 집 한 채, 물탱크 하나, 건물 하나 없었다. 가장 가까운 도로에조차 인적이 없었다. 보라색, 검은색 구름들 사이로 내리비치는 햇살은 황금빛 반사광을 피뜨리며, 마치 영국 화가 터너의 풍경화에서와 같은 빛을 발하고 있었다.

「그런데 누가 그걸 여기다 갖다 놓는지 알아내고 싶지 않았어요?」

「아뇨, 그러자면 여기서 밤을 새워야 하는데요. 날씨도 춥고, 난 그것 말고도 할 일이 많아요. 박쥐들이 출입하는 선술집, 그 농담 아세요?」

「네, 네, 신부님이 벌써 해주셨어요.」

파스칼 델가도는 그럴 리가 있나 하는 표정이었다. 그래서 트리스탕은 증거를 보여 주겠다는 듯이 그 농담의 마지막 부분을 외웠다.

「저 나무 보여? 근데 난…… 저 나무를 못 본 거야!」

그러자 상대방은 폭소를 터뜨렸다.

「이 농담 정말 기막히죠? 네?」

웃긴 사람은 아무 감흥도 없이 툭 내뱉었다.

「아주 맛깔나죠, 정말.」

벌써 여섯 시간째 트리스탕 마냐르는 이불을 몸에 둘둘 감고, 커피가 든 보온병을 손에 들고, 적외선 망원경을 두 눈에 꼭 대고, 옛날엔 분명 드루이드들의 성지였을, 일렬로 늘어선 거석들 쪽을 감시하고 있었다. 그는 파스칼 델가도가 짚어 준 그 고인돌에서 50미터 거리에 자리를 잡았다. 올빼미만 벗이 되어 우우하고 우짖으며 그를 놀리는 듯했다.

엉킨 실타래처럼 옆으로 늘어지는 길쭉한 구름들이 달 표면에 줄무늬를 그렸다.

직립의 선돌들은 무시무시한 군단 같았다. 부동자세로 버티고 선 그 병사들은 저 세월의 심연에서 문득 솟아나 보물을 지키고 있는 것처럼 보였다. 파리에서 온 코미디언은 어느새 이를 딱딱 부딪치며 떨기 시작했고, 보온병의 커피를 다 마셔 버리자, 복사가 떠나기 전에 주고 간 아티초크로 담근 이 지방 특산주를 마시기 시작했다.

바로 그때, 그림자 하나가 눈에 띄었다.

자전거를 탄 사람의 형체였다. 전조등 불빛에 어렴풋이 윤곽을 드러낸 채, 파스칼 델가도가 가르쳐 준 장소를 향해 미끄러지듯 다가갔다.

트리스탕 마냐르는 몸을 숨겼다.

〈이런 식으로, 누군가가 이 고인돌 아래 양철 상자 안에 수많은 농담들을 갖다 놓는단 말이지. 그리고 자기 행동은 철저히 비밀 속에 묻어 두려 애쓰고. 그렇지 않다면야, 이렇게 늦은 시간에 몰래 올 리가 없지.〉

희미한 달빛이 비치고 있었지만, 그 사람은 커다란 검은 모자를 쓰고 있어 얼굴이 보이지 않았다. 잠시 트리스탕은 그를 확 덮쳐 억지로라도 그 농담을 어디서 얻었는지 실토하게 하고 싶었다. 그렇지만 멀찍이 뒤따르면서 정체가 발각되지 않도록 몸을 숨기는 편을 택했다. 다행히도 자전거 탄 그 사람은 페달을 너무 빨리 밟지 않았다.

구름이 움직여 그의 몸 윤곽이 드러났다. 상당히 가까운 거리에 있었다.

그 사람은 카르나크의 바닷가에 다다랐다.

검은 모자를 쓴 남자는 자전거를 세워 굵은 쇠사슬로 나무에 묶었다. 그리고 카르나크 해변 요트 강습장 쪽으로 갔다.

트리스탕은 계속 뒤따라 붙었다. 파도가 철썩철썩 요란하게 쳤다.

그 남자는 작은 카타마란 요트 하나를 바다 쪽으로 밀어 그 위에 올라탔다. 그리고 바다로 나아갔다.

예상치 못한 일이었다. 트리스탕은 망설이다가, 지금 행동하지 않으면 일주일을 더 기다려야 한다는 걸 깨닫고는 그를 따라가기로 마음먹었다. 자기도 요트 하나를 바다로 밀어 넣었다. 그는 옛날에 삼각돛 다루는 법과 키 잡는 법을 배운 적이 있었다.

그는 상대가 눈치채지 못할 만큼 충분한 거리를 두고, 적외선 쌍안경의 도움을 받아 검은 모자 쓴 남자가 탄 요트를 뒤따랐다.

이 괴상한 상황은 그의 의욕을 더해 주었다. 알아내야 할 수수께끼가 바로 여기 있는 것이었으니 말이다.

점점 더 높아지는 파도가 자꾸만 그를 가로막았다. 그러나 여기서 포기한다면 앞으로 평생을 두고 궁금해할 그 질문에 대한 답은 영영 알 수 없을 터였다.

〈농담은 어디서 왔는가?〉

달빛은 밝지 않고, 바람은 더욱 세차게 몰아쳤다. 파도가 이제는 몇 미터의 너울이 되어 치솟았다. 그 덕에 트리스탕은 발각되지 않을 수 있었지만 뱃멀미도 그만큼 빨리 찾아왔다.

그가 탄 돛배는 물결을 따라 넘실거렸다. 밀어닥치는 파도가 플라스틱으로 된 배의 밑바닥을 철썩철썩 때리는 소리에 귀가 멍멍했다. 밧줄을 너무 꽉 잡고 끌어당겨 두 손은 물

집투성이였고, 몸은 온통 땀과 짠물로 흠뻑 젖은 느낌이었다.

그때 갑자기 하얀 빛이 나타났다. 처음에는 나지막이 뜬 별인 줄 알았는데 그 빛이 깜박거렸다.

분명 섬의 등대였다.

검은 모자 쓴 남자의 요트는 그 방향으로 곧장 가는 것 같았다.

배가 바위투성이 섬 가까이에 이르자, 빛이 새어 나오는 높은 탑이 눈에 들어왔다. 등대는 미쳐 날뛰는 바다를 굽어보고 있었다.

남자는 파도가 들이치지 않는 후미에 배를 대더니, 등대로 이어지는 구불구불한 길 쪽으로 걸어갔다.

트리스탕은 타고 온 배를 감추면서, 눈으로는 바위 위를 서둘러 걸어 올라가는 그 남자를 뒤쫓았다.

남자의 윤곽은 등대 건물 아래에 이르더니 안쪽으로 들어갔고, 트리스탕은 그 뒤를 쫓았다. 등대의 불과 몇 미터 앞에 다다라서 보니 놀랍게도 등대 문은 밀봉이라도 한 것처럼 닫혀 있을 뿐만 아니라, 자물쇠나 경첩 같은 것도 전혀 눈에 띄지 않았다. 손잡이도 없는 커다란 금속판만이 가로막고 서 있을 뿐이었다.

트리스탕은 개폐 장치가 감추어져 있거나, 어쩌면 홍채나 지문 인식 장치일지도 모른다고 생각했다.

그의 주위로 새벽 햇살이 퍼지기 시작했다.

동이 트면 이 인적 없는 섬에 그의 존재가 드러날 위험이 있었다.

그런데 갑자기 검은 모자 쓴 남자가 자취를 감추었다.

순간 트리스탕은 혹시 자기가 꿈을 꾼 게 아닌가 싶었지만, 발자국이 아직도 선명하게 남아 있었다. 그리고 그가 서 있는 자리에서 그들이 타고 온 두 척의 요트도 분명하게 볼 수 있었다.

트리스탕 마냐르는 예전에 아버지에게 들은 조언이 기억났다.

〈앞으로 못 가면 뒤로 가봐. 아래로 못 가면 위로 가보고.〉

등대 주위를 한 바퀴 돌아봤지만 아무것도 찾을 수 없었다. 그는 그대로 등대 건물의 벽을 타고 가장 낮은 창문까지 올라가 보기로 했다. 다행히 벽이 낡아서 울퉁불퉁해 여기저기 발을 디딜 수 있었다.

몇 미터 올라가다 내려다보니 저 아래로 파도가 마치 자기를 추락시키려고 작정한 물속의 용처럼 절벽에 와서 철썩철썩 부딪치고 있었다.

그는 계속 올라갔다.

여기까지 오는 데 들인 노력을 생각하면서, 두 손에 피가 나도 사력을 다해 올라갔다.

창문은 예상보다 훨씬 높은 곳에 있었다.

마침내 창문에 이르렀다. 그는 유리를 깨고 싶었지만 이중의 두꺼운 안전유리였다. 그는 단속이 허술한 입구를 찾길 바라면서 계속 기어 올라갔다. 다행히 세 번째 창이 빠끔히 열려 있었다. 그 창을 슬쩍 밀고 들어가니 건물 안의 나선형 계단으로 이어졌다.

숨을 가다듬은 다음, 그는 계단을 오르기 시작했다.

위로 올라가니 등대의 탐조등이 방 한가운데를 차지하고 있었다. 또 탁자, 지도, 컴퍼스, 육분의가 갖춰진 탐조석이 있었는데, 이 장비들은 해안 경비대가 수색 때 쓰는 것 같았다. 비스킷 몇 개와 럼 주가 들어 있는 찬장도 있었다.

몇 초 동안 그는 브르타뉴 해안 멀리 펼쳐진, 풍랑이 심한 바다의 장관을 넋을 잃고 바라보다가 계단을 내려가 보기로 했다.

1층에 해당할 것 같은 높이에서 트리스탕 마냐르는 지난 세기에 파놓은 것 같은 돌우물을 발견했다.

바다 한가운데 있는 등대에 우물을 파서 무얼 하려고 했을까? 그는 속으로 생각했다. 지름은 약 2미터이고 밑바닥은 보이지 않는, 열린 우물이었다. 그가 돌을 하나 던져 넣었더니 풍덩 하고 바닥에 부딪치는 소리가 몇 초 후에야 났다.

검은 모자의 남자는 멀리 있지 않을 것이었다. 다른 길로 갔을 리도 없었다. 이끼로 덮인 우물의 둘레돌을 살펴보니 손자국이 있었고, 주변에 신발 자국도 있었다. 그는 이리로 간 거야. 하지만 어떻게, 어디로? 계단도 길도 보이지 않았다.

트리스탕 마냐르는 주변을 면밀히 살펴본 뒤, 두레박을 이용해 보기로 했다. 그는 밧줄을 잡아 철제 도르래에 걸었다. 그리고 두레박 위에 앉아 밧줄을 꽉 움켜잡고 조심해서 내려갔다. 위쪽으로 둥근 빛이 빠르게 작아지면서 냉기와 습기가 더해졌다. 귀에 들리는 것은 섬 주위의 요란스러운 파도 소리와 바람 소리뿐이었다.

우물 밑바닥에는 짠물이 괴어 있을 뿐, 아무것도 없었다.

실망한 그는 다시 올라오려고 적외선 쌍안경을 이용해 우물 벽을 주의 깊게 살펴보았다. 그런데 벽에 깎아 만든 문이 있었다. 그 문 주위를 더듬고 만지고 돌을 두드리며 살펴보자니 갑자기 어떤 장치 하나가 작동했다. 돌의 마찰음과 함께 문이 빙그르르 회전하며 복도가 나타났다.

다시금 젖은 발자국이 그를 인도했다.

긴 복도의 끝은 계단이었고, 그 계단을 내려가니 좀 더 넓은 복도가 이어졌다.

문득 발소리가 들렸다. 한 떼의 사람들이 나타나, 수직으로 깎아 세운 듯한 복도를 빙 돌아갔다. 그는 몸을 숨겼다. 그리고 그들을 따라 무슨 현관 같은 곳에 이르렀다. 그들은 거기에서 분홍색 망토를 걸치고, 코메디아 델라르테[5]에서 쓰는 것 같은 가면을 썼다.

트리스탕 마냐르는 그들 모두가 가면과 망토를 뒤집어쓸 때까지 기다렸다가 자기도 그렇게 했다. 가면 안쪽 입 닿는 부분에 고무로 된 꼭지 같은 것이 있어 의아했다. 마냐르는 살살 걸어서 아까 그 집단의 뒤쪽에 합류했다.

행렬은 마침내 천장이 높은 직사각형의 방에 이르렀다. 그 방은 창문들에 둘러싸여 있었고, 창문들에는 태양광을 모방한 전등들이 밝혀져 있었다. 해저 몇 미터 깊이에 위치한 사원. 브르타뉴 앞바다의 잊힌 작은 섬에서 이런 광경을 보게 될 줄은 상상도 못했다.

50명쯤 되는 사람들이 대열을 맞추어 성당 의자 같은 긴 의자에 자리를 잡았다. 그들 맞은편에 제단이 하나 있고, 그 위에 바닥 조명을 한 권투 링 같은 것이 설치되어 있었다. 링 복판에는 포장으로 덮인 두 개의 돌출물이 놓여 있었다.

5 이탈리아에서 16~17세기 유행한 가면 희극.

교향악이 장엄하게 울려 퍼지면서 지하의 이 기이한 대성당이 웅웅 울렸다.

흰 망토를 두른 한 사람이 입장했다. 그의 흰 가면은 활짝 웃는 상태로 굳은 표정이었다.

그는 단 위에 올라 마이크 앞으로 갔다. 그리고 힘찬 목소리로 말하기 시작했다.

「벗들이여, 오늘은 특별한 날입니다. 우리는 새 단원을 선발하게 됩니다.」

그러자 분홍색 망토를 걸친 참석자들이 적당한 박자에 맞춰 손뼉을 쳤다.

「지원자 두 사람을 소개하겠습니다.」

흰 망토를 입은 사람이 말했다.

보라색 망토와 가면을 착용한 두 사람이 단의 양쪽에서 입장했다. 그들의 가면은 꽉 다문 입술에 좋지도 싫지도 않은 중립적 표정이었다. 두 사람 모두 흰 망토를 걸친 사람에게 인사했다. 흰 망토의 인물이 이 의식의 집전자인 듯했다.

분홍 망토를 걸친 두 보조 요원이 돌출물의 포장을 벗기자, 전자 장비가 달린 커다란 안락의자 두 개가 모습을 드러냈다.

각 의자 위에는 글자 하나와 모니터가 달려 있었다. 보라색 망토를 걸친 두 도전자는 각각 의자에 앉았다. 한 사람은 A라고 쓴 의자에, 한 사람은 B라고 쓴 의자에.

두 보조 요원은 의자 팔걸이에 놓인 도전자들의 팔목 둘레에 납작한 가죽끈을 두르고 금속 고리를 채웠다. 발목도 그렇게 했다. 그러고 나서 두 도전자의 머리를, 완충재를 덧댄 바이스 사이에 꽉 끼이게 죄어 꼼짝없이 앞만 바라보게 했다. 그리고 권총이 달린 금속 팔을 조정해 묶여 있는 두 사람의 관자놀이를 겨냥하게 했다.

그런 다음 분홍 망토를 걸친 보조 요원들은 전기 케이블을 느슨하게 연결하고, 두 지원자의 심장, 가슴, 배 주변의 맨살에 센서를 부착했다. 마지막으로 두 보조 요원은 안락의자 위에 장착된 모니터를 켜고 의식의 집전자 옆 자기 자리로 돌아갔다.

오르간 연주가 울려 퍼졌다. 이어 유리창의 조명 밝기가 줄어들면서, 커다란 두 개의 스포트라이트가 안락의자 위에 분홍색 물결 무늬를 만들었다.

「이제 웃기는 자가 이긴다!」

집전자가 한 손을 쳐들며 이렇게 알렸다.

트리스탕 마냐르는 이것이 일종의 〈서로 턱 잡고 있다가 먼저 웃는 사람이 뺨맞기〉 놀이 같은 것임을 알아차렸다. 다만 〈선수〉들의 관자놀이에 겨누어진 권총이, 이건 그런 놀이보다 좀 더 심각하다는 것을 알려 줄 뿐이었다.

집전자가 동전 던지기를 하여 A가 먼저 발표하게 되었다.

가면을 쓴 채 그가 농담을 시작했다.

B는 조금 떨었지만 평정을 유지했다.

트리스탕 마냐르는 도저히 참을 수 없을 만큼 웃고 싶었다. 하지만 웃는 대신 본능적으로 가면 안쪽에 달린 고무 꼭지를 꽉 깨물었다. 그러면서 곧바로 그 꼭지의 용도를 알아차렸다. 바로 이것 덕분에 관중은 선수들에게 영향을 주지 않고 끝까지 버틸 수 있는 것이다.

기발한 꾀였다.

두 모니터에는 0에서 100까지 눈금 표시가 되어 있었다.

B 모니터에 A의 농담에 의한 충격 지수가 28까지 올라가는 것이 보였다.

점수 표시 장치의 숫자가 다시 내려가자, B 차례였다. 그의 농담은 A보다 아주 조금 더 길었지만 결말은 다소 뜻밖이었다.

이번에도 트리스탕은 웃음 때문에 탄로 나기 직전 간발의 차이로 고무 꼭지를 깨물었다.

그는 옆사람들이 자기처럼 우스워 죽겠는 것을 억누르려고 애쓰는 소리를 들었다.

모니터에 나타난 웃음 지수는 19까지밖에 올라가지 않았다. 척 보아도 A 쪽이 강철 같은 신경줄을 갖고 있었다.

두 번째 농담 경연 결과 B 모니터는 15점까지 올라갔다.

그러나 B가 매우 정교한 농담으로 반격하자, 효과는 즉각적이었다. A 모니터가 한달음에 57점까지 올라갔다.

B가 상대의 약점을 찾아낸 것이다.

트리스탕 마냐르는 장내의 객석이 대단한 흥분에 휩싸였다는 것을 알 수 있었다.

다시 A의 공격. 그는 세련되고 미묘한 농담으로 강한 인상을 주었다. 그러나 B 모니터의 점수는 15점에서 더 움직이지 않았다.

B는 A와 같은 주제로 농담을 계속해 승부에 쐐기를 박으려 했다.

A가 갑자기 고통스러운 비명을 작게 내질렀다. 선수들이 쓴 가면은 다른 사람들 것과 달리 소리를 틀어막는 장치가 되어 있지 않았던 것이다.

트리스탕 마냐르는 A가 무너지려는 둑처럼 계속적으로

차오르는 뭔가를 간신히 막아 버티고 있다는 것을 간파했다. 모니터에 나타난 그의 웃음 지수는 처음에 39까지 올라가다가 일단 안정을 유지했다. 그가 웃음을 참아 냈다고 여길 무렵, 이미 수치는 다시 치솟고 있었다. 45, 72, 80, 99, 그러다가…… 100!

일거에 전자 장치가 방아쇠를 작동시켰다. 권총이 탕 발사되더니 A의 두개골 뒤쪽이 쪼개져 나갔다.

B의 가면에서 안도의 한숨이 새어 나왔다. 그는 앉았던 자리에서 풀려났고, 분홍색 망토를 걸친 두 보조 요원이 패자의 시신을 끌고 나갔다. 마침내 놓여난 B는 가면을 벗고 시합 초부터 억지로 참고 있던 웃음을 마음껏 터뜨렸다. 그때 야 비로소 트리스탕 마냐르는 추측했던 바를 확인할 수 있었다. B는 여자였다.

그가 보는 앞에서 입단식이 진행되었다. 흰 망토를 걸친 큰 스승은 시합에서 이긴 이 젊은 여자에게 한쪽 무릎을 꿇고 서약하라고 요구했다. 그리고 죽는 날까지 헌신할 것을 명하였다. 저 크나큰 대의…… 〈유머〉를 위해.

그녀는 선서를 하고 나서 일장 연설을 했다. 그녀는 이제 이 결사단의 일원이 되어 자랑스럽다며, 오직 유머러스한, 전 세계적이며 신성한 명분의 충복으로만 살 것임을 다짐했다.

그러자 흰 망토를 걸친 큰 스승이 승자의 보라색 망토를 벗기고 분홍 망토와 미소 짓는 표정의 분홍 가면을 씌워 주었다.

그 순간 한 남자가 앞으로 다가와, 스승의 귀에 대고 뭔가 걱정스러운 듯이 귓속말을 했다. 스승은 즉시 모두 주의하라고 선포했다.

「벗들이여, 침입자 한 사람이 우리의 성전에 들어왔습니다. 그는 우리 사이에 숨어 들어와 망토와 가면을 훔쳤습니다.」

트리스탕 마냐르가 뒷걸음치려는 찰나 분홍 망토를 걸친 사람들이 일제히 그를 향해 돌아섰다.

어떤 손이 그의 가면을 낚아챘다.

그와 마주 보는 대리석상은 로마 황제 같은 긴 옷을 걸친 그루초 막스[6]가 마치 부처처럼 가부좌를 하고 앉아 있는 모습이었다. 부처와 다른 점이라면, 그는 입가에 반쯤 태운 담배를 물었고 두꺼운 안경을 쓰고 누가 봐도 확실한 사팔뜨기 모습을 보여 준다는 점이었다. 방 한가운데는 타원형 책상에 책들과 서류가 잔뜩 쌓여 있었다.

「그래, 친애하는 방문객, 여기서 무얼 하고 있소?」

큰 스승은 명랑한 표정의 가면을 벗지 않고 있었지만 그 가면 뒤에선 심각하고 웅숭깊은 목소리가 흘러나왔다.

「저는 농담의 행로를 거슬러 올라왔습니다. 농담의 기원을 찾기 위해 한 단계씩 차례로 농담을 전한 중개자들을 거쳐 오느라 숱한 날들이 걸렸습니다. 그런데 기원은 당신들이었습니다.」

트리스탕이 밝혔다.

「이름이 뭐요?」

---

6 Groucho Marx(1890~1977). 미국의 희극 배우이자 영화배우. 형제들과 막스 브라더스라는 이름으로 코미디 영화를 찍으며 유명해졌으며, 후에는 혼자서 텔레비전 쇼 등을 진행하며 인기를 끌었다.

코미디언은 망설이다가, 솔직하게 나가기로 했다.

「제 이름은 트리스탕, 트리스탕 마냐르입니다.」

「아? 당신이 그 사람? 그런데 텔레비전에 나오는 그 예술가와 많이 닮아 보이진 않는군.」

가면 쓴 남자가 말했다.

「농담을 추적하려면 최소한의 신중함은 있어야 하니까요. 방해받지 않고 조사하려고 외모를 바꿨습니다.」

흰 망토 차림의 남자는 신경질적으로 방을 빙빙 돌았다.

「그런데 여긴 어떻게 들어왔소?」

「등대의 창문으로요. 여기 〈동지〉 중 한 분이 바람 쐬려고 창을 열었다가 닫는 것을 잊은 것 같습니다.」

큰 스승은 전화를 해서 방금 들은 정보를 확인하라고 지시했다.

「그러니까 농담의 기원을 추적하다 여기까지 오게 되었다……? 음…… 흔한 일은 아니어도 가능은 한 일이군. 당신이 여기 온다는 걸 누구에게 알렸소?」

「아무에게도요.」

스승은 불현듯 돌아서더니 손가락으로 그를 가리키며 말했다.

「거짓말 마시오.」

「추적할 때 방해받지 않으려고 휴대 전화도 안 가져왔는걸요.」

「이곳은 사유지요. 경찰을 불러 당신을 체포하게 할 수도 있다고. 그건 알고 있나요?」

「설마 그렇게야 하시겠습니까.」

흰 망토를 입은 남자는 대답하지 않았다. 그는 그루초 막스의 석상과 마주 서 있어서 마치 그루초 막스가 대답해 주기를 기다리는 것처럼 보였다.

「문제는 당신이 우리의 입단 의식에 참석했다는 거요. 이제 당신은 우리가 최고의 단원을 받아들이기 위해 무서운 대가를 치른다는 걸 알게 되었소.」

「발설하지 않겠습니다.」

트리스탕이 확언했다.

「아, 물론 그러셔야지. 하지만 이게 내기라고 한다면, 괜히 위험을 무릅써 가며 당신이 우리 존재를 노출시킬 수도 있는 쪽에 걸 이유가 없단 말이오.」

그는 계속 방 안에서 원을 그리며 빙빙 돌았다.

「그래서 말인데, 우리가 당신을 어떻게 할까? 가장 간단한 방법은 물론 당신을 제거하는 거요. 어쨌든 지금까지 바다로 사라진 사람은 당신이 처음이 아니니까……. 게다가 당신은 이미 대중의 시선을 받는 무대에서 사라진 사람 아니오. 실제로 당신은 이미 사라진 사람이지, 그러니까…….」

「저를 지금 죽이진 마십시오. 제가 얼마나 알고 싶어 했는데…… 제가 모든 것을 얻은 이 순간 다 잃게 되다니요…….」

흰 망토의 남자가 트리스탕에게 다가왔다. 아주 가까이. 쾌활한 표정을 한 그의 가면이 불과 몇 센티미터 거리에 있었다.

「저도 이곳의 단원이 되고 싶습니다. 제 인생의 유일한 의미는 여기 도착하는 것이었습니다. 이젠 그걸 알겠습니다.」

트리스탕 마냐르가 더듬더듬 말했다.

「〈정화되지 않은 자에게 화학적 혼례는 재난이 되리라.〉 당신은 방금 알게 되었소. 우리의 선발 체계가 꽤나 급진적이라는 걸 말이오.」

「큰 위험을 무릅쓰지 않고는 큰 것을 얻을 수 없지요. 당신들의 규칙을 따르겠습니다.」

큰 스승은 이제 트리스탕 주위를 빙빙 돌았다.

「여기서 당신은 아무것도 아니오. 더 이상 스타가 아니란 말이오. 텔레비전 방송의 시청률을 높여 주는 사람도 더 이상 아니오. 젊은이들의 우상도 더 이상 아니오. 여기서 당신은 혹독한 배움의 과정을 거쳐야 할 한낱 수련생일 뿐이오. 왜냐하면 우리가 다른 건 몰라도 딱 하나, 이것에 대해서만큼은 절대 장난을 치지 않거든. ……바로 유머 말이오.」

「결사단 입단 자격을 갖추기 위해 하라시는 것은 뭐든 다 하겠습니다.」

「어떤 대가를 치르더라도?」

「어떤 대가를 치르더라도.」

큰 스승은 마침내 집무실의 널찍한 안락의자에 앉았다.

「남을 웃긴다는 것은 무술이나 마찬가지라고 우리는 생각하오. 그 기술을 체계적으로, 엄격하게 배우지. 연습과 시험을 거듭하고 마침내는…… 죽음에 이르는 결투까지 하면서 말이오.」

트리스탕 마냐르는 침을 꿀꺽 삼켰다.

「당신이 왜 웃었는지, 왜 남들을 웃겼는지 몰랐을 것이오. 이제 그걸 배우게 될 거요. 혹독한 과정을 거쳐서. 하지만 알게 될 것이오. 그래도 여전히 우리의 일원이 되겠다는 결심이오?」

수련 첫 단계에서 트리스탕은 검은 망토를 받았고, 이것을 절대로 벗으면 안 되었다. 그리고 슬픈 표정의 가면도 받았는데, 이것은 의식이 있을 때마다 쓰고 나가야 했다. 그것이 GLH 수련생 복장이었다.

트리스탕 마냐르는 다음 세 가지 계급이 있다는 것도 배웠다.

GLH 수련생.

GLH 단원.

GLH 스승.

수련생 중에도 또 몇 개의 하위 계급이 정해져 있었다.

수련생은 검은 망토를 걸친다. 가면은 슬픈 가면.

도전자 수련생은 보라색 망토. 중립적 표정의 가면.

단원은 분홍색 망토. 미소 짓는 가면.

스승은 연분홍색 망토. 웃는 가면.

결사단 전원은 GLH 큰 스승이 감독하며, 오직 큰 스승만이 흰 망토, 활짝 웃는 가면을 착용한다.

트리스탕에게 배정된 방은 어느 모로 보나 그가 군대 생활을 할 때 체험한 내무반 같았다.

이 섬을 떠나는 것은 금지되어 있었다.

어쨌든 그는 섬을 떠날 생각이 전혀 없었다. 가끔씩 등대에 철썩철썩 부딪치는 파도 소리가 건물 천장 저 위쪽으로 들려왔다.

그를 맡아 지도할 대부 역할에는 그가 지금까지 맨얼굴을 본 유일한 사람, 즉 그때 결투에서 이긴 여자, 문제의 〈B〉가 지정되었다. 자그마한 갈색 머리의 젊은 여자로, 가냘픈 체구에 샴고양이처럼 파랗고 큰 두 눈만 반짝이는 얼굴이었다. 고양이처럼 그녀도 부드러운 털과 날카로운 발톱의 야릇한 혼합처럼 보였다.

「GLH 수련생 과정인 첫 3개월 동안, 웃는 것은 금지입니다. 어떤 핑계로도 웃어선 안 돼요. 웃음을 터뜨리거나 히죽히죽 웃기만 해도 적발되면 내가 직접 벌을 줍니다. 우리의 헌장에는 체벌이 명시되어 있어요.」

「〈체벌〉이라고요? 아니, 엉덩이라도 한 대 때리시나요?」

그가 빈정대듯 말했다.

「간지럼을 태웁니다.」

그녀가 심각하게 말했다.

그는 깜짝 놀란 표정을 해보였다.

「잘됐네요. 전 항상 간지럼 타는 걸 좋아했거든요. 어머니가 절 재우기 전에 긴장 풀게 하려고 간지럼을 태우곤 하셨어요.」

그녀는 고양이 같은 표정을 띠었다.

「처음 간지럼 태울 때야 기분 좋을 수 있지만, 계속 그러면 기분이 나빠지죠. 거기서 더 계속하면 금방 견딜 수 없는 느낌으로 바뀌죠.」

저 여자가 지금 날 비웃는 건가, 하고 그는 속으로 생각했다. 그렇지만 그녀는 이런 말을 조금도 웃지 않고, 마치 대수술의 위험성을 말해 주는 외과 의사처럼 했다.

「알았어요…… 〈유머를 갖고는 장난치지 말아야죠〉.」

「내가 배운 것을 당신에게 가르쳐 줄 겁니다. 당신이 입단식을 하고 정식 단원이 될 준비를 갖출 때까지 가르칠 겁니다. 그런데 우선은 석 달 동안 웃으면 절대 안 된다는 규칙을 명심하세요.」

「왜죠?」

「침묵은 우리에게 음악을 사랑할 줄 알게 하고, 어둠은 우리에게 색깔을 사랑할 줄 알게 하죠. 전쟁이 있어야 평화를 사랑할 수 있게 되고, 웃음이 없어야 유머를 이해할 수 있게 됩니다. 아무거나 보고 걸핏하면 웃어 대는 사람들이 너무 많아요. 그들은 진정으로 웃을 수 있는 능력을 망치는 거예요. 내 말 믿으세요. 석 달 후 당신이 마침내 우리 사이에서 첫 웃음을 웃어도 좋다는 허락을 받게 될 때, 그 웃음이 얼마나 고마운지 알게 될 테니까요.」

그는 그녀를 뚫어지게 보다가, 진지한 마음으로, 정말 인상 깊은 여자라고 생각했다.

「교육의 첫 단계는 유머의 역사입니다. 강의는 서쪽 구역 2층에 있는 역사실에서 진행될 겁니다.」

「질문이 있는데요. 성함이 어떻게 되시죠?」

「우선은 〈B〉라고 하면 됩니다.」

「여기 오시기 전에는 무엇을 했지, B?」

그녀는 앞으로 다가오더니 가슴을 내밀고 똑바로 섰다.

「마냐르 씨, 당신이 부유하고 유명한 〈전문 희극인〉이었다는 것은 알고 있습니다. 하지만 그런 사실이 나한테는 털끝만큼도 영향을 주지 못한다는 걸 아세요.」

그녀가 메마른 어조로 답했다.

「군중을 웃기는 것은 누구든지 할 수 있습니다. 그런데 양심껏 웃기는 것은 전혀 다른 차원이죠. 이 점이 중요합니다. 우선, 나에게 반말 쓰는 것을 금지합니다.」

「난……」

「지금 당신이 처한 상황을 제대로 파악하지 못하고 있는 것 같군요. 얼마나 운이 좋은지도 모르는 것 같고요, 마냐르 씨. 영성이란, 유머러스한 영성이라는 의미에서 말인데요, 종교 그 이상입니다. 일종의 고행이라 할 수 있죠. 유머는 그 어떤 것, 지금까지 가족이나 종교, 재산, 명성이 당신에게 주지 못한 것을 안겨 줄 겁니다.」

「계속하시죠.」

「양심껏 웃고, 남을 웃기는 것.」

트리스탕은 어깨를 으쓱하지 않을 수 없었다.

「그래도 너무 과장은 말아야죠. 난…….」

이때 B가 그 쪽으로 획 돌아서더니 크고 맑은 눈으로 그를 뚫어져라 바라보았다.

「큰 스승님이 이미 말씀하셨겠죠. 〈웃는 것은 무술이나 마찬가지다〉라고. 이곳과 유머의 관계는 소림사와 쿵후의 관계나 마찬가지예요. 지금까지 당신은 건들건들 다니는 동네 깡패처럼 그깟 맨주먹으로 싸웠지요. 이제부터는, 우리가 당신을 〈유머의 브루스 리〉로 바꿔 줄 겁니다. 당신의 농담은 완벽한 정확성을 갖춘 무기처럼 될 겁니다. 단어 하나하나, 쉼표 하나하나, 느낌표 하나하나를 잘 재서 쓰는 법을 배워 당신의 웃기는 기술은…… 완벽해질 겁니다. 완벽한 농담은 여러 차례 벼려 낸 강철 검과 같죠. 찌르고 자르고 베기도 하거든요. 그때가 되면 마냐르 씨, 당신은 알게 될 겁니다. 지금까지는 겨우 언저리에만 갔던 예술의 극치라는 게 과연 어떤 것인지를 말입니다.」

이 순간 트리스탕은 그녀를 뚫어지게 응시하면서, 짐짓 도발하듯이 실실 웃으며 분위기를 좀 눙쳐 보려고 했다. 그때였다. 그녀가 펄쩍 뛰더니 그의 팔을 꺾어 조이고, 한쪽 다리를 걸어 그를 넘어뜨린 뒤, 쓰러진 그의 등에 올라타 엉덩

이로 그의 목을 꼼짝 못하게 눌렀다. 그러더니 그에게 긴지럼을 태우기 시작하여 그가 눈물을 흘릴 때까지 계속했다. 그의 횡격막이 여러 차례 경련을 일으키고 광대뼈가 진홍빛으로 물들고 호흡이 느려져 거의 질식 상태가 될 때까지 계속 간질여 댔다. 버둥대도 소용없었고, 얼굴은 부풀어 오르고, 관자놀이가 터져 나갈 정도로 맥박이 빨라졌다. 그만해 달라고 애원할 힘조차 없었다.

이 순간부터 석 달 내내 트리스탕 마냐르는 단 한 번도 웃지 않았다.

B라는 이름이 붙은 그 여자는 GLH가 〈유머의 큰 터전 Grande Loge de l'Humour〉의 약자라고 알려 주었다. 모든 비밀 결사 중 가장 소규모이고, 가장 오래되었고, 무엇보다도 가장 은밀한 단체라고 했다.

제1단계 교육에서 트리스탕은 역사 강의를 들었다.

그는 인류의 첫 개그가 어떻게 탄생했는지 배웠다. GLH의 연구자 그룹이 조사한 바에 따르면, 어느 네안데르탈인이 칼 이빨을 가진 호랑이, 즉 검치호에게 쫓겨 달아났다고 한다. 이 야수가 그를 잡아채려던 바로 그 순간 비탈을 굴러 내려온 바위가 그 검치호를 깔아뭉갰다. 극도의 공포 뒤에 갑자기 안심하게 되자 우리의 조상 네안데르탈인은 반사적으로 첫 웃음을 터뜨렸다는 것이다.

그러나 그런 다음 비틀거리며 달려가다가 끈적거리는 진흙탕 늪에 빠지고 말았다. 그래서 그 늪에서 익사했는데, 그 선사 시대인의 턱뼈는 영원히 웃는 모습으로 굳어졌고, 압사당한 검치호에게서 멀지 않은 곳에 남게 되어, 바위에 새겨진 흔적 덕분에 그 장면, 즉 인류 최초의 개그를 복원할 수 있었다는 것이다.

GLH의 학자들은 이 놀라운 사건이 기원전 80000년쯤에 일어났다고 추정했다. 그들이 보기엔, 바로 그 순간 인류 문명이 시작된 것이었다. 유머에 의해서. 바로 이 원시의 웃음이 인간을 공포에서 해방시킨 것이다. 그는 웃으면서 오직 그만이, 신경 구조의 어떤 작용에 의해 근심을 기쁨으로 바꿔 놓을 수 있었음을 보여 주었던 것이다.

그 뒤 유머는 〈똥오줌 이야기〉 시대를 거쳤는데, 이 시대는 아동 유머의 기초이며 지금도 수많은 원시 문명의 웃음의 뿌리로 남아 있다는 것이다. B의 말에 따르면, 문화의 차이를 넘어 모든 사람을 웃기는 단 하나의 농담은 〈방귀 뀌는 개〉 이야기라고 했다.

똥오줌 유머 다음에 나타난 것이 성차별 유머였다. 그 당시 남자들 입장에서 유머란 여자들을 놀리는 것이었다. 여자들 입장에서는 남편이나 애인을 놀리는 것이었고. 남녀의 상호 경멸을 극복하는 한 방법이 유머였다. 기원전 5000년에 최초의 도시들이 생겨나면서 유머는 또다시 변천했다. 그래서 이른바 〈면전에 갈퀴〉 혹은 〈먼산 보느라 구멍을 못 본 사람〉, 〈고개 숙이고 가다가 창문에서 떨어지는 화분을 못 본 사람〉 같은 개그들이 나타났다.

민족주의로 말미암아, 민족들 사이에 인종 차별적인 유머의 첫 변종들이 생겨났다. 히타이트인이나 아시리아인에 관한 농담은 해당 민족들이 보기엔 좀 저질이거나 거칠게 보였지만 빠르게 생성되어 누미디아인이나 파르티아인에 관한 농담으로 이어졌다.

당대의 많은 유명 희극 배우들이 파라오 앞에서 왕실 공식 어릿광대로 연희를 담당했다. 희극을 무척 좋아했던 솔로몬 왕의 궁정에는 이런 희극 배우가 열 명쯤 있었다고 한다.

그리스 시대에 와서야 기원전 445년생인 아리스토파네스나 기원전 342년생인 메난드로스 같은 작가들이 일반 대중이 볼 수 있는 희극을 써서 공연하게 되었다. 이런 희극들은 보통 5막짜리 연극으로, 우스운 인물들, 종종 어떤 전형이 되는 인물들을 등장시켰다. 로마에서는 기원전 254년생인 플라우투스, 그 뒤를 이어 카르타고 출신의 그리스 작가 테렌티우스 등이 자기 시대에 희극적 의미를 발전시켜 다양화하고 희극이 탐구해 갈 새로운 길을 열어 주었다.

석 달간 유머의 역사에 대한 교육을 받고 나서 트리스탕은 마침내 마음대로 웃을 수 있는 허가를 받았다.

그 일은 온통 흰색인 빈방에서 이루어졌다. 방엔 의자 딱 두 개밖에 없었다. B가 그에게 의자에 앉아도 된다고 했다.

그녀는 그와 마주 앉아 집요한 시선으로 계속 쳐다보았다.

「자, 오늘은 보통 날이 아닙니다. 준비되었겠죠, 마냐르 씨?」

「지금 저를 웃기시려는 거군요. 어떤 농담을 하실 거죠?」

「아무 농담도 안 해요.」

「얼굴을 찡그리지도 않고, 무슨 시늉도 안 하고, 〈가벼운〉 간지럼 태우기도 안 하신다고요?」

젊은 B가 아니라는 뜻으로 눈꺼풀을 한 번 껌벅했다.

「아무것도 안 해요. 내가 〈셋〉을 셀 때 웃으면 돼요.」

그녀가 무덤덤하게 말했다. 마치 너무도 당연한 사실을

말하듯이.

「아무 이유 없이 말이에요?」

「이것도 교육의 일부예요. 웃고 싶을 때 웃지 않는 것. 꼭 웃고 싶지 않을 때 웃는 것. 마치 자동차처럼. 액셀러레이터가 있고 브레이크가 있잖아요. 운전을 하려면 두 가지 다 잘 다뤄야 하죠. 당신은 웃는 능력을 잘 〈운전〉하는 법을 배우게 될 겁니다. 사실, 지금까지 당신은 웃음을 그저 〈당한〉 셈이었죠. 이제부터는 웃음을 마음대로 〈제어〉하게 되는 겁니다.」

문득 그는 그녀의 눈꼬리가 약간 가늘게 들어 올려진 눈이라는 데 주목했다. 그녀는 필시 반은 아시아인일 것이라고 생각했다.

「그럼 만약 내가 안 웃으면요?」

그가 물었다.

「석 달 동안 꾹꾹 눌러 참아야 했던 그 모든 순간들을 생각해 보면 될 거예요. 어렵지 않을 텐데요.」

그녀는 애써 더 설명하려 들지 않았다. 그리고 억양 없는 목소리로 숫자를 세기 시작했다.

「하나⋯⋯ 둘⋯⋯ 셋.」

그는 무감한 채로 있었다. 그녀는 당연한 결과를 기다리듯이 고개를 끄덕일 뿐이었다. 그러자 그가 웃기 시작했다. 그러다 웃음보가 터졌다. 젊은 여자의 얼굴엔 여전히 흔들림이 없었다. 이런 무심함에는 도무지 저항해 볼 도리가 없겠구나 하고 그는 생각했다. 그의 웃음이 점점 커지는데, B는 완전히 초탈한 듯 그를 응시하고만 있었다. 그는 10분 동안 몸을 뒤틀며 숨을 못 쉴 정도로 웃어 댔다.

그러다가 비행기처럼 제자리에 착륙했고, 마지막으로 몇 번 들썩거리다가 평정을 되찾았다.

「됐나요, 마냐르 씨? 좀 나아졌어요? 안도감이 들죠? 잘됐네요. 이제 2단계로 갈 수 있겠어요. 역사 다음은 생물학입니다.」

이날부터, 트리스탕은 가면을 쓰지 않은 다른 합숙자들의 맨얼굴을 봐도 된다는 허락을 받았다. 그들은 〈유머〉의 형제자매들이었다. 남녀노소가 다 있었고 아주 연로한 사람도 몇 명 있었다. 아무도 그에게 특별히 더 관심을 기울이는 사람은 없었다. 그에게 사인을 해달라고 하는 사람도 없었다. 심지어 사람들이 자기를 알아보기나 하는 걸까 싶었다.

오직 B만이, 박물관의 가이드처럼 아침이면 그를 찾아와서 공부방으로 데리고 갔다.

2단계 교육을 위해, 그녀는 지하 2층의 이른바 〈실험실〉이라 불리는 구역을 그에게 보여 주었다.

「여기서 우리는 유머를 과학적으로 연구했지요. 이 기계는 엑스레이 스캐너인데, 인체 내부를 보게 해주죠.」

그녀는 다른 방을 가리켰다.

「저건 PET 스캔, 즉 양전자 방출 단층 촬영이에요. 저 기계로는 혈액, 물, 림프액 등의 액체를 구분할 수 있죠.」

마지막으로 그들은 흰 셔츠를 입은 남자들이 활발히 움직이고 있는 방에 이르렀다.

「유머를 진정 과학적으로 이해하는 데 가장 적합한 장비가 바로 이 기계지요. 기능성 MRI라는 거죠. 보통 MRI하고 혼동하면 안 돼요. 이 기능성 MRI는 뇌 속의 자기장과 전자

장 변화를 추적할 수 있어요.」

「그러니까 생각을 말인가요?」

「적어도 뉴런 속의 정보 이동 경로는 볼 수 있게 해주죠. 그것도, 뇌 행성 속에다 입체적으로 투사해서. 말하자면, 기능성 MRI로는 생각이 태어나고 죽는 곳을 관찰할 수 있답니다.」

반바지를 입은 사람이 바퀴 달린 침대 위에 누워 있었다. 조수 한 사람이 그에게 양쪽 귀를 뒤덮는 크기의 헤드폰을 씌워 주었다.

모터가 움직여 그의 몸을 커다란 기계 속으로 밀어 넣었는데, 기계의 한복판에는 터널 모양의 구멍이 뚫려 있었다.

「폐소 공포증이 있으면 안 되겠군······.」

트리스탕이 한마디했다.

B는 제자를 수강용 책상과 작은 모니터들이 많이 있는 구역으로 이끌고 갔는데, 모니터 앞에서는 흰 셔츠 차림의 사람 여러 명이 바삐 일하고 있었다. 그중 한 사람, 키가 아주 크고 이마에 머리 한 가닥을 늘어뜨린 남자가 중앙 모니터를 켰다. 그리고 어떤 장치를 작동시키자 거기에서 타닥거리는 소리가 났다. 실험 대상자의 뇌가 마치 허공에 떠 있는 행성처럼 모습을 드러냈다.

「여긴 최접경 지역이에요······.」

B가 중얼거렸다.

「실뱅 형제는 웃음의 생리적 메커니즘을 연구하는 전문가예요.」

그 사람은 마이크 앞으로 몸을 굽혀 기능성 MRI의 대상이 되는 사람이 잘 듣고 있는지 확인한 다음, 기록 장치를 모두 가동하고, 뼈 소리가 나자 상당히 황당한 농담을 했다.

기능성 MRI 속에 있는 사람이 낄낄 웃기 시작했다. 그러자 몇 가닥의 빛이 나타나 달아오른 필라멘트처럼 비비 꼬이는 것이 보였다.

실뱅 형제가 장치를 조정하면서 설명했다.

「웃음이란 여러 차원에서 펼쳐지는 복합적 활동입니다. 뇌 차원에서 보자면, 뇌의 좌반구, 즉 분석을 담당하는 뇌가 뜻밖의 정보를 받아들이고, 거기서 논리를 찾아내지 못하면 그 정보를 곧바로 우뇌로 보냅니다. 그러면 시적인 분야를 담당하는 우뇌는 이런 뜨거운 감자 같은 농담을 받고서 마찬가지로 어찌할 바를 몰라 웃음이라는 신경적 충동을 작동시킴으로써 시간을 버는 겁니다.」

실뱅은 화학식에 맞추어 곡선이 표시되어 있는 작은 모니터를 가리켰다.

「호르몬 차원에서 보자면, 웃음은 뇌 속에 엔도르핀을 만들어 내서 쾌감과 흥분감을 촉발합니다.」

이 말을 하고 그는 방금 조수들이 측정 결과를 띄워 놓은 일련의 새로운 화면들을 보여 주었다.

「웃음을 심장 차원에서 보자면, 심장은 단번에 리듬을 탑니다. 허파 차원에서 보면, 웃음은 지나친 환기 현상을 초래하여 단번에 복강이 흔들리고 장기들이 재배치되고 복근이 이완됩니다. 웃을 때 신체 기관 전체가 활동에 돌입하는 셈이죠. 그래서 성행위와 웃음은 동시에 이뤄질 수가 없습니다. 이 두 행위는 모두 생명 에너지를 몽땅 끌어다 쓰거든요.」

매일 아침 트리스탕 마냐르는 실험실에 가야 했고, 거기서 농담이 신체 기관에 미치는 영향을 공부했다.

동시에 B는 그들 상대로, 농담의 가 유형과 관련된 인체 생리학에 대한 수업을 했다. 그는 가벼운 농담, 성적인 농담, 똥오줌을 주제로 한 농담, 인종 차별적인 농담, 난센스 농담 등의 효과를 확인할 수 있었다. 컴퓨터가 그 결과를 느린 속도로 재현해서 보여 주었다. 농담 한 가지를 들을 때마다 환한 빛을 발하는 나무 모양이 뇌 속에서 활짝 피어났다.

실뱅은 이런 실험들을 진행하는 중에도 기술적인 설명들을 아낌없이 해주었다.

트리스탕은 주의 깊게 그의 말에 귀를 기울였지만, 사실 다른 한 사람에게 점점 빠져 들고 있었다. 자신의 선생, B라는 비범한 여성에게. 날마다 그는 그녀가 전날보다 더 특별하다고 생각되었다. 그는 그녀의 이름, 성, 과거, 어쩌다 여기까지 오게 되었는지 등을 알아보려고 했지만, 번번이 이 고양이 같은 얼굴을 한 젊은 여인은 말하고 싶은 때가 되면 말해 주겠다면서 피했다.

역사 쪽을 공부하는 1단계와 과학 쪽을 공부하는 2단계를 다 마치고, 역시 석 달간 이어지는 3단계에 들어선 트리스탕 마냐르에게 자기만의 농담을 만들어 내도 좋다는 허락이 떨어졌다. 그 허가 절차는 커다란 방에서 이뤄졌다. 높이 7미터가 넘는 천장엔 해저의 모습이 그려져 있었는데, 아마도 지금 이들의 머리 위쪽에 사는 생물들을 그려 놓은 것 같았다. 벽에는 거대한 서가가 있고 거기에 날짜별, 주제별, 나라별로 분류된 서류들이 가지런히 꽂혀 있었다.

〈마치 카페 주인 알퐁스가 명함 크기의 메모지들을 가득

채워 놓은 구두 상자들 같구나. 하지만 훨씬 더 크군.〉

트리스탕은 속으로 생각했다.

바니시 칠을 한 기다란 탁자들이 교실의 책상들처럼 줄 맞춰 놓여 있었다.

B는 GLH의 형제자매들이 여기서 바로 그런 작자 미상의 농담, 그러니까 술집에서, 학교 운동장에서, 저녁 식사 자리에서 사람들이 얘깃거리가 떨어지면 서로 주고받는 그 농담들을 써내는 거라고 설명해 주었다. 이렇게 농담을 적어 놓으면 전령들이 그걸 갖고 나가 온 세상을 다니면서 전하고 퍼뜨린다는 것이었다.

두 사람 주위로 분홍 망토를 걸친 남녀들이 바쁘게 일하는 동안, B는 그에게 우선 농담의 배경과 등장인물을 재빨리 지어내는 법을 가르쳐 주었다.

그다음에 농담의 동인(動因).

그다음에 농담의 결말.

B는 매우 교육적이었다.

「농담은 〈서양 문화의 하이쿠〉라 할 수 있어요. 그것은 가장 간단하고 가장 효율적인 요소만 남기고 모든 군더더기를 없앤 서사 방법이에요.」

그녀가 말했다. 그녀에 따르면, 농담은 하이쿠처럼 3단 구조에 토대를 두고 있다는 것이었다. 1단계, 인물과 장소의 표출. 2단계, 극적인 이야기의 발전. 3단계, 예상치 못한 결말. 이 세 단계 각각에서 소재가 적을수록 농담의 집약적인 맛은 더 커진다는 것이었다.

「숫자 3은 또 농담 속에서 벌어지는 사건의 목록에 다시 등장해요. 정글에 세 사람이 있고 공중전화가 있는 농담, 비행기에 세 사람이 있고 낙하산은 하나뿐인 농담, 금발 여성 세 명이 해변에서 아이스크림을 먹는 농담, 이런 식으로요.」

B는 농담을 입에 올리는 동안에도 절대로 웃지 않았다. 효율적인 교육만이 그녀의 주된 관심사 같았다.

「농담은 사람들 사이에 〈퍼질〉 수 있도록 고안되어야만 하니까 더욱더 지어내기 힘들죠. 왜냐하면 그 농담을 사람마다 자기 식으로 얘기하거든요. 그러니까 애초에 발표할 때부터 표현이 충분히 명확해서 아무도 그 이야기를 왜곡시키고 싶지 않게 만들어야 해요. 미리 입소문의 경로를 예상해야 하고, 특히 변질은 꼭 염두에 두어야 해요.」

그녀는 지하 3층에 있는 방으로 그를 이끌고 갔는데, 거기는 정확히 말해 농담의 〈취약성〉이 어느 수준인지 시험하는 방이었다. 한 남자가 다른 사람에게 농담을 말해 주면 그 사람은 또 제3자에게 이야기해 주었다. 그렇게 그 농담이 변질되지 않은 채로 몇 사람까지 전해질 수 있는지 세어 보는 것이었다.

「입에서 입으로 전해지는 농담은 쇠사슬과 같아서, 안 끊어지고 얼마나 잘 버티느냐 하는 것은 사슬 중 가장 약한 고리에 달려 있어요. 한 사람만 잘못 알아들어도 그 농담 내용은 바로 변질되고, 원래 내용과 정반대의 내용을 전하게 되지요. 농담을 만들어 낼 때부터 이런 배신을 미리 예상해야 합니다.」

트리스탕 마냐르는 하루에 농담 하나씩을 만들어, 창의성 훈련을 받기 시작했다. 그러고 나면 B가 그와 함께 그 농담의 강점과 약점을 철저히 분석했다.

어느 날, 농담 마지막의 반전에 허를 찔려 B가 참지 못하고 진짜 웃음을 터뜨리고 말았다. 그녀는 몹시 난처해했고, 이 난처함이 트리스탕으로 하여금 대단한 승리감에 전율케 했다.

「미안합니다, 마냐르 씨. 뭐가 씌었는지 모르겠네요. 피곤해서 그랬나 봐요.」

그녀가 변명을 했다.

그가 그녀에게 가까이 다가서자, B가 얼른 제정신을 차리고 그를 밀어냈다.

「우리 서로 말 놓으면 안 될까요?」

그가 물었다.

「난 당신을 가르치는 선생이에요. 제자가 선생한테 반말하는 거 봤나요.」

「난 당신이 내 애인[7]이었으면 좋겠는데.」

그가 대답했다.

「내 그럴 줄 알았어요. 하지만 일과 감정을 섞어선 안 됩니다, 마냐르 씨. 그랬다간 나의 교육을 받는 혜택을 모두 잃게 될 겁니다.」

「적어도 나를 〈마냐르 씨〉라고 부르는 것만이라도 좀 안 할 수 없나요? 그냥 트리스탕이라고 부르든가, 아니면 트리스탕 형제라고 불러요. 프랑스 사람들 모두가 나를 트리스탕이라고 불렀는데, 오직 당신만······.」

「지금 뭔가 잊고 계신 것 같은데요, 〈프랑스 전체를 웃기셨던 유명 희극 배우 선생님〉, 당신은 입단을 원한다고 했습니다. 그 입단식이 곧 있을 예정이에요. 입문 과정은 내가 거

---

[7] 여기서 프랑스어로는 maîtresse라는 말을 쓰고 있는데 이는 〈여자 선생〉이라는 뜻도 되고 〈애인〉, 〈정부〉라는 뜻도 되는 이중 함의가 있다.

쳤던 것과 마찬가지로 진행될 거예요. 그러니까, 혹시 잊으셨을까 해서 말씀드리는데, 결투가 기다리고 있고, 거기서 당신이 죽을 수도 있다는 말이에요.」

그는 눈썹 하나 까딱하지 않았다.

「내가 없어진다면 당신은 괴로울까요?」

「물론이죠. 지금껏 당신을 가르치느라 시간을 얼마나 투자했는데…….」

「당신 말은 그러니까, 당신도 나에 대한 감정을 스스로 허용하지 않는 거고, 그 이유는 내가 죽게 될까 봐 두려워서라는 거죠?」

그녀는 대답하지 않았다.

「만약 내가 성공하면 가능한가요? 우리 서로, 당신과 내가 그러니까…….」

「이해 못 한 것 같은데요, 마냐르 씨. 우린 지금 바캉스 클럽에 와 있는 게 아닙니다! 유머는 무기예요. 그것을 사용한다는 것은 전 지구적인 전투가 벌어지고 있음을 의미해요. 당신이 다 알고 싶어 하니 말인데요, GLH는 2천 년 전부터 전쟁 상태입니다. 똑똑히 들으세요, 〈전쟁 상태〉라고요.」

트리스탕 마냐르는 못 알아듣겠다는 표정을 지었다. 그러자 더 이상 개의치 않고 B는 그의 손을 잡아끌고 다른 방으로 갔다.

「당신은 유머의 역사, 어릿광대의 역사, 희극 배우의 역사를 배웠어요. 이제 GLH의 역사를 배울 차례예요.」

그러더니 그녀는 GLH를 창립한 것은, 솔로몬왕의 궁정에서 희극 배우 노릇을 하던 〈도브〉라는 사람이라고 했다. 그 히브리왕의 유명한 성전을 지은 건축가 히람이 그의 동료였다. 도브는 악한, 독재자, 구두쇠, 도학자, 근본주의자, 분파주의자, 인종주의자들에 맞서 싸우겠다는 목표로 기사단을 창설할 생각을 품었다.

「도브는 기사단의 기본 규칙을 정립했죠. 〈유머를 통해 독재자들과 싸운다.〉 그리고 그는 효율적으로 해나가려면 진지해야 한다는 것을 깨달았어요.」

「아, 알아요. 〈유머를 갖고는 장난치지 않는다.〉」

그녀는 여전히 무덤덤했다.

「도브는 사람을 웃기는 64가지 구조를 제시하며 희극적 힘의 기초를 체계화했지요. 이 64가지 구조가 바로 2천 년 전부터 이어져 오는 모든 농담의 기본이 되는 거예요. 그 뒤 새로운 구조를 발견한 사람은 아무도 없었고요.」

「압니다. 그에 대해선 많이 가르쳐 주셨죠. 〈깨부수기〉, 〈되돌리기〉, 〈이중적 언어〉, 〈숨겨진 인물〉, 〈뒷북 거짓말〉, 〈불가능한 설상가상〉…….」

그는 자기가 얼마나 주의 깊은 학생인지 보여 주려고 줄줄 읊었다.

B는, 도브가 〈절대 농담〉의 비밀을 훔치려는 욕심에 사로잡힌 두 제자에게 배신당했다는 이야기를 했다.

「〈절대 농담〉이라뇨?」

트리스탕이 중간에 말을 끊으며 물었다.

「모든 사람을 웃기는…… 죽음에 이르게 하는 농담.」

「죽다니, 여기 그 의자에 앉아서, 관자놀이에 겨누어진 권총으로 말인가요?」

「아뇨, 의자 없이. 〈절대 농담〉은 모든 유머리스트들에게 성배와 같은 것이에요. 말하자면 완벽하고 보편적이며, 다른 모든 농담을 압도하는 강력한 힘을 지닌 정밀한 장치 같은 거죠. 절대 농담은 세 단계로 이루어지는데, 마지막 결말에서 사람들이 너무 심하게 웃다가 심장이 멎어 버리는 거예요.」

그 말을 듣자마자 그의 마음속에 새로운 지평이 열렸다.

「믿을 수 없네요!」

「바로 그거라니까요. 믿을 수 없는 거예요, 사실이 아니니까. 유머란 상대적이니까. 그것은 절대적일 수가 없으니까. 여기 있는 우리 중 많은 사람이 그렇게 말해요. 절대 농담이란 존재하지 않는다고요.」

「그런데 만약 진짜로 존재한다면?」

「그건 잊어버리세요, 마냐르 씨. 내가 장담하는데, 그건 그저 전설일 뿐이에요. 그게 진짜 존재했으면 하고 누구보다 바라는 사람이 바로 나죠. 하지만 그건 불가능한 일일 수밖에 없어요. 이제 우리 결사단의 역사 공부로 돌아가죠. 도브는 그래서 제자들에게 암살당했지만, 그의 가르침은 영원히 전해졌죠. 다른 제자들이 스승의 암살자들을 처형하고 스승의 유산을 계승했어요. 그들이 이 비밀 결사단을 창립해, 모든 종류의 전체주의에 맞서 2천 년 동안 싸워 온 거예요.」

「결사단이 어느 정도나 비밀이라고 할 수 있죠?」

「실제로, 첫 수업 시간에 우리 결사단에 속한 유명한 사람들 몇몇의 이름을 가르쳐 드렸지요.」

「아리스토파네스, 테렌티우스, 버스터 키턴?」

B는 그저 고개만 끄덕끄덕했다.

「찰리 채플린? 막스 브라더스? 피에르 닥?」

「지금 말한 이름 모두가 우리 형제들과 직간접적으로 연결되었어요. 우리가 그들을 지원해 주고 교육도 일부 제공해 준 덕택에 그들은 자기들의 희극 예술을 승화시키고 혁신하여 보편적인 유머에 가닿을 수 있었던 거죠. 다른 유머리스트들은 우리가 있는지조차 모르고 그저 그들을 베끼는 데만 급급했죠.」

트리스탕 마냐르는 벽에 걸린 위대한 유머리스트들의 초상화를 바라보았다.

「이제 알겠네요. 왜 내가 항상 사기 치는 느낌이었는지.」

「당신이 사기꾼이었던 것 맞아요. 당신은 기껏해야 제작자나 연예 기획사가 흥행시키는 미디어의 산물일 뿐이었죠. 그런데 간접적으로는 우리로부터 양분을 취하고 있었던 거죠. 아주 간접적으로. 당신이 그걸 알았다니 다행이네요. 대부분의 유명 유머리스트들은 자기들이 웃기도록 타고난 대단한 존재인 줄 알아요! 마치 마술적인 재능의 소유자라도 되는 것처럼 말이에요. 실은 〈우리의〉 텍스트를 해석하는 배우일 따름인데 말이죠!」

B는 표정이 굳어지는 것을 감추지 못했다.

「한심한 사람들...... 그들은 심지어 자기네가 〈우리의〉 농담을 지어냈다고 확신까지 하게 되죠!」

「그러니까 당신들은 웃음으로 세상을 구원하겠다는 거군요?」

그가 물었다.

「프랑스어의 〈영성spiritualité〉이라는 말이 〈수준 높은 신비 사상〉과 〈희극적인 것〉을 동시에 지칭한다는 사실은 우연이 아니죠. 웃음은 개인의 몸을 이완시키듯이 세상 전체의 긴장을 풀어 줄 수 있어요.」

「프리메이슨과 같은 거군요.」

「우리의 호칭이 〈유머의 큰 터전〉이라는 것 말고는 우리와 프리메이슨 사이에 어떤 관계도 없어요. 프리메이슨들 역시 온 세상의 영성을 드높이기 위해 활동한다고 알려져 있긴 하지만, 우리의 전투는 달라요.」

B는 벽 전체를 차지하고 있는 세계 지도 앞으로 그를 이끌었다. 나라마다 메모 하나씩이 붙어 있고 각각 다른 색깔로 표시되어 있었다.

「마냐르 씨, 이건 전 세계 유머의 수준을 나라별로 나타낸 지도입니다. 이 지도를 보면 우리의 활동을 볼 수 있어요. 분명, 독재 국가나 원리주의자들이 통치하는 국가의 경우, 우리의 활동은 좀 더 위축되지요. 우리도 우리 나름의…… 순교자들이 있답니다.」

「피에르 데프로주는 말했죠, 〈그 무엇을 두고도 웃을 수 있지만, 아무하고나 웃을 수는 없다〉라고.」

그녀는 벽을 온통 덮은 대리석 판에 새겨진, 대의를 위해 목숨 바친 GLH의 유머리스트 명단을 가리켰다.

「이 사람들 중 대다수가 권력자를 비웃었다는 죄로 살해당했습니다. 국가 원수, 종교 지도자, 마피아, 부패한 관료 등. 어리석은 짓거리에 맞서 싸우는 전 세계 차원의 전쟁이죠. 그런데 우리의 적들은 많고 늘어만 간답니다.」

「적들이라고요?」

그가 물었다.

「〈심각한〉 자들, 그들은 두려움 때문에 민중을 압살하려고 하죠. 그리고 그보다 더 악질적인 적들도 있고요.」

「검열자들 말이죠?」

「그보다 더한 자들이죠. 나쁜 유머리스트들 말입니다. 유머는 아주 강한 에너지라서, 치유할 수도 있지만 파괴할 수도 있어요.」

「〈스타워즈〉에서 제다이 기사가 유혹에 넘어가 암흑의 포스 쪽으로 돌아서듯이 말인가요?」

「바로 그거죠. 어떤 유머리스트들은 빛의 편에 서서 싸우다가 무너져 어둠의 편에 붙어 버리죠. 가장 유감스러운 점은, 자칭 유머리스트라는 사람들이 모든 것을 웃어넘길 수 있다는 자유를 구실로, 함부로 아동 성폭행, 인종 차별, 독재 추종, 망자 희롱, 생명 경시 같은 것을 비호하는 짓거리예요. 그런 사람들의 눈에는 악이 어디서 나오는지조차 보이지 않아요. 그들은 지성과 관용을 비웃고 무슨 〈반항아〉라도 되는 양 굴어요.」

「진정하세요.」

「아뇨, 그런 사람들은 우리를 믿지 않아요. 그들은 한계를 몰라요. 최악의 경우는 그들이 우리의 논리를 갖다 쓴다는 거예요. 〈사람은 모든 걸 두고 웃을 수 있어야 한다〉고 말이죠. 정확히 말하자면, 모든 것을 두고 웃을 수 있는 가능성을 끝장내려고 갖다 쓰는 거죠.」

분노를 억지로 참느라 그녀는 파르르 떨었다.

「나쁜 유머는 모든 것을 침해해요. 그러다 보면 사람들은 마침내 유머 일반을 일종의 시니시즘이나 비웃음으로 착각하고 경계하게 되죠. 마냐르 씨, 그래서 우리가 이렇게 〈엘리트주의자〉가 된 거랍니다.」

트리스탕은 그녀가 진정하기를 기다려, 다시금 그녀에게 가까이 다가서려고 시도했으나 B는 마치 그런 몸짓을 보면 무슨 고통스러운 기억이라도 떠오르는 듯, 흠칫 물러섰다.

1년간 교육을 마친 수련생 트리스탕 마냐르는 카르나크 앞바다 등대 밑으로 내려오기 전의 삶을 깡그리 잊어버렸다.

그는 매일 농담 하나씩을 지어내는 훈련을 충실히 받았다. 그리고 잘 단련된 근육처럼, 그의 창작 능력은 날이 갈수록 더욱 매끄러워지고 유연해졌다. 그가 쓰면 쓸수록, 반전은 더욱 충격적이고 재치 만점이 되어 갔다. B는 그에게 열기구 기술을 가르쳐 주었는데, 그 기술은 한 문장으로 요약될 수 있었다. 〈떠오르는 데 꼭 필요한 것이 아니면 뭐든지 버려라.〉

〈선생〉의 교육 덕분에 트리스탕은 아주 정곡을 찌르는 농담으로 병도 고칠 수 있다는 것을 알게 되었다. 심장에 잘 듣는 농담이 있고, 폐 질환에 잘 듣는 농담이 있었다. 가슴, 비장, 간에 잘 듣는 농담도 있었다. 면역 체계 전반에 좋은 농담도 있었다.

분홍 망토를 걸친 GLH의 스승들은 광장 공포증, 우울증, 몽유병 같은 정신 질환도 치유했다.

트리스탕은 자신의 솜씨를 완벽하게 다듬어 나갔다. 몸짓, 발성, 호흡, 이야기하는 동안의 시선 처리까지. 그 모든 것을 예전에는 본능적으로 이루어 냈지만, 이제는 뚜렷한 의식 속에서 만들어 갔다.

「농담의 위력은 검을 휘두르는 것과 같아요. 찰과상만 입힐 수도 있고, 큰 상처를 낼 수도 있고, 상대방을 불구로 만들 수도 있어요.」

B가 설명했다.

B는 절대로 자기 농담을 내놓는 법이 없었고, 제자가 작업

을 완성할 수 있도록 방법을 보여 주는 선을 넘지 않았다.

마치 그가 검을 다루기라도 하는 것처럼, 그녀는 실험 대상을 직접 선택해 주고는, 그로 하여금 자기 자신의 농담을 휘두르게 함으로써 그 칼날의 위력을 스스로 가늠해 볼 수 있도록 했다.

「자, 이 사람을 웃겨 보세요.」

그러면서 그에게만 귀띔해 주었다.

「난 저 사람이 웃을지 알고 싶어요. 왜냐하면 그는 당신의 농담에 나오는 것과 똑같은 상황에서 온 가족을 잃었거든요.」

농담이 끝나면 B는 실험 대상자들에게 방금 들은 농담을 이야기해 보도록 시켜, 그들이 그 농담을 잘 받아들이고 이해했는지 확인했다.

「보세요, 마냐르 씨, 저 사람은 바위 밑에 숨은 게 난쟁이라고 생각하잖아요. 완전히 거꾸로 이해했어요. 내용을 좀 더 명확하게 표현하도록 하세요.」

아니면 이런 식이었다.

「말더듬이에 관한 농담을 할 때는 아주 절제해서, 흉내 등의 효과도 최소한만 동원하세요. 그 농담이 말더듬이도 웃길 수 있어야 한다고요.」

그리고 그런 생각을 곧바로 행동으로 옮겨, 그 농담을 들어 보라며 말더듬이를 데리고 왔다. 그런 식으로, 트리스탕은 시각 장애인에 관한 농담들을 시각 장애인에게 들려주고, 기억에 구멍이 뚫렸다는 농담을 건망증 환자에게 들려주었다.

「당신이 농담을 하는 도중에 듣는 사람이 안 웃을 거라고 느꼈다면 어떻게 하겠어요?」

B가 물었다.

「코미디언으로 활동할 때는, 도중에 결말을 슬쩍 바꾸곤 했죠.」

「아주 좋아요. 그 기술을 계속 활용하세요. 절대 포기하지 말고 막판의 폭소를 얻어 내야 해요. 볼 장 다 본 것 같더라도. 최후의 효과 하나까지 사력을 다해야 하는 거죠. 그럼, 완전히 실패했을 경우에는 어떻게 하겠어요?」

그는 무람없는 몸짓을 했다.

「내가 나 자신을 놀리는 것?」

「그러든가, 아니면 제2의 효과를 동원해 덮어쓰기를 해야죠.」

때로 B는 그에게 사람을 죽이는 〈절대 농담〉의 전설에 대해 다시 말해 주었다. 그들은 함께, 말의 연쇄가 어떻게 듣는 사람에게 보편적으로 심장 마비를 불러올 수 있을까 상상해 보았다. B는 주장하기를, 코미디 그룹 몬티 파이선이 〈날아다니는 서커스〉 개그 중 하나에서 이 파괴적인 메커니즘의 존재를 밝혔다고 했다.

어느 날, 그가 특별히 효과 만점인 농담을 찾아냈을 때, B는 참지 못하고 쾌활하게 웃고 말았다.

「미안해요. 웃음이 터져 버렸네요.」

그녀가 말했다.

그는 자신이 무척 자랑스러웠다.

「만약 우리가 결투를 했다면, 난 당신을 이 농담으로 무찔렀을 겁니다. 안 그래요?」

「아마도. 브라보! 전혀 예상치 못한 결말이었어요.」

그들의 시선이 교차했다. 오랫동안.

「이제 당신의 추천작을 내놓을 준비가 된 것 같군요.」

그녀가 말했다.

「내 〈추천작〉이라고요?」

「수련생은 단원이 되기 위한 결투에 참가하기에 앞서 자신의 추천작을 만들어 내야만 해요. 수습 단계를 넘어선 직공이 자기만의 작품을 내놓아야 독립할 수 있듯이 말입니다. 당신만의 〈위대한 농담〉을 찾아내야 해요.」

지금껏 의식하지 못하던 감정이 불현듯 그를 사로잡았다. 공포심이었다.

그녀는 그를 보면서 연민을 느꼈다.

「하지만 우선은 저녁이나 먹읍시다. 오늘 저녁엔 나와 단둘이 마주 보며 식사할 권한을 드리죠.」

그들이 간 식당은 평상시의 커다란 공동 식당보다 훨씬 안락하고 아늑했다. 결사단 단원들이 가득 차 있었는데, 식탁마다 두 사람씩 마주 앉아 토론을 하고 있었다. 트리스탕이 보니 웃거나 농담하는 사람들은 어디에도 없었다. 여기서는 모두가 유머의 중요성을 너무도 잘 인식하고 있어 음식을 먹으면서 농담을 욕되게 하는 짓 따위는 하지 않는 것이었다.

「당신은 여기, 이 결사단에 무엇을 하러 왔죠, B 씨?」

여자는 트리스탕의 눈길을 찾아 눈을 맞추었다.

「그러는 당신은요, 마냐르 씨?」

「나요? 나야 넌더리를 내고 있던 참이었죠. 내 인생에 의미를 주고 싶었어요. 난 진정 내가 있을 자리에 있는 것 같지 않았고, 내게 맞지 않는 영광을 누리고 있는 느낌이었어요.」

「그게 진실이었던 것 같네요. 당신은 정직해서 돋보여요. 그런 정직함을 희극인들 사이에선 찾아보기 힘든데 말이죠.」

「사람이 남을 매도할 수는 있어도 자신을 속일 수는 없는 법이죠. 난 기자들이나 대중의 반응을 통해 나를 판단할 정도로 어리석진 않거든요.」

그녀는 감탄해서 고개를 끄덕였다.

「참 괜찮아요…… 남자로서.」

「그럼 B 씨, 당신처럼 똑똑한 젊은 여성이 머리 위로 태양이 넘실대는 이 지하에 갇혀서 무엇을 하고 있는 거죠?」

「내가 왜 여기 와 있는지 정말로 알고 싶은가요? 말해 드리죠. 우리 아버지 때문이에요.」

「큰 스승님이 아버지인가요?」

「아뇨! 우리 아버지는 여기 한 번도 오신 적이 없어요. 하지만 우리 아버지는 위대한 희극 배우였어요. 공트랑 씨라고, 아시나요?」

「알고말고요. 공트랑, 그분 암으로 돌아가셨죠, 그렇죠? 벌써 10년쯤 됐을걸요?」

그녀의 시선이 먼 곳으로 흩어졌다.

「……파리의 큰 공연장, 올랭피아 극장에서였어요.」

「알아요.」

「아버지는 한 시간 반째 공연을 하고 계셨는데, 뜻밖의 일이 일어났죠. 공연 시작부터 관객이 단 한 명도, 단 한 번도 웃지 않았던 거예요.」

「그럴 리가. 공트랑은 그 당시 한창 성공을 거두고 있었던 것 같은데요. 아마 공연장에 손님이 없었겠죠.」

「극장은 미어터질 만큼 꽉 차 있었고…… 게다가 텔레비전에서 공연을 생중계하고 있었어요. 그 무렵이 아버지의 최선성기였을 거예요.」

트리스탕 마냐르는 얼굴을 찡그리면서, 자기가 만약 그런 어려운 상황에 처한다면 어떨까 상상해 보았다. 자기도 초기에 몇몇 공연장에서 다소 〈썰렁한〉 반응을 받았던 기억이 났지만, 그처럼 아무도 안 웃은 적은 없었다.

「그래서 아버님은 어떻게 하셨는데요?」

「아버지는 개그들을 순서대로 하나하나 보여 주셨어요. 전혀 흔들림 없이.」

「그런데 아무도 안 웃었고요.」

「숨소리 하나 안 났대요.」

「그것 참 상상하기 힘든 일이군요. 보통 열렬한 팬이 한 명쯤은 있어서 항상 어느 구석에선가 폭소를 터뜨리게 되어 있는 법인데. 그냥 확률상으로 봐도 말입니다.」

그녀는 두 눈을 내리깔았다.

「사실은 조작된 일이었어요. 〈몰래 카메라〉 같은 방송을 위해서 말이죠. 웃지 않기로 미리 짜고 돈을 받은 가짜 관객들이 공연장 가득 앉아 있었던 거예요. 조금이라도 웃음을 보였다 하면 돈을 못 받을 거라는 걸 그들은 알고 있었지요.」

「수백 명이 한 시간 동안 계속 침묵하다니…… 끔찍했겠는데요.」

트리스탕은 몸서리를 쳤다.

「결국, 아버지는 완전히 녹초가 되셨어요. 관객에게 인사하고도 박수 한 번 못 받은 채 아버지는 대기실로 들어가셨죠. 핼쑥하게 질린 얼굴로. 텔레비전은 그런 아버지를 계속 촬영하고 인터뷰했어요. 그리고 인터뷰 끝에 〈서프라이즈!〉

하면서 그 〈훌륭한 농담〉을 공개했죠. 아버지는 많이 웃으셨고, 다시 무대로 나와 이번에는 박수갈채를 받았죠. 사람들은 달려들어 사인을 부탁하면서 〈삐친 거 아니죠, 네?〉라고 했죠.」

「그 안도감이 어땠을지 상상이 가네요.」

「모든 게 제자리를 찾은 것 같았고, 사회자는 아버지의 인내와 침착함을 칭찬했어요.」

「그런데요?」

그녀는 한숨을 쉬었다.

「결국 내가 발견했죠. 부엌에서 목을 매셨더라고요.」

트리스탕은 충격을 받아 그대로 얼어붙었다.

「그래요, 〈아무도 웃지 않는〉 공연장, 그 장난은 사람들을 많이 웃겼지요. 진행자가 낸 아이디어였대요. 그 사람도 코미디언이었어요. 유머리스트 사회가 선량한 사람들로만 이뤄진 건 아니랍니다. 방송 제작자와 진행자들은 이런 짓이 아버지에겐 끔찍한 일이 될 것임을 너무도 잘 알았지만, 그들은 뭔가 강도 높은 감동을 원했던 거죠⋯⋯. 시청률 말이에요. 엉망이 된 코미디언, 재밌잖아요, 안 그래요?」

「더러운 짓거리군요.」

「내가 전에 유머의 힘의 어두운 측면에 대해 말했잖아요. 유머의 힘을 나쁜 사람들이 잡아서 이용할 수도 있어요.」

「그 사회가 꼭 재미있지만은 않다는 것을 나도 인정하지 않을 수 없어요. 내가 아는 코미디언들 대부분이 사석에선 침울하고 화 잘 내고 질투도 많고 그래요. 그들은 〈에고〉 과잉이에요.」

그녀는 포도주를 손수 자기 잔에 따랐다.

「처음에 난 그들을 미워했지요. 난 농담과 코미디언들과 유머를 증오했어요. 그 방송의 대표 진행자를 죽여 버리고 싶었어요. 권총을 준비하고 그 사람 바로 옆에 있었는데, 갑자기 섬광 같은 생각이 스쳤어요.」

그녀의 푸른 눈이 어두워졌다.

「죽이는 게 능사가 아니더라고요. 그걸로는 그에게 충분한 벌이 못 돼요. 그는 사태 파악도 못할 텐데. 몇 초면 끝이고, 그는 이유조차 모를 텐데 말이에요. 안 돼, 죽이는 것보다 더한 뭔가가 필요해……. 그를 〈우습게 만들어야〉 했어요. 그 진행자는 유명인이니까, 그가 속한 분야에서 우스운 사람을 만들자고 생각했죠.」

「티에리 보드리송! 켜져 있는 마이크 사건, 그래요, 생각나요! 그럼 그게…….」

「그래요, 그게 바로 나였죠. 준비가 좀 필요했죠. 난 청소부로 가장하고 들어가, 리모컨을 작동시켜 소리를 다른 곳으로 빼돌리는 장치를 장착했어요. 그렇게 해서 그 일을 해낸 거예요.」

「기억나요. 보드리송이 마이크가 꺼진 줄 알고, 그냥 나오는 대로 지껄이는 말을 사람들이 다 들었죠.」

「누군가를 우스운 꼴로 만들려면 그의 진실 그대로를 폭로하는 것만큼 효과적인 게 없지요. 가능하면 사람들에게 한 시간 동안 대대적으로 들리게 하면 더 좋고요. 〈진실〉은 절대적인 무기거든요.」

「보드리송이 자기들을 얼마나 깔보는지 사람들이 알게 되었을 때, 난리가 벌어졌던 게 기억나요. 그는 아마 파면되었죠?」

「지금쯤 어느 시골 슈퍼마켓에서 물건 파는 마이크를 잡고 있겠죠. 죽이는 것보다는 그게 낫죠. 안 그래요?」

트리스탕은 갑자기 그녀가 비상한 용기의 소유자라는 걸 알게 되었다. 그는 그녀의 고통과 그녀 아버지의 고통을 상상해 보았다.

「정말 끔찍한 체험이었겠어요!」

「아버지가 돌아가신 뒤로 나는 그 무엇에도 의욕이 없었어요. 어머니는 그 전에 이미 암으로 돌아가셨거든요. 난 아버지의 자살 사실을 숨기기 위해 일을 꾸몄죠. 아버지는 가톨릭 신자인데 임종 전의 병자 성사도 못 받고 돌아가셨잖아요. 난 의사에게 갑자기 암이 도져 사망했다는 진단서를 떼어 달라고 부탁했어요. 그래서 위대한 공트랑의 공식적 사인은 암이 된 거죠.」

「그래서 여기 오게 됐군요.」

「여긴 은둔하러 오는 사람들이 많아요. 왜냐하면 정상적인 세상이 사람들에게 영양가가 있는 걸 못 준다고 생각하니까요. 난 압사 상태였어요. 전투를 해야 했어요. 유머는 우리 아버지의 전투였고, 내가 그 임무를 이어받기로 했죠. 하지만 다른 식으로, 진정한 윤리를 지닌 사람들은 가까이하되, 시청률과 명성을 위해서라면 영혼도 팔아넘길 사이비 유머리스트들은 멀리하기로 말이죠.」

이번엔 트리스탕 마냐르가 생각에 잠겨 포도주를 마셨다.

「여기 온 지는 오래됐나요?」

「7년 넘었어요.」

「그런데 왜 이렇게 늦게야 단원이 된 거죠?」

그녀는 두 눈을 내리깔았다.

「죽는 게 두려웠죠. 저는 당신이 생각하는 것만큼 그렇게 용감하지 못해요.」

그는 고개를 끄덕거렸다.

「알겠어요.」

「그래서 수련생으로 일하면서 단원으로 올라가지 않고 농담만 내내 만들었지요.」

「장애물을 뛰어넘는 게 두려웠군요……..」

「마냐르 씨, 두려움 없이 그렇게 빨리 목숨을 건 결투를 감행하는 당신이 감탄스러워요.」

「여기 오기 전, 난 시체나 다름없었어요. 내 삶이 의미를 찾게 된 건, 어느만큼은 당신 덕입니다, B 씨!」

트리스탕 마냐르는 두 달 동안 자신의 추천작 농담을 만드는 작업을 했다. 기발한 농담을 만들어 여러 차례 실험 대상에게 시험을 거친 뒤 선생 앞에 내놓았다.

B는 그에게 쉼표 하나, 단어 하나, 숨은 뜻 하나까지도 세심히 살피면서 처음부터 끝까지 다 개작하라고 주문했다.

그녀는 그에게 이야기의 결말을 다르게 하고, 인물도 다르게 하여 시험해 보라고 했다. 다른 언어들로도 시험해 보라고 했다. 마침내, 칼날이 충분히 벼려졌다고 평가했을 때, 그녀는 자기 제자를 큰 스승 앞에 데려갔다.

큰 스승은 여전히 활짝 웃는 모습의 흰 가면을 쓴 채로, 그에게 농담을 발표해 보라고 했다.

그의 농담을 듣고 오랫동안 침묵을 유지하던 큰 스승이 활기찬 웃음을 터뜨리더니 점점 더 크게 웃었다.

「추천작 통과.」

그가 마침내 선포했다.

트리스탕 마냐르는 대학 입학 시험에 좋은 성적으로 합격한 것 같은 느낌이었다.

「저 사람이 준비되었다고 생각하나?」

큰 스승이 B에게 물었다.

「저 사람은 저를 웃겼습니다.」

그녀가 대답했다. 마치 자기를 웃기는 것이 절대적이고 필수적인 증거라도 된다는 듯이.

「그렇다면, 기다릴 이유가 없지. 다음 달 있을 승급식에 저 사람 이름을 올리도록 해.」

그리고 그는 그녀에게 가까이 오라는 손짓을 하고 귀에 무슨 말인가 속삭였다. 그녀는 얼른 몸을 똑바로 세웠는데, 처음에는 걱정스러운 표정이더니 나중엔 흥분된 듯이 보였다.

「당신이 나보다 더 좋아하는 것 같네요.」

트리스탕이 긴 복도를 그녀와 나란히 걸으면서 말했다.

「당신은 승급을 시도하는 내 첫 제자예요. 자기가 익힌 기술을 전수해 주는 데 성공할 때 비로소 그 기술의 진정한 달인이 된다고 생각해요. 아버지가 늘 말씀하셨죠. 〈훌륭한 스승은 제자 위에 있는 사람이 아니라 제자를 스승으로 바꾸어 놓는 사람이다〉라고.」

「멋진 말씀이군요.」

「결투 이야기를 해보죠. 당신과 맞설 사람은 이곳 자매 중 한 사람이 가르친 도전자예요. 그 도전자는 내가 모르는 사람이지만, 그를 가르친 여자는 정말이지 내공이 깊어요. 그녀와 맞서 싸운다 치면 당신은 농담 두 개도 채 못 해보고 지고 말 거예요. 그녀가 자기 재능을 제자에게 제대로 전수했는지 두고 봐야죠.」

「난 최선을 다할 겁니다.」

「그것만으로는 충분하지 않아요. 난 당신이 뭔가 강력한 동기를 가졌으면 해요.」

그녀는 잠시 말을 멈추고 그의 두 어깨를 잡았다.

「만약 당신이 이긴다면, 마냐르 씨, 우리 같이 자요.」

그는 소스라치게 놀랐다.

「뭐라고요? 당신, 나랑 자고 싶은 마음이 있었으면서 이제야 그걸 말하는 건가요?」

「당신이 이겼으면 해요. 그리고 지금 이 약속이 이겨야 할 또 하나의 동기가 되어 줄 거예요.」

「하지만……」

「죽을 고비를 넘기고 살아 돌아온다면 지금 이 순간이 각별한 의미를 갖게 되겠죠. 내가 꿈꿔 온 최대의 판타지를 함께 실현할 수 있을 테니까요.」

「어떤 판타지 말이죠?」

그녀는 망설이다가 속삭였다.

「사랑을 나누면서 동시에 웃는 것.」

「그건 불가능하다고 당신이 확실히 말했잖아요!」

「가능하게 만들어야죠. 성공할 방도가 반드시 있어요. 당신 이 말 알죠. 〈불가능하다는 걸 모르면 해낸다〉라는.」

「우린, 우린 그게 불가능하다는 걸 알잖아요.」

「그러니까 우리가 안다는 사실을 잊어버리자고요. 그리고 앞으로 닥칠 상황이 내가 보기엔 이 일을 해내는 데 아주 딱이에요.」

그는 안절부절못하고 눈을 깜박깜박했다.

「그러니까…… 내가 맘에 들어요?」

그녀는 대답 없이 그를 유심히 바라보았다.

트리스탕은 입이 바짝 말라, 이렇게 말했다.

「그럼 내가 물어봐도 되나요…… 당신 이름?」

「금방 지나친 요구를 하네요! 왜 선물받은 것으로 만족하지 못하죠? 같이 자는 것으로는 부족한가요? 내 이름까지 알아야만 하나요?」

결전의 날이 밝았다.

B의 안내로, 트리스탕 마냐르는 보라색 망토를 걸치고 보라색 가면을 쓰고 의식이 거행되는 방으로 통하는 미궁 같은 복도를 걸어갔다.

그는 참나무로 만든 높은 문 앞에서 걸음을 멈추었다.

의식의 시작을 알리는 큰 스승의 목소리가 들렸다.

「벗들이여, 오늘은 특별한 날이오. 새로운 단원을 선발하게 될 겁니다.」

그러자 곧이어, 군중은 양손으로 박자를 맞춰 박수를 치기 시작했다.

그가 입장하자 분홍 망토와 가면을 착용한 결사단원 모두가 자리에서 일어섰다. 유리창으로 스며드는 빛 때문에 마치 햇빛 비치는 아침 같은 환상이 들었다.

그의 앞 제단 위에 권투 링이 설치되어 있었고, 링 한복판에 안락의자 두 개가 포장으로 덮여 있었다.

GLH의 큰 스승은 하얀 망토를 걸친 큰 키를 과시하며 위풍당당하게 서 있었다. 트리스탕 맞은편으로, 똑같이 보라색 망토와 보라색 가면을 착용한 남자가 동시에 입장했다.

B가 일러 준 대로, 트리스탕은 우선 큰 스승에게 인사하고, 경쟁자가 될 사람에 인사를 했다.

분홍 망토를 입은 두 보조 요원이 의자를 가리고 있던 포장을 벗겨 냈다.

예전의 코미디언은 이러한 죽음의 장치를 눈앞에 보면서 전율을 억누를 길 없었다.

그들 위쪽으로 모니터가 켜졌고, 수치는 0을 기록하고 있었다.

분홍색 망토의 보조 요원이 그에게 A 의자에 앉아야 한다고 알려 주었다. 안락의자의 가죽에 닿으니 얼어붙는 것 같았다.

그의 경쟁자는 B 의자에 앉았다.

여자 보조 요원이 금속 버클이 달린 가죽끈으로 의자 팔걸이에 올려 놓은 그의 양 손목과 양 발목을 묶었다. 그런 다음엔 부드러운 것으로 속을 채운 귀마개 두 개 사이에 그의 머리를 고정시켜 꼼짝 못하게 했다.

그는 마치 관 속에 안치되는 듯한 기분이었다.

곧이어 분홍 망토를 입은 여자가 금속 팔의 위치를 조정하여 권총의 총구가 그의 관자놀이에 닿도록 해놓았다. 총과 닿는 얼음장 같은 감촉에 그는 부르르 떨었다. 순간 갑자기 정신이 번쩍 들면서, 그는 자기가 어쩌다가…… 단순히 엉뚱한 생각 한번 품었다가 이렇게 위험을 무릅쓰는 신세가 되었는지 자문해 보았다.

농담의 기원을 알아내겠다고 나선 것이, 그러니까 죽음으로 이끌 수도 있구나. 이거야말로 최후의 농담이구나.

보조 요원이 그의 피부에 센서들을 부착했다.

모두가 기다리고 있었다.

그의 맞은편 의자에서 어떤 목소리가 들려왔다.

「잘 있었나, 트리스탕. 다시 만나 반갑네.」

이 목소리! 그가 누구보다도 잘 아는 목소리. 그는 가면을 쓴 채로 더듬더듬 말했다.

「어…… 거기서 뭐 하는 거야, 지미?」

「자네가 종적을 감추자 나는 사람을 시켜 자네 뒤를 밟게 했지. 내가 고용한 탐정이 자네 구두 밑창에 추적 장치를 붙여 놓았다네.」

「그래서 내가 여기 있다는 걸 알아낸 거군?」

「나는 모터보트를 타고 왔다네. 그다음에 내가 겪은 일은 자네가 겪은 것과 똑같을걸. 이 사람들한테 잡혔지. 그리고 여기가 어딘지 설명을 듣고, GLH의 교육을 받기로 마음먹었지.」

「여기 온 지는 얼마나 되었나?」

「내 신변 정리를 하고 바로 자네 뒤를 따라왔지. 자네보다 일주일 뒤쯤 될 거야.」

트리스탕은 가죽 끈으로 손목이 묶인 채 두 주먹을 불끈 쥐었다.

「우리 둘 중 하나는 죽어야 한다는 것 알지?」

「그럼. 하지만 코미디 제작자인 내 입장에서 이렇게 죽는다면 특별한 죽음이지 뭔가.」

「난 죽고 싶지 않아, 지미. 여기서 정말 사랑하는 사람을 만났거든.」

「나도 그래.」

「날 가르친 선생님이야.」

「나도 그래.」

「난 그녀를 사랑해, 지미.」

「당연히 자네를 이해하고말고. 유머보다 에로틱한 것은 없잖아. 자네가 했던 말이 생각나는군.〈다 상관없어. 내가 알게 뭐야〉라고 했었지. 그런데 이젠 다 상관 있지, 안 그래?」

「맞아. 모든 게 지극히 중요하게 여겨져.」

「나도, 트리스탕. 나도 그렇다니까. 그래서 이기고 싶은 거야.」

두 보조 요원이 장치 조정을 끝냈다. 오르간 연주가 울려 퍼졌다. 그러자 유리창으로 들어오던 빛이 희미해지면서 집중 조명을 받는 두 도전자만 눈에 띄게 되었다.

GLH의 큰 스승이 의식의 문구를 읊었다.

「이제 더 웃기는 자가 승리하리니!」

그는 동전 던지기를 하더니, A가 먼저 발표하게 된다는 표시를 했다.

트리스탕 마냐르는 재빨리 농담 하나를 즉흥적으로 지어 냈다. 그는 그 농담을 명확한 발음으로 들려주었다. 선생인 B의 가르침이 기억났다.

〈완벽한 농담은 여러 차례 벼려 낸 강철 검과 같아요. 찌르고 자르고 베기도 하죠. 단번에 말이에요.〉

그는 자기 적수의 뇌를 향해 이런 말을 보냈다.

〈너의 뇌는 버터, 내 농담은 불에 시뻘겋게 달궈진 장검, 내 장검이 네 뇌 속의 회백질을 깊이 찌르고 들어간다.〉

그는 모든 단어, 모든 억양을 구사했고, 뜻밖의 결말도 만들어 냈다. 이제 남은 건 맞은편 선수에게서 나타나는 결과를 기다리는 일뿐이었다. 상대의 얼굴은 볼 수 없었지만 보라색 가면 속에서 씩씩 거친 숨소리가 들려왔다.

그가 한 농담의 결과, B 모니터의 수치가 올라가기 시작했다. 2, 5, 6, 8, 10, 17, 24, 25……. 거기에서 멈추었다가 도로 내려갔다.

그가 방금 휘두른 검은 그를 약간 긁었을 뿐, 치명적인 상처를 입히진 못한 것이다.

트리스탕 마냐르는 의혹이 들었다. 어쩌면 둘이 희극 일을 하는 그 오랜 기간 동안, 자기는 한 번도 저 사람을 재미있게 해준 적이 없는 게 아닐까. 자신을 뒷받침하던 제작자는 어쩌면 예의상 웃었던 것인지도 모른다. 아니, 더 나아가 이익 때문에 웃었던 것인지도.

보조 요원들은 일견 안심한 것 같았다. 결투가 첫 판에 끝나 버린다면 참 유감일 테니까.

이번엔 지미가 칼을 겨누었다. 그는 농담 한 마디 한 마디를 완벽한 발음으로, 그리고 결말에 해당하는 맨 마지막 문장에서는 살짝 희극적인 억양으로 줄줄 읊었다.

트리스탕은 자기 제작자가 이렇게 웃기는 농담을 쏟아 낼 줄은 미처 몰랐다. 그는 자기 적수를 과소평가했고, 마음속으로 둘의 옛 관계만 생각했던 것이다. 예전에는 자신이 공식적인 코미디언이었고, 저 사람은 단지 공연 제작자였을 뿐이니까. 그러다가 그는 장미셸 페트로시앙도 이곳에서 자기와 똑같은 교육을 받았다는 사실을 기억해 냈다. 그리고 이제부터는 저쪽도 자기 못지않게 해내겠다는 마음이 강하다는 사실도 깨달았다.

그의 모니터를 보니 수치가 치솟고 있었다. 15, 18, 23,

35…….

수자가 100까지 가면 관자놀이를 겨냥하고 있는 총구에서 최고 속도로 몇 그램짜리 납덩어리 총탄이 발사될 것이라는 사실을 그는 알고 있었다.

그는 두 손에 힘을 주어 자기 이마 쪽을 겨냥한 상대방의 검을 막아 내는 모습을 머릿속에 그려 보았다. 그는 상상의 손가락을 움켜쥐어 칼날을 막았다.

…… 39, 43, 44, 45, 46, 48…….

다행히 교육받으면서 처음 몇 달간 웃는 것이 금지되었던 덕분에 그는 관골근의 통제가 잘되었다.

B가 웃음을 자동차처럼 운전하는 방법을 제대로 가르쳐 주었다는 것을 알 수 있었다. 첫 달에 그녀는 말하자면 브레이크 조절하는 법을 가르쳐 주었던 것이다. 둘째 달에는 시동 거는 법. 셋째 달에는 액셀러레이터 밟는 법. 이제는 단숨에 핸드브레이크를 당겨야 하는 상황이었다. 숫자 곡선은 53까지 치솟아 올랐다가 딱 멈추었다.

다시금 방 안에 한숨이 퍼졌다.

얼른 반격해야만 했다. 그는 그들 두 사람이 공유한 추억 속에서 찾아보았다. 페트로시앙이 그의 직업에 관해 어머니에게 꾸중을 들었던 때가 기억났다. 그는 속으로, 이렇게 그를 아동 단계로 이끌고 가면 다루기가 훨씬 쉬워질 거라고 혼잣말을 했다.

그는 얼른 잘 담금질한 단어들을 사용해 새로운 검을 만들어 냈고, 상대방 배꼽 언저리에 있는 갑옷의 빈틈을 상상하며 검을 뽑아 일격을 가했다.

농담이 예리하게 허공을 갈랐다.

옛날에 권총을 든 결투자들이 멀리서 상대방의 쓰러지는 모습이 보이기를 기다려야 했던 것처럼, 그 역시 눈 깜짝할 사이의 순간적인 기다림 속에 있었다.

모니터에 죽음을 결정하는 선이 나타났다. 12, 15, 18, 25, 29, 32.

그가 검을 휘두른 결과는 32점이었다.

장미셸 페트로시앙도 트리스탕 가족에 관한 개인적 농담으로 반격을 시작했다. 하지만 두 번째 농담에 이르러서는 새롭다는 이점을 잃었다. 모니터에 표시된 점수는 기껏 14점이었다.

결투가 새로운 국면에 접어들었다. 트리스탕은 옛 제작자가 자기 손아귀에 있다는 것을 느꼈고, 지금 그에게 최후의 일격을 가하지 못하면 전투가 어려워질 것임을 간파했다.

그의 어머니에 관한 새로운 농담으로 점수가 42까지 올라갔다.

그러나 제작자 지미가 아주 놀라운 농담으로 반격을 가해 와, 다시금 그는 허를 찔렸다

〈눈속임 작전이야. 이자가 나를 빙빙 돌아 공격하면서 넓적다리를 찌르려 하는구나〉 하고 그는 생각했다. 동시에 그는 웃음의 압박이 치밀어 오르는 것을 느꼈다. 호르몬이 깨어나고 있었다.

그는 가면 안쪽 입 부분에 꽉 깨물 수 있는 고무 꼭지가 없다는 것이 통탄스러웠다. 브레이크를 아주 깊이 밟아야만 했다. 그는 일부러 어두운 생각들을 떠올리고 꽉 매달렸다. 소중한 사람의 상실, 배반, 버림받음, 모욕…….

웃음 점수를 나타내는 선이 올라가다 58에서 느려졌다.

그는 다시금, 시합에 이겨 B와 사랑을 나누는 모습을 생각했다. 가식히 63점에서 안정을 찾을 수 있었다.

칼날은 막아 냈다.

웃고 싶은 마음이 다시 들지 않도록 확실히 하려고, 그는 뉴스에서 본 학살, 굶주리는 아이들, 검은 안경을 쓴 독재자들의 모습을 다시 기억에 떠올렸다. 마침내 머릿속의 난리가 평정되었다. 이제 재빨리 다시 공격을 가해야 했다.

〈독재자〉라는 말에, 적의 폭격을 피해 지하 벙커에 깊숙이 들어앉은 잔인한 폭군을 다룬 다큐멘터리가 생각났다. 군인들은 그 폭군이 아무리 깊이 숨어 있다고 해도 타격할 수 있는 방법을 마침내 찾아냈다. 첫 번째 폭탄을 터뜨리고 곧바로 다음 폭탄으로 더 깊게 파들어 가는 것이었다. 그래, 바로 이것이 해결책이었다. 깜짝 놀랄 농담을 던지되, 하나를 던지자마자 바로 두 번째 농담이 이어지게 해야 한다. 두 개의 검. 하나는 면전에서 휘두르는 장검, 또 하나는 끝장내는 단검.

트리스탕은 첫 번째 농담을 던졌고, 그것이 약간의 효과를 발휘했다. 장미셸 페트로시앙이 막아 내는 작업을 시작했으나 트리스탕은 재빨리 두 번째 농담으로 이어 갔던 것이다.

다시금 마음속으로 그는 상대의 투구를 찌그러뜨리는 첫 번째 검, 그리고 그 투구를 아예 쪼개 버리는 두 번째 검을 그려 보았다. 장미셸 페트로시앙의 웃음 곡선이 아주 빨리 25, 28, 37까지 올라가다가 멈추었다. 그는 견디다 못해 무너지려는 둑을 지탱하기 위해 갖은 애를 썼다. 그러나 둑은 다시 무너지기 시작했다. 38, 40, 42…… 여기서 다시 한번 막아

내는 단계가 있었다. 농담 두 개가 결합된 효과는 무서웠다. 43, 45, 49, 그러다가 단숨에 그 사람 안의 모든 게 무너졌다. 53, 82, 96, 그리고 100.

탕.

제작자의 머리가 잘 익은 과일처럼 탁 터졌다.

지켜보는 사람들은 탄성을 내질렀다.

〈결국 유머의 제단에 이런 대가를 바쳐야 했던 거구나.〉

트리스탕 마냐르는 생각했다.

그는 방금 자기가 한 사람을 죽였으며, 그 사람이 자기와 상관없는 사람이 아니라는 사실을 인식했다. 죽은 사람은 그의 가장 친했던 옛 친구일 뿐만 아니라 수년간 그를 뒷받침해 준 제작자였다.

「내가 무슨 짓을 한 거지?」

그가 보라색 가면을 쓴 채로 더듬거리며 말했다.

분홍색 망토를 두른 여자 둘이 패자의 시신을 치웠다. 이미 관중은 승자에게 박수를 보내고 있었다.

이어 기사 서임의 순간이 왔다. B가 와서 그의 한쪽 어깨를 잡았다. 트리스탕 마냐르는 한쪽 무릎을 꿇었다.

GLH의 큰 스승이 분홍색 망토를 그에게 걸쳐 주고 목둘레에 가는 가죽 끈을 매어 주었다.

「그대 목숨을 걸고 유머라는 대의에 헌신할 것을 맹세하는가?」

「맹세합니다.」

「GLH의 형제들을 결코 배반하지 않겠다고 맹세하는가?」

「맹세합니다.」

「됐다. 유머는 우리의 전투다. 이제부터 함께, 그대 승자에

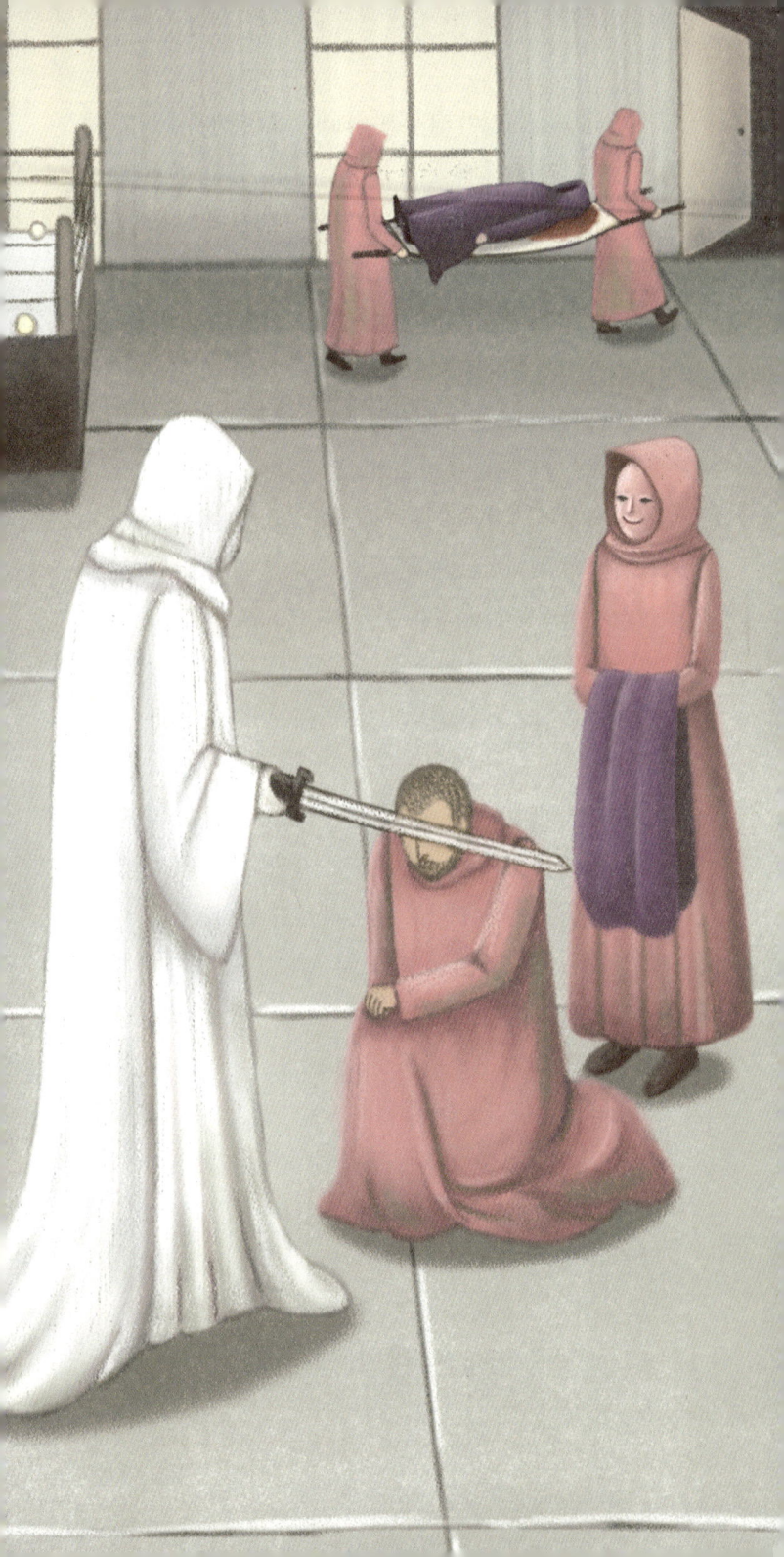

게 제안하노니, 영성이 세계를 지배하는 그날까지 우리와 함께 싸울지니라.」

큰 스승은 중세의 기사처럼 자기 검으로 트리스탕의 양쪽 어깨를 탁탁 건드렸다.

「이제 그대는 제1급 단원으로서 GLH의 일원이 되었다.」

큰 스승은 엄숙히 선언했다.

「이제 그대는 전 세계에 보급할 농담을 만들 수 있을지나, 누구도 그것을 만든 이가 그대임을 몰라야 하리라. 그러나 그것이 다름아닌 그대의 재능에서 나온 것임을 그대가 알고 우리가 알리라, 마냐르 형제.」

그러자 좌중이 일제히 박수를 쳤다.

트리스탕은 대중의 반응을 일으키는 것이 이렇게 자랑스러운 적이 여태까지 한 번도 없었다.

그가 여전히 B라는 이름으로만 알고 있는 젊은 여인은 둘러썼던 분홍색 망토를 천천히 벗고, 알몸을 드러냈다. 그녀는 꽃에서 추출한 에센스로 만든 향수를 몸에 뿌린 상태였다. 고양이 같은 그녀의 두 눈이 반짝였다.

「난 약속 지켜요. 이겼으니 당신은 내가 주는 상을 받을 권리가 있어요.」

그녀가 작은 소리로 말했다.

트리스탕 마냐르와 B는 사랑을 나누며, 절정으로 치달아 갈 무렵 그녀가 그의 귀에 대고 속삭였다.

「내 이름을 알려 줄게.」

「말해 줘.」

「내 이름은 〈베〉야. 원래는 〈베아트리스〉였어. 하지만 부모님은 더 짧게 짓고 싶어 하셨지. 그런데 〈베아〉라고 하려니까 베아티튀드(완전한 행복) 어쩌고 하는 단어랑 너무 닮았더라는 거야. 그래서 〈베〉라고 부르기로 한 거래.」[8]

트리스탕 마냐르는 참을 수 없어서 폭소를 터뜨렸는데, 그간 쌓여 온 여러 감정들, 관능적 흥분, 또 방금 들은 고백에 담긴 개그, 이 모든 것이 높은 압력으로 혼합되어 터진 웃음이었다. 터지는 웃음에 자신을 내맡긴 채 그는 그녀를 양팔로 꽉 껴안았다. 그들의 몸이 함께 경련하면서 쾌락의 정점에 이르렀고, 둘의 입술에서 똑같은 환희의 신음과 깊은 웃음이 한꺼번에 새어 나왔다. 두 가지 긍정적 감정이 이렇게 폭발적으로 뒤섞이다 보니 두 사람은 극도의 쾌감을 느끼다 못해 고통과의 경계선에까지 이르렀다.

탈진해서 차례로 뻗은 다음, 베가 트리스탕의 한 손을 꽉 쥐었다.

「우린 오르가슴과 웃음을 한꺼번에 누리는 데 성공했어!」
「브라보, 불꽃놀이 같았어!」

그는 작은 소리로 낄낄 웃었다.

「농담의 기원을 추적하던 맨 처음 상황이 다시 생각나. 내가 처음으로 만난 사람, 알퐁스 로비케라는 사람이 이런 말을 했거든. 〈트리스탕에게 무슨 일이 일어났는지 난 알아요. 틀림없이 여자랑 도망쳤을 겁니다. 사랑에 빠지고 보니 유명세를 더는 못 참겠다는 생각이 든 거죠. 그는 행복의 열쇠를 찾은 겁니다. 행복하게 살려면 숨어서 살자. 그는 높은 산 어딘가에 있는 오두막집에 그 여자와 둥지를 틀고, 아침부터

---

[8] 프랑스어에서 알파벳 B는 〈베〉로 발음한다. 그러니까 트리스탕은 처음부터 이름을 제대로 부르고 있었던 셈이다.

저녁까지 좋아서 죽을 거라니까요!〉」

그녀는 빙긋 웃었다.

「그 알퐁스라는 사람, 나름 용한 무당이었네. 근데 후회하고 있는 거야?」

「아니. 내 인생에 딱 하나 만족스러운 게 있다면, 그건 바로 이 순간이야.」

그녀가 그에게 키스를 퍼부었다.

「자기도 알겠지만 우리는 미래를 위한 전 지구적 대과업을 수행하고 있어.」

그녀가 힘주어 말했다.

「나도 그랬으면 해. 이 대의명분에 합류하기 위해 내가 얼마나 힘든 상황을 견뎌야 했는지를 생각해서라도.」

베는 심각하게 그를 찬찬히 보았다.

「사람들은 잘못 생각한 거야. 하느님은 사랑이 아니야. 하느님은 그보다 더 낫지. 하느님은 유머야. 이 우주는 조롱의 가호 아래 있는 거야. 최초의 농담은 바로 천지 창조. 두 번째 농담은 인류 창조.」

「세 번째 농담은 여자를 창조한 것?」

그가 넌지시 말했다.

그녀는 그에게서 눈길을 떼지 않았다.

「모든 것이 유머에서 출발하고 모든 것이 유머로 귀결되지.」

그녀는 입술로 그의 귀를 스치면서 이렇게 속삭였다.

「당신이 내게 말했잖아. 〈텔레비전 진행자〉 농담의 기원을 찾아서 추적을 시작하게 된 거라고. 그런데 그 농담⋯⋯ 그거 실은 내가 지은 거야. 여기 들어와서 처음 지은 농담이 그거라고.」

그녀는 한 손을 헝클어진 그의 머리칼 속에 집어넣어 어루만졌다.

「그건 우리 아버지를 살해한 그 진행자를 계속 우습게 만드는 나 나름의 방법이었지. 그의 추악함을 영원히 고착시켜 버린 거니까. 당신은 그 농담을 널리 퍼뜨리는 데 일조했고. 고마워.」

이런 실토에 허를 찔린 트리스탕은 잠시 베가 창안해 낸 인형극의 꼭두각시가 된 듯한 느낌이었다. 그러다가 마음을 내려놓았다. 난생처음으로 그는 정직한 사람이 된 느낌이었다. 심지어 자기 인생에 의미가 있으며, 자기가 인류에게 쓸모 있는 사람이라는 느낌까지 들었다. 자기가 과거에 대중의 인기를 독차지한 유명인이었다는 사실이 이젠 전혀 후회스럽지 않았다.

「아니, 오히려 내가 고맙지. 모든 게 당신 덕분이야, 베.」

「아니, 어쩌면 내가 그 농담을 지어낸 것도…… 그 이야기로 말미암아 당신이 내게 오리라는 걸 내 영혼이 알고 있었기 때문인지도 몰라.」

그녀는 그의 손을 꼭 쥐었다.

그는 기분이 좋았다. 그의 온몸이 또다시 극도의 쾌감으로 전율했다. 바르르 떨리는 그 잔물결이 심장 박동까지 제 마음대로 조절하고 있었다. 〈이것이 니트로와 글리세린을 섞으면 나오는 효과구나. 유머와 사랑을 섞으면 말이야〉라고 그는 생각했다. 그의 뇌에도 아주 달콤하고 기분 좋은, 간질간질한 느낌이 사르르 퍼졌다. 이러한 은총의 순간, 그는 바로 GLH의 대의명분을 위해 무언가 활동을 하고 싶었다.

그리고 이제부터는 새로운 계획이 있었다. 예컨대 GLH의 큰 스승이 누군지 알아내는 일 같은 것이었다. 아니면, 베가 지은 〈텔레비전 진행자〉 농담보다 훨씬 더 웃기는 농담을 찾아내는 일.

그는 그녀에게 오래 입을 맞춰 주었다.

「사람을 죽이는 농담이 정말 있을 수 있다고 생각해?」

「그 〈절대 농담〉 말이야?」

「그래, 당신이 말했던 그 광기 어린 아이디어, 모든 희극인들이 찾는 그 〈성배〉 말이야.」

베는 금방 대답하지 않았지만, 그녀의 눈길은 수많은 것들을 은근히 암시하는 듯했다. 그러자 그는 그녀와 텔레파시로 소통될 정도로 서로 잘 감응한다는 느낌이 들었다. 그가 말을 이었다.

「그러니까 당신은 큰 스승님이 어딘가에 그걸 갖고 있는데, 스승님도 자신의 생명을 지키기 위해서 그것을 절대 읽지 않았다고 생각하는 거지? 두세 장으로 나뉘어서 그걸 합쳐야만 사람을 죽이는 효과를 얻을 수 있는, 그런 형태로 존재할 거라고 믿는 거지?」

그녀는 고양이 같은 커다란 푸른 눈으로 그를 계속 응시하다가, 또렷한 목소리로 거침없이 이렇게 말했다.

「그야 당근이지, 이 사람아. 그러니까 그 양반이 그걸 비밀로 간직하는 것 아냐. 그걸 아는 사람이 그래!」

대지의 이빨

있을 법한 과거

서아프리카, 21세.

그렇게 그녀는 내 앞에 있었다.

나는 감히 사진기를 치켜들고 그녀를 촬영해 불멸의 존재로 만들려 했다.

얼마나 아름답던지.

시간이 얼마 없었다. 난 그걸 알고 있었다. 이 사진을 찍다가 죽을 수 있다는 것도 모르지 않았다.

황급히 스무 장쯤 되는 사진을 찍고 나서야, 경호원들의 반응이 눈에 들어왔다. 나를 없애 버리겠다고 결심한 듯 그들은 날카로운 흉기를 휘두르며 다가왔다. 나는 르브룅 교수가 가르쳐 준 대로, 숨을 멈췄다.

지금 죽고 싶지는 않았다. 목표에 이렇게 가까이 다가와서 죽다니. 그녀 앞에서 죽는 것도 안 될 일이다.

여왕은 기이할 만큼 평온한 모습으로, 내가 있어도 놀라는 것 같지 않았다. 그녀는 아무렇지도 않게 나를 그윽이 바라보았다. 이 순간, 그녀는 나를 위해 포즈까지 취해 주는 것이다, 자기 모습이 필름에 영원히 남게 되니 자랑스러워하나 보다, 이런 생각을 하면서 나 스스로도 깜짝 놀랐다.

꾹. 찰칵. 꾹. 찰칵. 꾹. 찰칵.

함께 모험에 나선 동료들은 벌써부터 소리를 지르고 있

었다.

「그만해. 이제 피하라고!」

하지만 나는 그들의 말을 귓등으로 들었다. 촬영을 중단시키려고 경호원들이 떼를 지어 몰려오는데도 나는 재빨리 필름을 갈아 끼웠다.

〈두려워하지 말 것.〉

땀에 젖은 집게손가락이 셔터 쪽으로 미끄러지듯 움직이고, 역시 촉촉이 젖은 왼손은 렌즈를 돌려 초점을 맞췄다.

마침내 경호원들의 공격이 시작됐다.

난 눈을 감았다. 르브룅 교수의 말이 떠올랐다.

〈여왕에게 다가가면 다가갈수록 경호원들은 네 몸속에 파고들어 죽여 버리려고 할 거야. 금방 네 몸의 구멍 일곱 개를 찾아낼 테고, 그 일곱 구멍이 더없는 전략상 목표 지점이지. 그러니 항문을 꽉 죄고 콧구멍과 귓구멍을 잘 막도록 해.〉

그 말이 맞았다.

몸이 점점 더 따가워졌지만, 나를 공격하는 그것들을 똑바로 바라볼 엄두가 나지 않았다.

어쩌다 내가 이 지경이 된 거지?

모든 것은 내 어린 시절의 열정에서 비롯되었다.

〈자연을 이해하기 위해 관찰한다.〉

툴루즈에 있는 조부모님 별장의 정원에서, 아무리 훔쳐보아도 달아날 걱정 없는 대상이 바로…… 개미들이었다.

지표면에는 온통 개미의 도시들이 세워져 있었고, 그 도시들 전체를 위에서 내려다보며 마음대로 연구해도 도시 주민인 개미들의 행동은 바뀌지 않았다.

개미들이 내 손가락 위로 기어오르게 유도할 수도 있었다.

그들은 정말 용감하게도 손가락을 타고 올랐다.

두 종의 사회적 동물—개미 한 마리와 한 어린이—의 매혹적인 만남이었다. 지구상 가장 막강한 두 문명의 만남. 나에겐 이 접촉이 꼭 마술 같기만 했다.

처음엔 개미들을 마당에서 관찰하다가, 마침내는 유리병에 잡아 넣어 계속 내 곁에 두게 되었다. 그다음엔 잼 병에, 그러니까 아쿠아리움에 넣었다. 아니, 물이 아니라 흙을 채웠으니까 테라리움이라고 해야겠다. 테라리움은 점점 더 커졌다. 마지막으로 개미를 넣은 곳은 길이 1미터 50센티미터에 폭과 높이가 각각 1미터였다. 바로 거기, 내 눈앞에 3천 마리의 개미가 살았고, 그중에 여왕개미가 한 마리 있었다. 적갈색 개미들, 숲에서 볼 수 있는 기막히게 멋진 종(種)이었다. 나는 사과나 생선 알 따위를 먹이로 주었다. 개미 사진도 찍었다. 내 〈슈퍼 8〉 카메라로 동영상도 찍었다. 개미들을 계속 살리려고 엄청난 고초를 겪어 가며 그들의 모험을 메모해 놓기도 했다. 그건 간단한 일이 아니었다. 끊임없이 그들의 먹이, 온도, 습도를 살펴야 했다. 어이없는 일 중에서도 압권은, 개미들이 나를 나쁜 〈주인〉으로 몰겠다는 건지 뭔지, 저희 묘지를 일부러 테라리움 가장자리 유리 가까운 곳에 만들어 눈에 잘 띄게 한다는 점이었다. 때로는 이것들이 죽는 게 혹시…… 내 신경을 건드리려고 일부러 이러는 건가 하는 생각까지 들었다.

나는 개미들이 알 뭉치를 옮겨 놓는 것, 마을을 만드는 것을 지켜보았다. 내 테라리움 속에서 일어나는 내전도 관찰했다(여왕개미 세 마리가 합세해 좀 더 덩치 큰 여왕개미 한 마리를 해치우려고, 적의 머리를 물 마시는 곳에 처박아 움직이지 못할 때까지 그대로 두었다). 그러다 보니 마침내는 몇몇 개미를 식별하게까지 되었다. 〈개미처럼 부지런하다〉는 속설과는 반대로, 아무 일도 안 하는 개미들이 많다는 걸 알아낼 수 있었다. 실제로 개미들은 세 부류로 나뉘었다.

3분의 1은 잠자고, 쉬고, 이리저리 어슬렁거리며 공동체에 도움이 될 만한 일은 전혀 하지 않는 부류였다.

또 3분의 1은 활동은 하되 어설프게 하는 부류였다. 이들은 끊임없이 나무 조각들을 물어 오고 먹이를 운반해 오고, 그랬다가 원래 자리에 도로 갖다 놓곤 했다. 모래로 다리 같은 것을 만들어도 금세 폭삭 무너져 버렸다. 개미가 들어가 살지 않는 쓸모없는 방도 만들었다.

마지막 3분의 1은 두 번째 부류가 저지른 바보 같은 짓을 만회해 주는 부류로, 정말 능률적인 건설 활동을 했다.

그러다 내가 파리에서 언론학을 공부하는 대학생이 되었을 때, 현지 르포 취재 아이디어 공모전이 열렸다. 어느 담배 회사에서 주최한 것이었는데, 풋풋한 새내기 리포터 이미지를 자기 회사 이미지와 연결하려는 속셈이었다.

나는 마냥개미 취재를 제안했다. 열대 지방에 서식하는 이 커다란 식육 개미는 엄청난 원기둥을 이루어 나아가며 자기 행로의 모든 것을 휩쓸어 버려 지나간 지역의 농민을 다 망하게 할 정도였다.

독창적인 주제를 낸 응모자 수백 명 중에 내가 뽑혔다. 아마도 심사 위원들은 내가 아무리 그래도 마지막 순간에는 단념할 거라는 심산이었을 것이다.

보름 뒤, 모아 둔 돈을 탈탈 털어 아주 무거운 사진기 — 원거리 촬영용 대형 렌즈를 갖춘 니콘 카메라 — 를 구입해 나는 서아프리카로 떠났다.

거기에는 마침, 프랑스 국립 과학 연구원 소속 과학자 팀이 정글 속 마냥개미의 이동을 추적하기 위해 며칠 전에 도착하여 진을 치고 있었다. 절호의 기회였다.

이동하는 마냥개미 떼는 5천만 마리쯤으로 이루어지는데, 이 개미들은 대부분 날카롭고 긴 아래턱을 갖고 있다. 개미 떼는 검은 산(酸)이 흐르는 큰 강처럼 앞으로 흘러가면서 만나는 동물을 그대로 삼켜 버린다.

마냥개미들은 원기둥을 이루며 마을들을 몽땅 쓸어버릴 수도 있고, 사냥꾼처럼 떼 지어 몰려다니면서 영양이나 심지어 코끼리같이 덩치 큰 동물도 공격할 수 있다고 사람들은 주장했다. 난 뻥이 좀 심하다고 생각했다.

두고 보면 알 것이었다.

비행기에서 내리자마자 나는 모든 게 훨씬 다채롭고 활기찬 딴 세상을 발견했다.

때는 아직 4월이었는데도, 햇볕이 쨍쨍 내리쬐었다.

수도를 벗어나면, 야바위 업자들이 공사 중에 내빼 버려 짓다 만 2층짜리 건물들이 여기저기 버려져 있었다. 가는 곳마다 아이들이 놀고 있었다. 개 떼가 껑중대며 배회하고, 색색의 아프리카 전통 의상을 걸친 여인들은 함지, 병, 바구니를 들거나 어린애를 둘러업고 다녔다. 휘발유 불에 구운 통닭 냄새가 향신료 냄새와 아편 만드는 꽃 냄새와 뒤섞였다.

나를 목적지까지 태워다 준 〈숲 지대 택시〉는 해치백 형 푸조 504였다. 뚫린 지붕으로 내다보면 길이 휙휙 뒤로 물러나면서 황토색 먼지가 가득 들어오는 이 차엔 승객 여덟 명에 꼬꼬댁거리는 암탉 스무 마리가 빼곡히 타고 있었다.

운전석 백미러 위엔 빨간 쪽지에 이런 글이 적혀 있었다.
〈기사를 믿으세요. 운전 도사입니다.〉
이렇게 써 붙일 만도 했다.

사실 운전사는 30분 동안 우리야 땡볕에 익건 말건 내버려 두고 친구들과 야자 술을 홀짝홀짝 마시고 나서야, 내가 국립 과학 연구원의 과학자 팀을 만나게 될 마을까지 우리를 태우고 갈 마음을 먹었다.

곧 고속도로가 국도가 되고, 국도는 지방도로가 되고, 지방도로는 울퉁불퉁한 가시밭 같은 숲길로 바뀌었다. 그 길 끝까지 가니 마침내 마을이 나왔다.

마을 오른쪽에는 10년 전부터 그곳에 자리 잡고 사는 곤충학자 르브룅 교수 가족이 있었다. 단기 조사차 온 과학자 팀은 마을 중앙의 엄청나게 큰 나무 위 높은 곳에 올라앉은 집에 머무르고 있었다.

마을 입구에선 여자들이 노래를 흥얼대며, 낟알을 씹으면서 조를 까불고 있었다.

흙으로 지은 집들 위로 안테나가 삐죽삐죽 솟아 있고, 석유로 돌아가는 발전기들이 윙윙대고 풀풀 연기를 뿜으며 텔레비전에 전기를 공급했다.

여기선 마술사가 사제, 정신 분석가, 약재상, 부부 문제 상담사, 점성술사, 약사, 피부과 의사, 이 모든 역할을 겸했다. 그는 숱한 발길에 다져진 마을 광장에 쪼그리고 앉아, 주위를 빙 둘러싼 젊은이들에게 숲의 여러 정령들을 식별하는 법, 누군가 걸어오는 주술을 간파하는 법 등을 설명했다. 이 날의 강의는 정확히 〈역으로 주술 거는 법〉, 그러니까 자기에게 주술을 건 사람에게 주술을 그대로 되받아치는 안전 비결에 관한 이야기였다. 말하자면 〈소방수에게 물벼락〉식 비법이었다.

여기는 경찰서는 물론 어떤 지방 행정 관청의 손길도 미치지 않는 곳이었다.

어떤 일이 일어나도 당국의 개입 같은 건 아예 없는 동네였다.

근육질에 마르고 키 큰 필리프 르브룅 교수는 붉은 수염이 목걸이처럼 둥글게 턱 둘레로 나 있고, 머리칼 몇 가닥이 이마를 가로질러 경계선 역할을 하고 있었다. 나무꾼 스타일의 빨강과 녹색 체크무늬 셔츠를 입고, 전갈에 쏘이지 않도록 운두 높은 장화를 신고 있었다. 어깨에 매달린 족제비〈나폴레옹〉이 뱀에 물리지 않게 그를 보호해 주고 있었다.

르브룅 교수는 만나자마자, 긴소매 셔츠를 입으라고 권했다.

「모기 때문에요?」

「아니, 진디등에 때문에. 모기들은 그래도 앵앵 소리라도 내고, 물면서 혈액 응고 방지제라도 제공하지. 그것 때문에 간지럽긴 해도, 박박 긁고 나면 괜찮아지잖아. 그런데 진디등에는 아무 소리도 안 내고, 물면 그 상처가 그대로 벌어져 있어. 게다가 진디등에는 기생충을 옮겨. 피 속에 작은 벌레들이 득실대다가, 나중엔 실명까지 하게 되지.」

실제로 나는 몇몇 마을 사람의 동공 깊숙한 곳에 연한 베이지색 벌레들이 가득 꿈틀거리는 것을 보았다. 그 즉시 긴소매 셔츠를 절대 벗지 말아야겠다고 마음먹었다.

그랬는데도 금방 내 흰 셔츠 위에 작은 핏자국이 생기는 게 보였다. 진디등에가 옷감을 뚫고 들어갔다는 뜻이었다.

르브룅 교수는 〈보이〉[9]를 두어야 한다고 말해 주었다. 나는 거절했다. 이런 식의 〈구시대적〉 관행이 소름 돋을 만큼 싫었다. 교수는 나를 따로 불렀다.

「그런 선입견일랑 버려. 잠시만, 내가 〈보이〉를 불러서, 그 녀석 입으로 직접 왜 보이가 필요한지 설명하라고 하지.」

그는 반바지 운동복 차림에 광고 문구가 적힌 티셔츠를 입은 쾌활하고 비쩍 마른 키다리 청년을 불렀다.

「이 친구 이름이 프랑스어로는 〈세라팽〉인데, 여기 마을에선 〈쿠아시 쿠아시〉라고 부르지. 셋째 아들이라는 뜻이라네. 자, 네가 직접 어떤 일을 하는지 말씀드려라. 쿠아시 쿠아시.」

「제가 신발끈을 매드려요.」

「나 혼자서도 아주 잘 매는데.」

내가 놀라서 대답했다.

「문 열고 가시면 뒤에서 닫아 드리고요.」

「물론 그것도 내가 할 수 있는데.」

「침대도 정리해 드려요. 날마다 쓰시는 물건들을 착착 개서 정돈해 드리고요.」

「그것도.」

결국 얘기를 나누어 본 결과, 쿠아시 쿠아시에겐 아내가 열 명 있는데 내게 와서 일하고 받은 돈으로 열한 번째 아내를 사야 한다는 것이었다. 게다가 첫 번째 아내도 그의 선택에 동의하니 이젠 돈만 있으면 된다는 얘기였다. 10CFA프 랑(즉, 옛 프랑스 프랑으로는 5프랑, 유로로는 1유로 조금 못 되는 금액에 해당하는 돈)이면 된다고 했다.

9 (식민지의) 원주민 시동(侍童).

아무 일 안 해도 그 돈을 그냥 주겠다고 했더니, 그는 님들이 이해 못할 테고, 또 그건 〈다들 하는 방법〉이 아니라고 했다. 마침내 그는 결정적인 논점을 찾아냈다. 마냥개미 때문에 내게는 자기가 필요할 것이며, 그 이유는 현장 탐사 온 과학자라면 누구나 조수가 있어야 하기 때문이라는 것이었다.

르브룅 교수는 내게 한쪽 눈을 찡긋했다.

「여기는 영화나 텔레비전하고는 다르지. 〈정치적으로 올바른〉 자기 생각일랑 잊어버리고, 지금 여기서 부딪치는 순간순간 사람들에게 적응해 가며 지내 봐.」

파문을 일으키기 싫어서 이 야릇한 도움을 받아들였지만, 혹시 이 청년이 마을 사람들의 간첩 역할을 하는 건 아닌지 미심쩍었다.

그 뒤로 나는 쿠아시 쿠아시를 차츰 알게 되었고, 그 친구와 이야기 나누는 데 재미를 붙였다. 과학자들 — 마을 사람들이 부르는 호칭으로는 〈투바부〉, 즉 〈백인 의사〉라는 뜻 — 이 심부름꾼인 보이들과 깊은 이야기를 나누는 것(이 친구 표현으로는 〈팔라브르 하는 것〉)은 보기 드문 일이었다. 이런 행동에 그는 처음엔 조금 당황스러워했다. 그는 거북할 때 더욱 쾌활해졌다. 웃다가 나중엔 꼭 키득키득거렸다. 보는 나도 즐거웠다.

쿠아시 쿠아시는 항상 웃었지만, 그가 절대 농담 주제로 삼지 않는 딱 한 가지는 바로 마법이었다.

그는 말하곤 했다.

「당신들 백인들은 우리의 마법을 이해할 수 없어요. 그건 당신들 머리로는 생각할 수 없는 것이거든요.」

쿠아시 쿠아시의 치아는 눈에 띄게 하얬는데, 항상 빨아

먹으면서 다니는 나무 한 토막으로 이를 문질러 닦곤 했다.

나도 그렇게 이를 반짝반짝하게 닦아 주는 나무토막 하나 있으면 좋겠다고 말했더니, 그는 이렇게 대답했다.

「백인들은 이 나무토막으로 닦으면 이가 빠져요.」

그러면서 자기 피부에 달린 혹을 벅벅 긁으며 웃어 댔다.

문제의 마냥개미 대탐사를 염두에 두고 마을의 하루하루가 돌아갔다. 마냥개미들의 흥분 상태가 고조되어 집단 여행을 시작하려면 날씨가 무더워질 때까지 기다려야 했다.

국립 과학 연구원의 연구팀은 비디오카메라와 사진 촬영 장비 등을 손질했다. 동영상 찍으러 온 사람, 사진 찍으러 온 사람, 그리고 이 주제로 논문 쓰러 온 사람도 있었다.

저녁 식탁에 둘러앉는 사람은 열 명쯤 되었다. 우리는 정치 이야기, 여러 나라의 축구 시합 이야기, 지방 자치제나 마을의 마법에 관한 일화 등을 서로 나눴다. 우리는 호숫물을 거름 장치에 걸러서 마셨다(구멍 숭숭 뚫린 돌이 거름 장치로 쓰였는데, 그걸로 물을 걸러 내 마시려면 참을성이 필요했다). 그리고 학질에 걸리지 않도록 매일 니바킨을 복용했다.

호숫가의 늪지대에는 가까이 가지 말라고 르브룅 교수가 조언했다. 아이들이 거기서 놀다가 악어에게 잡히는 일이 왕왕 있는데(악어는 부패한 고기 맛을 좋아해서 사람을 잡으면 일단 나뭇가지 아래 틈바구니에 끼워 두는데, 그 때문에 시신을 찾을 수가 없다는 것이었다), 그런 곤혹스러운 사고를 자초해선 안 된다는 것이었다.

우리는 페트나트가 꽤나 잘 조리한 보존 식품을 먹었다

(페트나트의 부모가 7월 14일 날 그를 낳고 달력을 보니 〈페트. 나트.〉, 즉 〈페트 나시오날〉[10]의 준말이 날짜 밑에 쓰여 있어서 그게 사람 이름인 줄 알았다는 것이다). 페트나트는 부숭부숭하고 덩치 좋은 사내인데, 팔이 웬만한 사람 넓적다리만큼 굵었고, 음식을 만들면서 아무 데나 고추를 넣는 버릇이 있었다. 제 딴에는 〈소독하느라〉 그런다는 것이었다. 〈매운 것이 기생충을 죽인다〉고 그는 아는 척하며 설명하곤 했다. 페트나트는 등에 손가락만 한 혹이 하나 있었지만 그 혹 때문에 조금도 불편해하는 것 같지 않았다.

스물한 살의 나는 모든 것과 완전히 단절되고 고립된 아프리카 정글 속 마을의 생활을 발견해 가며 깜짝깜짝 놀랐다.

어느 날 쿠아시 쿠아시가 내게 와서, 〈원하신다면 타자도 칠 줄 아는 여자〉를 소개해 줄 수 있다고 했다. 내가 비서는 필요 없다고 하자, 그가 깔깔 웃으면서 말했다.

「비서 노릇 할 여자 말고, 같이 잘 여자 말이에요.」

그러고는 자기가 〈데리고 잘 만한 여자 꼬시는〉 데는 선수라고 했다. 여자를 유혹하는 그의 기술은 간단했다. 시내에 나가 돌아다니다가 마음에 드는 여자가 있으면, 길을 건너며 일부러 그녀와 부딪친다. 미안하다며, 사과하는 뜻으로 음료수 한잔 사겠다고 해서 그녀와 같이 잔다(그는 같이 자는 걸 〈직-직-빵-빵〉이라 불렀다). 때로는 하루에 세 명의 여자와 일을 치르기도 했다는 것이었다. 난 이 카사노바의 작업 능력에 놀랐다. 그는 짓궂게 한쪽 눈을 여러 번 찡긋거리고 외설적인 몸짓을 하면서 기막히게 하얀 이를 드러내고 히죽히죽 웃었다.

10 Fête nationale. 국경일, 여기서는 프랑스 대혁명 기념일.

성병에 걸릴까 봐 두렵지는 않으냐고 물었더니, 그는 전혀 두려울 게 없다고 했다. 도사가 만들어 준 호신용 특별 부적을 지니고 있기 때문이란다.

그는 부적을 보여 주었다. 발목에 가죽 끈으로 잡아맨 작은 대롱 모양의 부적이었다.

「그런데 저기 말이야, 콘돔은 한 번도 안 써봤어?」

「뭘 안 써봤냐고요?」

「장화 말이야……」

「아! 그거? 그건 백인들의 마법이니 백인들한테나 맞지요. 우린 흑인이니 흑인의 마법을 쓰고, 그게 우리한테는 더 잘 들어요. 우리 마술사가 그러는데, 하고 싶으면 백인의 마법도 써보고 결과를 비교할 수 있대요. 그런데 이 말을 할 때마다 비웃어요. 겁쟁이들이나 두 가지 마법을 다 쓰고 싶어 하는 거라고. 그리고 작년에 어느 백인이 쓰다 두고 간 〈장화〉가 하나 있는데, 백인의 마법을 시험해 보고 싶은 사람들은 그걸 쓰지요.」

「하나밖에 없어?」

내가 놀라서 물었다.

「네, 누구나 그걸 써요. 쓰고는 잘 씻어서 〈백인식 미신에 솔깃해하는 사람들〉한테 넘겨준다니까요.」

「그러니까 넌 콘돔을 써본 적이 한 번도 없단 말이지?」

「왜요, 있죠. 써봤지만 정말(그는 여기서 폭소를 터뜨렸다) 실용성이 없던데요. 그리고 그걸 쓰면 아무 느낌도 안 와요. 여자들도 원치 않고요. 고무 양말 같은 그걸 거시기에 씌우면 여자들도 싫다던걸요!」

그는 유달리 깔깔 웃어 댔다.

「그런데 발목에 부적을 찼는데도 혹시 싱빙에 걸리면 어떡하지?」

「도사님한테 가서 부적이 효험 없다고 말하면 부적 주문을 바꿔 줘요. 부적 속에 성스러운 진짜 주문을 써서 작게 돌돌 말아 집어넣거든요. 때로는 주문을 사람마다 좀 특별하게 써야 효험이 있기도 하죠.」

나는 고개를 끄덕끄덕했지만, 〈타자 칠 줄 아는 여자〉를 소개해 주겠다는 제의는 됐다며 물리쳤다.

그러던 어느 날, 쿠아시 쿠아시가 〈인간-영양〉들을 사냥하는 날이라며 내게 오지 않았다.

도대체 무슨 일인가 했더니 필리프 르브룅 교수가 설명해 주었다. 이 동네에 사는 부족명은 자칭 〈인간-사자〉인데, 그들은 〈인간-영양〉 부족을 사냥해서 먹는다는 것이었다.

「〈인간-영양〉은 그럼 옆 마을 부족 이름인가요?」

「맞았어. 이 사람들은, 사자가 자연의 이치대로 영양을 잡아먹듯이 자기들이 이웃 부족을 먹는 것도 자연스러운 먹이 사슬이라고 생각하지.」

「그럼 〈인간-영양〉들은 그걸 어떻게 생각하지요?」

르브룅 교수는 수염을 비벼 목걸이처럼 길게 늘였다. 멀리서 새들이 깍깍대는 소리가 들렸다.

「국제 사면 위원회에 도움을 요청할 생각이야 못 하겠지. 사냥감으로 쫓기는 게 그들에겐 당연한 일이야. 조상 대대로 이어진 전통이거든. 만약 잡힌다 해도 그저 유감스러운 일일 뿐...... 잡히지 않을 만큼 잽싸게 뛰지 못한 게 유감스러울 뿐이라고.」

「지금 농담하세요?」

「실제로 〈인간-사자〉 부족은 종교 의식 삼아 사냥을 해. 실제로 일종의 〈부활절〉 같은 명절이 있는데, 어린 양을 잡아먹는 대신 〈인간-영양〉을 먹는 거지.」

「하지만 그건…… 식인 풍습이잖아요.」

「아이고, 또 유식한 말 나온다! 원주민들의 관점에 우리가 적응해야지, 평소 읽는 책을 기준으로 이 사람들을 판단해선 안 돼. 두고 보면 알겠지만, 여기 있다 보면 참 껄끄럽지 그게. 그러다 결국은 차이점을 보게 되거든. 우리 마을 부족인 〈인간-사자〉들은 턱뼈가 좀 더 각지고 송곳니가 뾰족하고 귀는 작고 둥글고, 눈빛은 호랑이나 고양이처럼 사납지. 옆 마을 부족은 얼굴이 길고, 귀도 좀 더 길고, 표정은 좀 더 순하고, 항상 되새김질하는 동물처럼 풀을 우물우물 씹고 있어. 정말 영양처럼 말이지.」

「근데 지금 무슨 말씀을 하시는지 알고 계시죠?」

르브룅 교수는 나무로 만든 우리 집 발코니에서 바오바브나무들이 있는 쪽을 내다보았다. 그의 족제비 〈나폴레옹〉이 작은 쥐 한 마리를 뒤쫓고 있었다. 두 짐승은 발톱으로 메마른 땅을 벅벅 긁으며 경중경중 뛰어갔다.

「오! 문명에서 이렇게 뚝 떨어져 살면 파리에서처럼 논리적으로 생각하는 것은 그만둬야 해. 여기선 마법사가 왕처럼 모든 걸 결정하거든. 마법사들이 정령 이야기, 유령 이야기, 마술 이야기에 얼마나 몰두하는지 봤지. 그들은 그런 것을 관리하며 세월을 보내는 사람들이라니까.」

갑자기 번개가 번쩍하더니, 천둥이 치면서 숲이 진동했다. 금세 굵은 빗방울이 툭툭 떨어졌다.

「부적 달고 말이죠?」

「그럼, 그리고 호신부도 달지. 여기선 모든 게 마법이야. 그리고 〈인간-영양〉 사냥은 이 사람들 종교의 일부고. 그리고…… 아마 사냥해서 딱 한 사람만 잡을걸.」

나는 르브룅 교수 곁으로 가서, 널찍한 잎새에 추적추적 떨어지는 비를 바라보았다.

「이 사람들이 정말로 그 〈인간-영양〉 부족 사람을 먹을까요?」

「사실 먹긴 하는데, 양식으로 먹는 게 아니고 성스러운 의례로 먹는 거야. 커다란 그물자루와 냄비들을 갖고 사람 몰이에 나서거든. 달리는 속도가 가장 느린 놈을 잡아 가지고 돌아와서는 조상 대대로 내려오는 풍습대로 죽이지. 이건 아주 거창한 예식이야. 마을 주민 모두에게 신체 부위 한 조각씩이 주어지는데, 어떤 사람에겐 더 귀한 부위가, 어떤 사람에겐 조금 덜 귀한 부위가 돌아가지. 내 심부름을 하는 〈보이〉 말로는, 가장 귀하게 여겨지는 게 간이고, 그다음에 콩팥, 입술, 눈, 귀, 혀…… 이런 순서래. 팔다리 근육은 개 먹이로 준다는군.」

「못 믿겠어요. 절 놀리시는 거죠?」

르브룅 교수는 지평선을 뚫어지게 바라보며, 냉정한 태도를 유지했다.

「백인에겐 물론 금지된 의식이라, 나도 참석한 적은 없지만 이 지역 신문에 소송 기사가 난 걸 봤지. 어떤 여자가 〈인간-영양〉 고기 중에 마을의 위계질서상 자기 지위에 걸맞은 부위를 받지 못했다고 고소를 한 거야. 신문 사설에 당시 상황이 보완 설명되어 있었는데, 내 기억이 맞다면 기자는 이렇게 썼어. 〈프랑스인들은 우리를 야만인 취급하는 것 같다.

그들이 인간이라고 여기는 것을 우리가 먹기 때문이다. 이 명백한 사실을 그들에게 설명하기란 언제나 복잡한 일이다. 하지만 우리 입장에서 보면 프랑스 사람들은 우리가 역겨워 못 먹는 음식, 개구리나 달팽이 같은 것을 먹는다. 우리가 그들의 풍습을 판단하지 않으니, 그들도 우리 풍습을 판단하지 말았으면 한다!〉 그리고 그 기자는 이렇게 끝맺었지. 〈식민지는 이제 지난 일!〉」

그는 어쩌겠느냐는 듯 어깨를 으쓱 올렸다.

「그러면 그들은 백인을 먹어 볼 생각은 한 번도 안 해본 건가요?」

대화가 이어진 김에 내가 물었다.

족제비 나폴레옹과 작은 쥐가 반대 방향으로 지나갔다.

르브룅 교수는 입을 쭉 내밀었다.

「그들은 우리의 맛이 아주 밍밍하고 조금 쓰다는 걸 알게 된 것 같아. 내 보이 말로는, 백인의 살은 그들 입맛에 정말 안 맞는대. 병든 짐승 고기를 삼키는 것 같다는군.」

아무리 그래도 나는 도무지 믿을 수가 없었다.

밤중에 멀리서 당김음 리듬으로 울리는 탐탐 소리가 들려왔다. 나는 일어나 모기장을 걷고, 큰 나무의 가지와 가지 사이에 걸쳐진 우리 집 발코니로 나가 보았다. 멀리 불빛이 보이고 노랫소리가 울려 퍼졌다. 확실한 것은, 그날 밤 우리 마을 사람들이 모여 축제를 한다는 사실이었다.

다음 날 쿠아시 쿠아시에게 정말 〈인간-영양〉을 잡아먹었느냐고 묻자, 그는 유감스럽다는 표정으로 그저 나를 빤히 바라보더니 말했다.

「이런, 맛보시라고 한 조각 갖고 올걸 그랬죠. 보통 당신네들은 호기심 때문에 맛을 보고 싶어 하너라고요. 백인들 말로 하자면 〈바보로 죽지 않으려고〉 말이죠.」

그러다가 내가 발끈한 표정을 하자 나를 안심시키면서 이 말을 덧붙였다.

「걱정 마세요. 사람 고긴지 뭔지 전혀 알 수가 없으니까. 익히면 돼지고기 꼬치구이와 똑같아요. 맛도 정말로 똑같아요. 아직 좀 남은 게 있나 보고 올까요?」

한 번 더 나는 사양하는 뜻으로 손을 내저었다. 그의 눈빛을 보니 내가 이곳 생활 체험에 그다지 호기심을 갖지 않아 실망한 것 같았다.

마침내 문제의 그날이 왔다.

기온이 평소보다 훨씬 높은 날이었는데, 깊디깊은 땅속에서 몇 달간 겨울잠을 자다가 나타난 마냥개미들의 원기둥을 보이들이 알아보았다.

그 원기둥이 숲 속에서 전진하고 있었다.

「투바부, 이제 드디어 만족하시겠네요. 이건 큰 둥지, 아주 커다란 둥지인데, 언덕 위로 올라가면 기다란 원기둥이 되죠.」

벨기에 출신 과학자의 보이가 말했다.

우리는 준비를 갖추었다. 르브룅 교수는 마냥개미가 몸에 올라오지 못하도록 아주 긴 고무장화를 신어야 한다고 했다. 하수도 공사하는 사람들이 신는 그런 장화, 거기에 마냥개미가 싫어하는 물질을 바른 장화라야 한다고. 그런데 불행히도 내 발 치수에 맞는 장화는 한 켤레도 없었다.

대신 무릎까지 올라오는 두꺼운 양말을 신기로 하고, 르브룅 교수의 조언대로 바지 밑단을 양말 속에 집어넣었다.

그렇게 하고 우리는 길을 떠났다.

우리는 멀리서 망원경으로 마냥개미를 지켜보았다.

개미들은 끝없이 긴 강을 이루며 흐르고 있었다. 그 검고 굼실대는 강은 사람 걸음 속도로 나아갔다. 시속 5킬로미터 정도였다.

그러니까 혹시 그것들이 덮쳐 온다 해도 우리가 멀리 피할 시간은 있었다.

그 곤충 떼거리의 고삐 풀린 아래턱들이, 덮칠 수 있는 작은 동물은 모조리 공격했다. 도마뱀, 뱀, 땅에 내려왔다 꼼짝없이 잡힌 새들, 거미, 쥐. 그 희생자들은 걸려들었다 하면 바로 그 자리에서 몸통 전체가 뒤덮인 채로 마냥개미 떼에 휩쓸려 들어갔다. 마냥개미는 그들의 살 속을 비집고 깊이깊이 들어가서는 몸체를 잘게 조각내어 금세 자기들의 까만 머리 위로 불끈불끈 들어 올렸다.

〈대지의 이빨.〉

르브룅 교수의 설명인즉, 밤이면 마냥개미들은 일종의 살아 움직이는 살찐 호박 형상을 이루는데 이것이 말하자면 그들의 야영 부대이며, 그 둥그런 야영지 한가운데 여왕개미가 숨어 있다는 것이었다. 르브룅 가족이 기르던 개가 어느 날 이런 호박 하나를 건드렸다가 뼈만 남아 아직도 그 땅에 사는 두 종족 사이에 일어난 〈몰이해의 순간〉을 생생히 증언해 주고 있다고 했다. 마냥개미의 아래턱은 어찌나 날카로운지 나무도 자를 정도며, 또 어찌나 뾰족한지 원주민들이 이걸 이용해서 벌어진 상처를 꿰매기도 한다. 마냥개미로 하여금 살갗을 물게 한 다음, 그 몸통을 머리에서 떼어 내기만 하면 된다. 그러면 머리 부분이 살갗에 박힌 채 개미 아래틱이 벌어진 상처의 양쪽을 이어 붙여 주는 것이다.

르브룅 교수의 설명으로는, 마냥개미가 마을에 가까이 오면 사람들은 도망치면서 가구의 발을 식초가 가득 담긴 대야 속에 담가 둔다는 것이었다. 또 갓난아기는 빨리 다른 곳으로 피신시키지 않으면 마냥개미에게 먹혀 버릴 수도 있다고 했다.

우리는 미친 듯 굼실대는 마냥개미의 강을 오래오래 따라 갔다. 그러다 보니 정오의 햇볕이 너무 따가워져서 개미들은 스스로를 지키기 위해 지하 굴을 마련했다. 수천만 마리 개미의 아래턱이 움직이기 시작하니 단 몇 분 만에 개미굴이 움푹 파였다.

그때부터 르브룅 교수, 연구원들, 보이들, 그리고 나를 포함해서 모두가 깊이 1미터의 도랑을 파는 작업을 시작해 마냥개미의 야영 부대를 포위해 들어갔다.

이어 삽으로 무장한 우리는 신호에 따라 조심스럽게 여왕개미의 거처로 통하는 터널을 뚫었다.

「숨은 되도록 적게 쉬어. 마냥개미는 숨 쉴 때 나는 냄새에 이끌려 오고, 네 공포의 냄새를 느낄 때 흥분하거든. 가능하면 여왕개미 근처에 갔을 때는 숨을 완전히 멈춰 봐.」

르브룅 교수가 소곤소곤 말했다.

마침내 우리가 굴의 주변부에 닿을 만큼 파 들어갔을 때 개미들은 임시로 마련한 거주지의 모든 통로에 무슨 액체 같은 것을 분비했다. 그런데 그게 지능적인 액체였다. 개미들이 우리를 빙 둘러싸고는 우리 몸 위로 기어오르려고 달려들었다. 마침 내가 보호용 장화를 신지 않았기 때문에 그들은

내 발에만 기어오를 수 있었다.

그래도 나는 그 움푹 파인 구멍 밑바닥에 끝까지 남아, 마지막 순간까지 〈그녀〉의 사진을 찍었다.

중요한 것은 스타를 놓치지 않는 거였다.

마냥개미 중에서도 여왕개미.

종족 가운데서도 다른 개미들보다 스무 배나 더 위압적인 특별한 동물이었다. 크기는 내 손가락만 했다. 머리는 희한한 삼각형이고, 두 눈은 완전한 구형(球形)으로 툭 불거져 나왔다. 구릿빛 키틴질의 섬세한 목 아래로는 몸 전체의 4분의 3이나 되는 커다란 복부가 있었다.

이 공동체에 단 하나뿐인 여왕개미는 이렇게 유별나게 발달한 하체로 매일 수천 개의 알을 낳는다.

이런 속도로 생명을 낳는 기계는 대자연의 그 어디에서도 찾아볼 수 없다.

여왕개미만 지키는 호위대가 이제 나에게 달려들었다. 개미들의 발이 내 몸을 더듬는 것이 느껴졌다. 내 몸은 개미들로 뒤덮였다. 움직이는 검은 외투가 나를 덮어 싼 셈이었다.

그러다 그중 한 마리가 통로를 찾았다. 내 바지에 난 작은 구멍을 찾은 것이었다.

곧바로 사냥꾼들 같은 개미 떼가 그 구멍 속으로 파고들었다. 개미들은 이제 면바지 천 아래까지 들어가 내 종아리에 난 털 사이로 길을 뚫기 시작했다. 또 다른 개미들은 내 셔츠를 기어올라 목까지 가서, 목깃에 통로를 확보하고 등줄기를 따라, 척추뼈의 우묵한 곳을 미끄럼처럼 타고 내려갔다.

어찌나 놀라운 경험이었는지. 릴리푸트 소인국에 간 걸리버 같았다.

여왕개미는 내게 시선을 고정한 채 고개를 좌우로 까닥까닥 흔들었다. 지금 눈앞에서 벌어지는 짓은 자기와 아무 상관 없다는 듯이.

귓속과 입 언저리에서 개미들의 작은 발 움직임을 느끼고는 사진 촬영을 중단했다. 르브룅 교수가 충고한 대로 일부러 숨을 멈추었다가, 콧구멍으로 숨을 세게 내쉬고 침을 뱉어 코와 입을 청소했다.

그때, 갑자기 누군가 두 팔로 나를 꽉 잡았다. 내가 당장 죽을 수도 있는 위험한 상황을 모르고 있다는 걸 간파한 쿠아시 쿠아시가 나를 움푹 파인 도랑에서 꺼내 주려는 것이었다. 그는 나를 끌어내어 마냥개미의 야영 부대에서 가능한 한 멀리 떨어진 곳으로 확 밀었다. 우리는 둘 다 땅바닥에 뒹굴었다.

방금 그가 내 목숨을 구한 것이었다.

「개미들이, 개미들이 당신을 먹어 치울 거예요, 투바부! 당신 혹시 머리가 돈 거 아녜요?」

그가 격하게 소리쳤다.

나는 콜록콜록 기침을 하고 침을 뱉었다.

「개미나 여자나 똑같아요. 뚝 떼어 버리고 떠나야 할 때를 알아야죠! 안 그러면 그것들한테 먹혀 버려요.」

쿠아시 쿠아시가 계속 말했다.

그러더니 평소처럼 명랑하게 깔깔 웃음을 터뜨렸다. 그의 반짝이는 이빨이 드러나 보였다.

살갗에 붙은 마냥개미 때문에 몸 여기저기가 별자리처럼 어룽진 걸 보고서야 비로소 나는 방금 간신히 모면한 위기를 실감했다.

나는 불쾌감에 몸을 부르르 떨며 초원에서 달랑 팬티만 입은 채, 마치 덩어리로 뭉친 두꺼운 털을 면도기로 밀듯이 날이 넓은 큰 칼로 수백 마리의 개미들을 털어 냈다.

나는 몸속에서 개미들이 덮치는 느낌에 맞서 싸우며 코를 팽팽 풀어 댔다. 마냥개미는 심지어 내 신발 밑창과 신발끈에도 달라붙어 있었다.

하지만 내가 찾으러 왔던 것은 건졌다. 마냥개미 여왕을 찍은 사진 필름 두 뭉치. 바로 그 여왕개미. 우리와는 다른 문명의 이 《스타》를 담은 사진은 내가 아는 한 거의 없었다. 쿠아시 쿠아시가 벙글거리며 나를 바라보았다.

「못 말리는 우리 투바부! 남들은 다 도망쳤는데 혼자 그러고 있다니 제정신이에요? 언젠가 내가 필요할 때가 올 거라고 말했었죠? 어쨌든 열한 번째 마누라 얻을 돈을 받기 전에는 당신이 그냥 죽게 놔둘 수 없죠. 정말이에요. 그러니까 당신의 생존은 확실히 보장되어 있었던 거죠!」

그는 다시 쾌활하게 이죽거렸다.

그는 내 등을 세게 한 번 탁 치더니, 너무 웃어서 찔끔 나온 눈물을 닦고 다시 진지해졌다.

「어유! 그렇게도 알고 싶어 하더니만, 이젠 알았죠. 그 무서운 마냥개미가 바로 이거랍니다. 마냥개미에 대한 책도 쓰고 싶어 하는 것 같은데, 아무래도 당신 머리가 돌았나 봐요!」

그러더니 나를 뚫어지게 바라보았다.

「투바부, 내 딱 한 가지만 물어볼게요. 왜 그렇게 개미에 관심이 많아요? 어쨌든 그것들은 그저…… 개미일 뿐인데!」

당신 마음에 들 겁니다
있을 법한 미래

「마음에 들었으면 합니다.」

자기가 쓴 극본이 담긴 서류철을 내밀며 그가 겸손하게 말했다.

넓찍한 유리창을 통해 타원형 사무실로 환한 빛이 들어왔다. 의자 뒤 저 아래쪽으로는 수도의 전경이 아찔한 파노라마처럼 펼쳐졌다. 사무실 벽면, 유리로 씌워 전시한 잡지 표지엔 그간 이 방송사에서 방영한 간판급 프로들이 죽 선을 보이고 있었다. 장식 선반 위에 놓인 여러 개의 트로피에는 〈연속극 부문 최우수상〉이라는 금박 글씨가 새겨져 있었다.

가죽 안락의자들은 붉은색이고, 앉는 부분이 깊었다.

발랄한 모습의 비서가 커피 두 잔을 가져와 각설탕을 몇 개 넣어야 하는지 물었다.

「두 개 넣으시죠?」

그녀가 속삭이듯 말했다.

올리비에 로뱅은 자기가 쓴 극본을 읽고 있는 상대방의 반응에 너무나 신경이 쓰여, 아무 소리도 들리지 않았다.

대답이 없으니 자기 말에 동의하는 줄 알고 여비서는 그의 커피에 각설탕 두 개를 알아서 살짝 넣었다.

그의 맞은편, 팔걸이 부분이 넓찍한 검은 안락의자에 떡 버티고 앉은, 이른바 〈젊은이〉 전용 텔레비전 방송사의 픽션 창작 팀장인 기 카르보나라는 줄무늬 정장을 입고 연어빛 분홍 셔츠에 넥타이 대신 파란 스카프를 두르고 있었다.

올리비에 로뱅은 알아주는 시나리오 작가로, 장편 영화 시나리오를 두 편이나 썼으며, 판타지 영화 한 편을 칸 영화제에 출품하는 작은 영광도 누린 바 있었다. 이후, 그 사람이 그 사람인 폐쇄적인 영화판에서 이름만으로도 〈돈이 되는〉 작가였던 그는 대다수 시나리오 작가들이 그렇듯이, 또 한 명의 〈블록버스터〉(말 그대로, 아파트 한 〈블록〉을 영화에 다 말아먹는 게 블록버스터다)를 만드는 일종의 〈기술자〉가 되었다.

스타급 남녀 주연 배우 한 쌍을 캐스팅하면, 그 두 스타를 띄우는 〈대단한 무대〉가 될 수 있도록 간단한 시나리오를 써내는 게 그의 몫이었다. 달리 말하자면 그는 〈스크립트 닥터〉 역할을 하는 셈이었다. 즉, 남들이 이미 1백 번쯤 우려먹으며 고쳐 쓴 시나리오를 제작상의 우려와 모순을 감안해 또다시 고쳐 써달라는 주문을 받는 것이었다.

올리비에 로뱅은 비록 이제 마음속에 숭고한 불꽃은 사라졌지만, 그래도 나름의 열정은 간직하고 있었다. 그가 열정을 쏟는 분야는 텔레비전 연속극이었다. 이 장르는 마치 마약과도 같아서, 곤충학자가 모든 종의 나비를 다 알듯이 그는 텔레비전 연속극이라면 모르는 것이 없었다. 자기가 좋아하는 연속극의 경우는 매회 주연과 조연, 연출 제작자, 심지어 극작가 이름까지 하나도 틀리지 않고 댈 수 있었다.

무슨 바람이 불었던지 그는 2년간 안식년을 갖기로 결심했다. 영화계에서 일부러 고립되어 독창적인 텔레비전 연속극을 구상하고 싶었고, 그 연속극의 가제는 〈과학의 모험가들〉이었다.

극의 구성 원리는 단순했다. 두 수사관이 범죄 현장에 도착한다. 그러나 범죄 수법이 하도 독특해서 사건을 해결하려면 새로운 과학 지식을 알아야만 한다.

이런 식의 추리 소설 같은 긴장을 통해 시청자들은 물리학, 화학, 생물학, 유전 공학, 천문학, 심지어 양자 물리학까지 과학 분야의 최첨단 지식을 힘들이지 않고 습득하게 된다.

올리비에 로뱅은 개성이 뚜렷한 두 인물 — 뚱뚱하고 비폭력적이지만 아주 예리한 분석가인 남자, 작은 근육질 체구에 성질이 사납지만 아주 야무진 여자 — 을 등장시켜 극중 사건을 수사하게 했다. 소극적인 지식인 남자와, 톡톡 튀는 행동파 여자의 결합이었다. 이어 그는 시청자들이 숨을 죽이며 볼 수 있게 마치 악보처럼 짜인 서스펜스 구조를 보여 주었다. 세 번의 작은 〈돌발 사건〉, 그리고 마지막의 대반전으로 인해 매회 리듬이 느껴졌다.

기 카르보나라는 연속극 「과학의 모험가들」의 극본 앞부분을 읽으면서 아주 현학적인 모습으로 고개를 끄덕거렸다. 그러다 마침내 안경을 반쯤 내려 걸치고 말했다.

「좋아요, 아주 좋은데요. 아주 주목할 만해요. 이렇게 좋은 극본은 지금까지 별로 본 적이 없는데…….」

그가 인정했다.

「아, 정말 마음에 드시나요?」

픽션 팀장은 그에게 극본을 돌려주었다.

「네, 제 맘에는 쏙 듭니다. 하지만 문제는 그게 아닙니다. 이 원고, 우리 방송국에는 안 맞아요. 다른 방송국에 제출해 보시죠. 분명 좋아들 할 겁니다.」

로뱅의 한쪽 뺨에 불현듯 경련이 일었다. 그는 커피로 상황을 모면해 보려 했지만, 잔을 도로 내려놓아야 할 정도로 커피는 달았다.

「이런 유의 연속극을 방영할 만한 방송사는 오로지 이곳뿐입니다. 잘 아시면서.」

 기 카르보나라는 서류철을 뒤지더니, 군중 위의 볼록 렌즈를 형상화한 커다란 붉은색 로고가 찍힌 두꺼운 파일 케이스를 꺼냈다.

「이거 보이시죠? 사람들이 보고 싶어 하는 텔레비전 연속극이 어떤 것인지 알아보려고 우리가 큰 여론 조사 기관에 의뢰해서 받은 연구 결과입니다. 비용을 엄청 많이 들이고 수백 명의 표본을 대상으로 진행된 이 연구 결과는, 여기 쓰인 그대로 읽어 드리죠. 〈대중이 텔레비전에서 보고 싶어 하는 것은, 같은 주인공이 계속 나오는 수사극인데, 이 주인공은 예를 들면 형사, 그런데 가정적으로 자기 어머니나 딸과 문제가 있는 사람이면 더 좋으며, 마약 밀매상이나 포주들에 맞서 싸우는 사람이다.〉」

 올리비에 로뱅은 잠시, 이게 지금 농담인가 싶었다.

「아니, 그거야 바로 상업 방송 간판 드라마의 기본 공식 아닙니까. 여론 조사 대상자들은 당연히 그런 이야기가 좋다고 하게 마련이죠. 이미 그런 것만 보고 있으니까요.」

 기 카르보나라는 어물쩍 피해 가는 몸짓을 했다.

「우리도 마찬가지로, 가능한 한 많은 시청자들 마음에 들어야지요. 그래서 우리가 찾는 게 바로 그런 겁니다. 당신이 그런 원고를 우리에게 준다면, 우린 관심 있습니다. 아니라면……」

올리비에 로뱅은 애써 꾹 참았다.

「하지만 지금 말씀하신 그〈형사〉는 이미 1백 번쯤 우려먹었잖습니까. 시청자들에게 독창적인 드라마를 지어내라고 할 수는 없잖아요.」

픽션 팀장은 자리에서 일어나 올리비에에게 등을 돌리더니, 유리탑 건물 꼭대기로부터 도시를 뚫어지게 바라보았다.

「우린 말이죠, 광고주들에게 의존합니다. 드라마를 만들 수 있게 하는 건 광고주 아닙니까. 그런데 광고주들도 여론 조사에 대해 그들대로 의견이 있습니다. 그러니까 드라마 제작 예산을 확보하고 싶다면 광고주 측의 돈이 보장돼야 하고, 또 우리가 광고주의 돈을 원한다면 드라마 제작에 들어가기 전에 확실히 시청률이 높을 것임을 증명하는 여론 조사로 그들을 안심시켜야죠. 우리는 〈과학의 모험가들〉이 아니라…… 〈재정의 관리자들〉이니까요……. 돈이 있어야만 드라마를 만들 수 있는 겁니다.」

기 카르보나라는 이런 말을 하면서도 여전히 돌아서지 않았다.

「그런데…….」

「당신이야 꿈꾸고, 시 쓰고, 상상하는 분이지요. 운이 좋으신 겁니다.」

「그런데…….」

「불행히도, 업계의 현실이라는 게 있습니다. 저는 더러운 직종에서 일하는 셈이죠. 텔레비전도 여타 업계처럼 하나의 산업입니다. 매회 드라마 제작에는 큰돈이 들죠. 배우, 무대 장치, 기술진, 보험료, 샌드위치며 커피 심부름 하는 조수들까지. 드라마 한 편 만들 때마다 일꾼들, 촬영 세트, 기계, 이런 것들까지 생각하면 임시로 공장 하나씩 세우는 셈입니다. 염두에 두고 계신 것 같은 그런 〈독창적〉 기획이 비집고 들어설 자리가 없다고요. 미지수거든요. 과연 구매자가 있을지조차 알 수 없는 제품을 만들려고 공장을 세우지는 않거든요.」

그는 이 말을 하면서 조금 낄낄댔다.

올리비에 로뱅은 의자에 앉은 채 몸을 뒤척였다.

「말씀하신 그 여론 조사에는 한 가지 질문이 부족한 것 같은데요.」

그가 강조하듯 말했다.

「어떤 질문이죠?」

「〈뭔가 새로운 것을 보고 싶으신가요?〉라는 질문이 없네요. 시청자들은 허를 찔려 깜짝 놀라고 싶어 한다고 난 확실히 믿어요.」

기 카르보나라는 돌아서서 다시 자리에 앉더니, 제자가 말귀 좀 알아들었으면 하고 조바심치는 선생처럼 두 손가락을 모아 입술에 댔다.

「물론 그런 특이한 질문은 설문에 안 들어 있었죠.」

그가 순순히 인정했다.

극작가는 이 틈새를 노려 파고들려고 했다.

「잘 분석해 보면 아시겠지만, 히트 친 연속극이야말로 상식의 틀을 벗어난 작품들입니다.」

「맞아요, 〈상식의 틀을 벗어난〉 연속극 중에 잘나간 것도 있어요. 하지만 〈상식의 틀을 벗어난〉 많은 연속극이 참패했어요. 참패한 연속극은 잊어버리니까 그런 말을 하는 거죠. 위험 부담을 무릅쓰고 제작한 연속극 열 편 중 아홉 편은 망했어요. 당신은 그중에 성공한 열 번째만 기억하지요. 우리는 현실을 안다고요. 실패할지도 모르는 무모한 연속극 열 편을 만드는 데 들일 돈이 없어요. 요행히 그중 한 편이 성공한다 해도 말이죠. 이건 엄연한 사실입니다.」

픽션 팀장은 의기양양한 미소를 짓더니, 보란 듯이 여송연 한 대에 불을 붙여 물고 음미하기 시작했다.

그의 말발과 담배 연기가 올리비에 로뱅의 면전에 그대로 와닿았다.

「하지만 만약 설문 조사대로 드라마를 만든다면, 뱀이 제 꼬리 물듯이 계속 뱅뱅 돌면서, 예전에 사람들이 선호했던 것만 내보내고 또 내보내고 하는 거죠. 그런 드라마가 지겹다는 건 안 봐도 뻔한 사실이고.」

「무모한 것보다야 지겨운 게 낫지요.」

극작가는 아연실색하여 스파게티 이름의 그 남자를 바라보았다. 그러고는 다정한 음성으로 물었다.

「그냥 궁금해서 묻는 건데요, 나이가 어떻게 되시죠?」

「감출 것도 없죠 뭐. 스물여덟입니다.」

「연속극 팀장이신데, 그럼 어떤 분야를 전공하셨죠?」

「파리 그랑데콜에서는 경영학을 공부했고, 시카고 대학에서는 마케팅을 전공했습니다.」

「그리고 대학 졸업하자마자 이 자리를 맡으신 건가요?」

「제 전공이 예산 관리 쪽이거든요. 이 텔레비전 방송국에 입사하기 전에는 다른 제조업체에서 일했지요. 그것까지 다 알고 싶다면 말씀드리죠. 트랙터, 고급 간식, 폴리스티렌 튜브, 완구업……. 어디까지나 예산은 예산이니까요.」

올리비에 로뱅은 침을 꿀꺽 삼켰다.

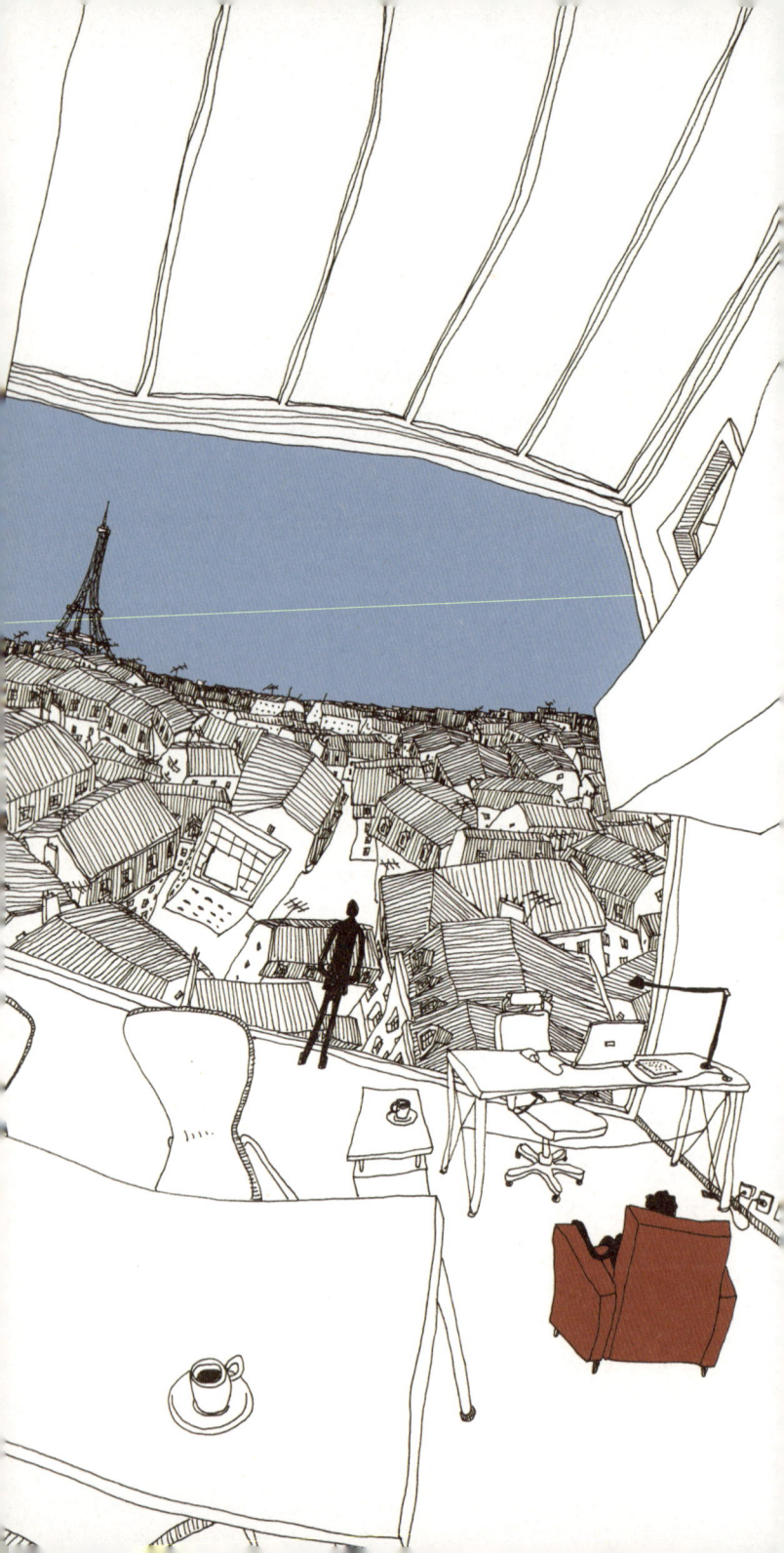

「음…… 그럼 혼자 재미로 연속극을 볼 때는 뭘 보시죠?」

기 카르보나라는 놀라서 눈썹이 치켜 올라갈 만큼 눈을 크게 뜨더니, 피우던 여송연을 비벼 껐다.

「혼자 재미로?」

「네, 퇴근 후 집에서 말입니다.」

이번에는 픽션 팀장 쪽에서 피식 터지는 웃음을 참지 못했다.

「하루 종일 텔레비전 방송국에서 일하는데, 밤에도 텔레비전을 보라고요! 저만 아니라 제 아내도 그건 싫어해요. 제 아내 마리클로드도 경영 계열 그랑데콜을 나왔고, 미국 대학교에서 커뮤니케이션을 전공했지요. 그리고 경쟁사에서 저와 똑같은 일을 하고 있어요. 우린 방송국 간부들이 모이는 콘퍼런스에서 만났답니다. 순전히 우연이었죠. 아내와 저는 취향이 같아요. 결혼 후 서로 동의해, 집에는 텔레비전을 사 놓지 않기로 결정했어요. 우리 아파트에는 스크린 같은 거라곤 눈을 씻고 봐도 없답니다.」

그는 이렇게 속을 다 털어놓으니 기분이 좋은 모양이었다.

「집에 텔레비전도 없으면서, 밤마다 수백만 명이 시청하는 프로를 만드신다고요?」

「꼭 환자가 돼봐야 의사 노릇 하나요, 뭐.」

「혹시나 해서 물어봅니다만, 그래도 이 방송국에서 내보내는 연속극은 보시죠?」

기 카르보나라는 올리비에 로뱅을 재보듯이 쳐다보았다.

「참 순진한 분이라 호감이 가네요……. 자, 따라오세요. 원래는 외부에 보여 주지 않는 걸 보여 드릴 테니.」

그는 올리비에의 손목을 잡더니, 마치 연로한 할아버지를 세계 최초의 우주 로켓으로 모시고 가듯 어디론가 이끌고 갔다.

그들은 엘리베이터를 타고 여러 층을 내려갔다. 1층을 지나 지하 몇 층인가로 깊이 들어갔다. 번호가 매겨진 문들이 일렬로 늘어선 복도를 따라간 끝에 팀장은 넓은 방을 열어 보여 주었다. 캄캄한 그 방엔 사각형의 불빛들이 점점이 떠다녔다.

올리비에 로뱅은 한참 지나서야 스무 명쯤 되는 사람들이 어둠 속에 1미터 간격으로 나란히 앉아, 각기 다른 프로가 방영되는 텔레비전 수상기를 마주 보고 있는 모습을 식별할 수 있었다.

「지금 이게 뭐게요?」

픽션 팀장이 물었다.

「〈현대판 노예들〉인가요?」

극작가가 생각나는 대로 답해 보았다.

「이 사람들은 저의 〈예술적 조언자〉들입니다. 대부분 젊은 대학생들이 자원해서 하는 일이죠. 이들은 나를 위해 텔레비전을 보고 있는 겁니다. 우린 날마다 전 세계의 연속극 수백 편을 녹화 테이프로 입수하지요. 이들이 그 연속극을 꼼꼼히 검토합니다. 그다음엔 사들일 만한 연속극에 대해 카드를 작성해요. 설마 내가 직접 브라질 드라마나 일본 연속극을 몇 시간씩 죽치고 앉아서 본다고 생각하진 않으시겠죠. 속된 말로 〈그것 말고도 할 일이 장난 아니게 많거든요〉.」

올리비에 로뱅은 어둠에 눈이 익자 마침내 그 젊은이들을 분간할 수 있었다. 대부분 안경을 썼는데 안색은 창백하고 환멸을 느낀 듯 입을 삐죽이고 있었고, 소다수 컵이며 팝콘 상자들이 손만 뻗으면 닿을 곳에 놓여 있었다.

「그럼 이 〈예술적 조언자〉들은 시급으로 돈을 받나요?」

「아뇨, 검토한 연속극 편 수대로 받지요. 이중에 제일 막강한 친구들이나 돈벌이가 절실한 친구들은 오전 10시부터 밤 11시까지 쉬지 않고 저렇게 드라마를 시청합니다. 프로들이죠. 그런 사람들은 보수를 아주 잘 받아요.」

이런 〈프로〉들은 지금처럼 누가 들어와도 눈길 한번 주지 않는다고 올리비에가 말했다.

「저 사람들, 영상을 빨리 돌려서 시청할 수는 없나요?」

「그건 금지돼 있습니다. 지나친 속어체 대화나 우리가 못 알아듣는 그 나라 특유의 표현 같은 것은 카드에 기록해 알려 줘야 하거든요. 그런 걸 저 사람들이 잡아내야 해요.」

「점심시간에 잠시 쉬지도 못하나요?」

「샌드위치랑 음료를 갖다주죠. 여긴 음식이 꽤 잘 제공되는 편입니다. 초밥이나 피자도 배달시켜 주고요. 돈은 우리가 내는 거죠.」

「그럼 저 〈예술적 조언자〉들은 무엇을 말해 주나요?」

「그들은 드라마를 보면서 우리 〈방송국의 편집 정책〉에 저촉되는 바가 없는지를 알려 줍니다. 그들은 기준이 될 일람표를 갖고 시청하면서 메모를 하는데, 그 기준은 아주 정확합니다.」

젊은이 중 한 명이 두 눈을 쓱쓱 비볐다. 어찌나 세게 비비던지 꼭 제 두 눈을 파내고 싶어 하는 것 같았다. 잠시 올리비에 로뱅은 기 카르보나라가 사람들을 〈카우치 포테이토(장시간 텔레비전 앞에 넋을 놓고 앉아 죽치는 사람을 가리키는 미국식 표현)〉가 아니라…… 부엉이로 변형시키고 있다고 생각했다. 어둠 속에 무기력한 모습으로 줄지어 앉은 이 사람들은 미래 세계에서 온 변종 인간들이었다. 바르르 떨리는 화면 빛에 두 눈이 길들여진 야행성 인간들(방에는 밤낮을 구별할 수 있는 창문도 없었다). 그는 그들이 어둠 속에서만 생활한 탓에 햇빛이 낯설어졌을 테니, 환한 길에 나서면 오래 눈을 깜빡거려야만 제대로 걸을 수 있겠다고 생각했다.

「작성된 카드와 원래 방영된 나라의 시청률에 따라, 어떤 연속극이 프랑스 시청자들 마음에 들지 난 정확히 알 수 있어요. 물론 문화적으로 몇 가지 살짝 고쳐 넣어야 할 부분이 있긴 하죠. 예를 들면, 이건 여론 조사에서도 알 수 있는 건데, 미국인들은 프랑스인들보다 재판 장면에 관심이 많답니다. 일본인들은 주로 청소년들이 보는 연속극에서도 폭력과 야한 장면이 나오면 좋아하고요. 그렇지만 또 일본인들은 입맞춤 장면이나 음모 노출, 심지어 겨드랑이털이 나오는 것도 역겨워합니다. 스칸디나비아 쪽 연속극은 진행 속도가 아주 느리죠. 아마 추운 곳이라 그런가 본데, 그쪽 형사들은 떨 마음이 영 없어요. 그저 걷고, 먹고 그러지요. (카르보나라는 킥 웃음이 나오는 것을 참으며 말을 이었다.) 시청 후 검토 내용이 기록된 카드, 체크한 기준 일람표, 거기다 시청률, 그 다음에 문화적으로 고칠 부분…… 이런 사항들이 내가 연속극의 수입(輸入) 여부를 결정할 때 고려하는 변수입니다. 그리고 현재로서는 우리 회사 사장과 임원 회의에서 내가 하는 일을 높이 평가하고 있지요.」

올리비에 로뱅은 속이 뒤집혔다. 그는 힘주어 말했다.

「열네 살 때, 나는 고등학교 신문을 만들었는데, 그 기회를 이용해 영화 평론가도 되어 보고 영화도 맘껏 보고 싶었지요. 그래서 나는 내가 살던 도시에서 제일 큰 영화관 사장을 만나, 공짜로 들여보내민 준다면 상영되는 영화들의 평을 쓰겠다고 제안했어요. 그가 대답했죠. 〈좋아, 하지만 상영되는 영화는 예외 없이, 나처럼 무조건 다 봐야 한다는 조건이야. 그리고 〈다〉 본다는 건 포르노, 가라테, 아동용 만화 영화, 코믹 영화, 할리우드 대작들, 난해한 인텔리 영화들, 여행 다큐멘터리…… 이런 것도 다 봐야 한다는 얘기야.〉 난 그러겠다고 했죠. 그래서 3년 동안 매주 그 영화관 건물의 여섯 개 관에서 상영되는 영화 여섯 편씩을 다 봤어요. 처음에는 거의 형벌 같았지만 결국엔 많은 걸 배웠어요. 그 덕에 선입견이 싹 없어졌어요. 어떤 예술 분야에서 안목깨나 있다고 거들먹거리거나, 하물며 평론가라는 명함을 내밀며 큰소리치는 사람들은 누구나 그렇게 해봐야 할 겁니다. 시중에 나와 있는 영화란 영화는 모조리, 선입견 같은 것 없이 직접 관람해 봐야 완벽한 조예가 생기는 겁니다.」

「물론이죠. 하지만 전 영화 평론가가 아닙니다, 로뱅 씨. 난 연속극을 사들이고, 예산을 관리하는 사람입니다. 아마 저보다 연배가 높으시니 이 직업을 〈옛날식 수공업적〉 관점으로 보시나 본데요.」

「하지만 당신은 픽션 팀장 아닙니까. 새로운 연속극을 제작하고 있고. 그렇다면 교양, 개인적 취향, 예술적 관심, 이런 게 필수죠.」

「물론 그렇죠. 하지만 지금 말씀하시는 〈개인적 취향〉 같은 건 전혀 중요하지 않아요. 중요한 건 대중의 취향입니다. 내가 하는 일은 확실한, 거의 과학적이라 할 수 있는 방법으로 대중의 마음에 들 만한 걸 알아내는 일입니다.」

올리비에 로뱅은 어이가 없었다. 자기가 쓴 「과학의 모험가들」이 이 회사에서든 다른 방송사에서든 실제 드라마로 만들어질 기회는 전혀 없겠구나 싶었다.

그는 다시 아까 있었던 사무실로 올라가 한마디 말도 없이 극본이 담긴 마분지 파일을 들고는 황망히 거리로 나왔다.

아파트 앞에 이르자, 그는 쓰레기통을 열고 어깨를 으쓱하면서 그 속에 극본을 처박아 버렸다.

올리비에 로뱅은 서류를 버리는 자기를 놀라 쳐다보는 관리인 아주머니에게 인사를 했다.

「집 청소했어요. 청소하는 김에 책상 정리도 했고요.」

그녀는 강한 스페인 억양으로 말했다.

「책상이 너무 지저분하던데요. 그래서 서류를 크기대로 정리했어요. 맘에 드실 거예요. 그리고 소포도 하나 왔던데.」

그녀는 소포 상자를 내밀었다.

그는 상자를 열었다. 그리고 그 안에 든 봉투를 뜯었다.

그는 편지지를 펼쳤다.

〈귀하께서 《도서 클럽》에 구독 신청을 하셨기에, 우리는 귀하를 기쁘게 할 도서 세 권을 보내 드립니다. 대금은 귀하의 계좌로 청구될 것입니다. 이 책들을 갖고 싶지 않으면 소정의 우표를 붙여 3일 내에 소포로 반송하셔야 합니다. 책이 손상될 경우 그 비용은 귀하의 부담입니다.〉

극작가는 책들을 검토해 보았다. 올해의 문학상 대상을 수상한, 어느 아카데미 프랑세즈 회원의 감상적 회고담, 늑대들 사이에서 자라난 사내아이의 삶을 그린 소설 — 전 세계 베스트셀러라고 적혀 있었다 — 그리고 제조 연도가 표시된 보르도 특산 포도주 가이드.

「……귀하를 기쁘게 할 책들이라고,」

그는 계단을 올라, 열쇠를 꺼내 문을 열고 집으로 들어갔다. 그리고 책 세 권을 탁자 위에 놓은 다음 신발을 벗고 화장실을 거쳐 부엌으로 갔다.

정말로 자기 마음에 드는 것이 뭔지 돌이켜 보려고, 그는 좋아하는 적포도주인 루아르, 생산자 장 카르메의 이름이 붙어 있는 부베 라뒤베 2001년산을 꺼내 병마개를 따고 냄새를 맡아 본 다음 한 잔 따랐다.

한 모금 한 모금 넘길 때마다 그 맛을 음미했다. 그건 그의 즐거움이었다. 자기가 택한 즐거움. 혼자서.

그는 텔레비전을 켜서 채널을 이리저리 돌리다가 깨달았다. 모든 방송사에서 내보내는 것이라곤 그저 여론 조사 기관과 팝콘 먹어 대는 〈부엉이〉들이 검증한 연속극일 뿐이라는 사실을.

얼마나 많은 근시안 혹은 미래의 눈먼 자들이 예산의 미명하에 은밀히 희생될 것인가…….

올리비에 로뱅은 텔레비전을 탁 꺼버리고 라디오를 켰다. 감미로운 노래가 흘러나와 참 아름다운 노래구나 싶었다. 〈영원한 내 사랑〉이 노래 제목이었다. 진행자는 이 노래가 히트 퍼레이드 1위 곡이라고 알려 주었다. 그런데 문득 올리비에 로뱅은 이 노래가 자기 맘에 든 까닭을 알게 되었다. 라디오에서 이 노래를 자주 들었기 때문만은 아니었다. 노래의 화음 진행이 지난해 대히트한 곡과 정확히 일치하기 때문이었다.

잘 생각해 보면, 이 곡은 똑같이 네 가지 화음으로 이뤄진

다른 숱한 곡들과 비슷했다. 리듬도 짜임새도 같았다. 다만 관현악 편성과 가사만 조금씩 달랐다.

위험 부담을 지려 하지 않기는 음반업계 사람들이나 텔레비전 방송계 사람들이나 마찬가지였던 것이다.

〈좋은 곡은 이전에 성공을 거둔 것과 비슷한 곡이다.〉

은행 직원이 부자에게만 대출을 해주는 경우나 마찬가지였다. 누구든지 안심할 수 있게, 그리고 위험 부담을 지는 것이 두려워서, 안전이 보장된 쪽으로 가게 마련이다. 올리비에 로뱅은 다시 소포 꾸러미 쪽으로 왔다. 문학상 받은 책을 집어 들었다. 뒤표지에 대강의 줄거리가 쓰여 있었다. 반항적인 아이가 딸린 35세의 이혼한 여자가 자기를 이해해 주지 않는 주변 사람들에 맞서는 이야기. 그녀는 마침내 자기가 치료 받으러 다니던 치과 의사와 일생일대의 사랑을 나누게 되지만, 남자가 기혼자였기에 이들의 연애는 어려운 정도가 아니라 불가능하게 된다. 〈기적이 일어나지 않는 한……〉이라고 편집자의 소개글은 마무리를 짓고 있었다. 그 밑에 몇몇 여성 잡지에서 이 책을 절찬하는 서평을 올려놓았다. 〈한 줄 한 줄 읽을 때마다 벅찬 감흥〉, 〈폐부를 찌르는 감동의 소설〉, 심지어 어느 서평은 〈필독서〉라는 표현까지 했다.

올리비에 로뱅은 첫 줄을 읽었다. 도입부 몇 문장에 매우 흥미를 느꼈다. 그가 생각하기에, 그 몇 줄로 소설은 다 읽은 거나 마찬가지였다.

〈거울 속에 비친 희미한 시선이 이리저리 갈피를 못 잡는 노르마는 금발의 머리칼을 쓸어 올리며, 야무진 자기 얼굴이 주름살 하나 없이 말끔하다는 것을 확인하고 만족스러운 미소를 지었다.〉

극작가는 천천히 책을 다시 덮었다.

「필독서라고?」

제길, 이런 소설 주제라면 이미 2년 전 다른 문학상을 탄 소설의 주제이기도 하다. 그러니까 법칙은 마르고 닳도록 똑같은 것이다. 음악이든 텔레비전이든 출판이든 마찬가지다. 이미 잘 팔린 내용을 베껴서 예술 작품을 계산과 확률의 기준표 속에 집어넣는 거다. 그러니까 예술에 대해 숫자, 그래프, 여론 조사 결과, 표적이 되는 대중 등의 관점에서 돈줄 대는 사람들, 다시 말해 은행가, 스폰서, 개인 투자자들과 논의할 수 있어야 하는 것이다.

올리비에 로뱅은 이와 똑같은 법칙이 영화에도 적용된다는 것을 알고 있었다. 제작자에게도 어쩔 수 없이, 시나리오의 좋은 아이디어란 이미 흥행에 성공한 영화와 비슷한 아이디어일 수밖에 없다.

그러면 의문이 하나 남는다. 어째서 도서 클럽은 올리비에 로뱅, 그를 35세 가정주부와 똑같이 취급하여 이 책을 보낸 걸까? 답이 나온다. 〈간단해. 통계적으로 40세 남자는 35세 여자와 같이 사니까! 그러니까 그 사람들은 내 관심을 끌려고 보낸 게 아니라, 내 아내가 마음에 들어 구입할 거라는 예상하에 보낸 거지〉라고 그는 생각했다.

그는 라디오를 껐다. 소포로 받은 책 세 권을 쓰레기통에 던져 넣어 버렸다. 책값을 내든가 이 〈걸작 필독서들〉을 반송하든가 하지 않으면 머지않아 도서 클럽에서 지불 독촉 청구서가 빗발치듯 날아올 것임을 알면서도 그렇게 했다. 책값을 지불할 마음도, 반송할 마음도 들지 않았다.

그는 혼잣말을 했다.

〈언젠가 내가 책을 쓰레기통에 던져 버리는 끔찍한 짓을 할지 모른다고 예상은 했지만, 이 세 권은 정말 이럴 수밖에 없구나. 나중에 도서 할인점에 되팔고 싶지도 않아. 그건 너무 창피한 일이니까.〉

그리고 그는 도서용 종이의 원료 펄프를 제공해 준 나무들을 생각했다.

불현듯 엄청난 고독감이 엄습했다. 마치 미래도 없이 길을 잃은 것만 같았다. 그를 도와줄 사람은 아무도 없고 그저 일목요연하게 표로 정리된 세상만 있을 뿐. 그는 격자무늬 판 가운데 자기만 동그라미인 듯한 느낌이었다. 이처럼 큰 고독감에 인간적 만남의 욕구가 점차 커져 갔다.

올리비에 로뱅은 컴퓨터를 켰다.

인터넷 서핑을 했다.

〈세상에 혼자뿐이라고 느끼시나요. 이해받지 못한다고 느끼시나요. 저희《만남 플러스 알파》사이트로 오세요. 만남을 위한 초대 웹 사이트…… 만남 플러스 알파.〉

그리고 호감형의 남녀 얼굴 사진 목록이 죽 이어졌다. 그 밑에 이런 단순한 문장들이 쓰여 있었다.

〈저는 친구들 사귀러《만남 플러스 알파》에 왔어요. 전에는 카페에서 만나 사귀었는데, 그런 기분으로 여기 왔죠. 카페와 다른 점은 선택이지요. 예전에는 카페에서 하루에 열 명 정도를 만났는데, 지금은 여기서 1백 명 정도를 만나고 있으니까요.〉

〈이 사이트에서 일생일대의 남자를 만났어요. 단점이라고는 단 한 가지밖에 없지요. 그 일생일대의 남자가 여럿이라는 거죠.〉

이런 유머에 그는 신뢰감이 들었다.

그래서 엔터 키를 쳤다.

〈소개〉라는 항목이 떴다.

처음 몇 가지 질문은 단순한 형식이었다.

〈남성입니까, 여성입니까? 클릭하세요.〉

〈이성애자? 동성애자? 양성애자?〉

〈도시에 삽니까, 시골에 삽니까?〉

〈결혼 여부는?〉

〈직업은?〉

〈월수입은?〉

〈취미는?〉

〈담배를 피우십니까?〉

〈음주를 하십니까?〉

여기까지는 모든 것이 정상으로 보였다. 그다음에 나오는 질문들은 이런 만남 사이트에 등록한 사람한테 하는 질문치고는 좀 이상했다.

〈한 달에 책은 몇 권 읽으십니까?〉

〈한 달에 영화는 몇 편 보십니까?〉

〈한 달에 음반은 몇 장 정도 들으십니까?〉

〈아침 식사로는 무엇을 드십니까?〉

〈커피 아니면 홍차?〉

〈설탕 넣어서, 혹은 안 넣어서?〉

〈올리브유와 버터 중에 어느 것을 좋아하십니까?〉

〈다크초콜릿과 밀크초콜릿 중에 어느 것을 좋아하십니까?〉

〈휴가를 떠난다면 산과 바다 중 어느 곳을 선호하십

니까?〉

〈아시아와 아프리카 중 어느 곳을 선호하십니까?〉

〈오른손잡이입니까, 왼손잡이입니까?〉

〈아침과 오후 중 언제 더 일이 잘됩니까?〉

〈보통 몇 시에 취침합니까?〉

〈잠드는 데 어려움이 있습니까?〉

〈수면제를 복용한 적이 있습니까?〉

〈자살 충동을 느낀 적이 있습니까?〉

〈항우울제를 복용한 적이 있습니까?〉

〈마약을 복용한 적이 있습니까?〉

〈국민 전체 평균 알코올 섭취량을 상회할 만큼 술을 마신 기간이 있습니까?〉

〈세계 일주를 하고 싶다는 생각을 해본 적이 있습니까?〉

〈쓰레기는 분리수거를 해서 버립니까?〉

각 문항을 채우기 시작한 올리비에 로뱅은 거침없이 죽죽 해나가면서, 이미 문항의 절반에 답했으니 이제 마무리만 하면 되겠다고 생각했다.

하지만 질문은 점점 더 난해해졌다.

〈당신의 별자리는 무엇입니까?〉

〈선호하는 숫자는 무엇입니까?〉

〈선호하는 색깔은 무엇입니까?〉

〈기르는 애완동물은 무엇입니까?〉

〈당신은 부모의 사랑을 충분히 받았다고 생각합니까?〉

〈당신을 진정으로 이해하는 사람이 아무도 없을 것이라고 생각합니까?〉

〈개인적으로 당신에게 원한을 품은 사람이 있다고 생각합

니까?〉

〈일생일대의 사랑이 있다고 믿습니까?〉

그는 이런 문항을 살펴보고 잠시 놀랐지만, 내친김에 모조리 답을 하고 결과가 어떻게 나오나 보자고 마음먹었다.

마침내 올리비에 로뱅이 확인한 자신의 분석 결과는 이러했다.

〈우리의 코드 분류 기준인 WDP(세계 인성 규정) 지수에 따르면, 당신의 점수는 1,453점입니다. 당신은 보보(보헤미안 부르주아) 이성애자, 중간 정도의 수입에 문화적 취향은 높은 수준인 도시 거주자로, 우울 성향은 약간 있으나 자살 성향은 없는, 염소자리에 근접한 전갈자리입니다. 우리의 통계 표본 조사에서 당신은 37-2 그룹에 속합니다. 축하합니다.

37-2님, 그래서 우리는 당신의 파트너로 가장 잘 어울리는 분을 골랐습니다.〉

이 말이 나오더니, 비교적 귀여운 용모에 빨간색 블라우스를 입은 한 여자의 얼굴이 모니터에 떴다.

〈월귤나무 S 님. 31세. 변호사. 취미는 테니스, 여행. 자극성 있는 음식 좋아함. 도시 거주. 승용차는 미니쿠퍼. 제롬 보슈의 그림과 U2의 음악을 좋아함.〉

그 아래에 이렇게 쓰여 있었다.

〈지난주 가입한 월귤나무 S 님에겐 인터넷상에서 728명이 접속해 왔습니다. 그중 65%는 《아주 매력 있다》고 생각했고, 13%는 《탐난다》, 2%는 《접근할 수 없다》고 생각했습니다.

그녀는 그중 1%를 만났고, 0.2%와 저녁 식사를 함께했으

며 만난 사람들이 자기가 찾는 이상형에 꼭 들어맞지 않았기 때문에 이 사이트에 재등록했습니다.〉

그 아래, 새로운 사항이 쓰여 있었다.

〈당신이 월귤나무 S 님과 저녁 식사를 함께 하며 서로 자극이 될 만한 대화를 나누는 데 성공할 확률은 58%입니다.

만난 당일 저녁에 첫 키스를 할 확률은 22%, 짝을 이뤄 함께 살 확률은 15%, 살면서 자녀까지 낳을 확률은 3%입니다.〉

그 밑에 정확한 명시 사항이 있었다.

〈이 모든 통계 수치의 오차는 7%입니다.〉

마지막으로 강조한 내용은 다음과 같았다.

〈월귤나무 S 님과의 만남은 분명 당신 마음에 들 것입니다. 연락하시려면 여기를 클릭하세요.〉

올리비에 로뱅은 순간, 한없이 지치는 느낌이었다. 〈그러니까 벌써 결론은 났잖아. 어떤 여자가 내 맘에 들지 이 사람들은 알고 있는 거네〉라고 그는 생각했다. 그는 〈월귤나무 S 님과 접속〉이라는 글자가 깜박거리는 곳을 클릭할까 말까 망설였다.

어딘가에 있는 누군가가 그가 앞으로 취할 행동을 알고 있단 말인가?

그의 손가락이 키보드를 스쳤다.

「내가 그녀와 연락할 것이며, 우리가 결혼할 것이며, 자녀도 낳을 것이라는 걸 그들은 예상했잖아. 이건 옛날식 중매결혼보다 한술 더 뜨는 것 아닌가. 옛날엔 경제적 이익을 위해 억지로 사랑하게 만들었지. 청춘 남녀가 처녀총각으로 늙지 않도록 짝지어 주는 것은 부모나 직업적 중매쟁이의 일이었어. 그런데 지금은 연애 감정마저도 심리학적 설문지를 모아서 추론하네.」

그러면서도 월귤나무 S가 어떤 여자일까 궁금하긴 했다.

주어진 선택을 굳이 피할 이유가 있겠는가? 자유 의지의 이름으로? 분명 이 젊은 여성은 호감 가는 모습이었다. 거북한 점은, 자기가 아니라 그들이 선택했다는 것이었다.

손가락이 다시 〈월귤나무 S 님과 접속〉이라는 글씨 쪽으로 갔다.

그는 클릭하려다 말았다.

그다음 며칠 간 그의 이메일에는 이른바 〈37-2 특별 부류〉님에게 주어지는 온갖 제안이 쇄도했다.

이런 사실로 미루어 보아, 〈만남 플러스 알파〉라는 사이트는 그가 〈꼬박꼬박 답한〉 개인 설문지를 다른 상업 사이트에 팔아넘긴 것 같았다. 의사나 변호사들이 이따금씩 〈단골 고객 명단〉을 매우 비싼 값에 사들이는 것과 비슷한 방식이었다.

자세히 작성된 그의 설문지를 보고, 이 사이트와 연결된 다른 판매 사이트들은 소비자로서 그의 면모를 추론해 내었던 것이다.

그래서 그가 취미를 가지고 있는 분야의 주간지나 월간지 정기 구독, 휴가 정보(보보 성향에 중간 정도의 수입이 있고, 염소자리에 가까운 전갈자리인 37-2님에게 맞는), 보보들이 사는 구역의 월세 아파트, 37-2에게 맞춤인 옷(37-2는 운동을 좋아하고 우아하며 편안한 복장을 선호하는 걸로 되어 있다), 뿐만 아니라 음경 확대술, 비아그라 정, 성인 용품(이 역시 37-2님에게 맞는)까지 마구잡이로 권하는 내용을 담고 있었다. 주목할 사항에는, 대체적으로 모든 조건이 양호한 〈37-2〉 유형의 남성은 월평균 여자 친구 1.7명과 관계를 하며, 따라서 이상적으로 한 달에 3.8개의 성인 용품을 소비한다고 명시되어 있었다. 또한 승용차, 컴퓨터, 세탁기, 심지어 애완동물까지 사라고 했다.

37-2 유형은 잭 러셀 테리어 품종의 개를 특히 좋아하는 것으로 조사되어 있었다. 잭 러셀은 평소 성격이 쾌활하면서도 〈보보〉들이 사는 아파트만 털러 다니는(즉, 고급 오디오나 평면 모니터 등을 훔치러 다니는) 강도로부터 지켜 준다고 했다.

어떤 냉동식품 판매 사이트는 날마다 독신자가 먹을 만한 분량의 냉동식품을, 이미 일급 주방장이 선택한 메뉴로 골라, 필요한 만큼 알맞게 공급하되 열량이 적고 색깔은 다양한 여러 음식으로 골고루 섞어 배달해 주겠다고 했다(37-2는 예컨대 음식의 색깔보다는 냄새를 중시하고 푸근한 가정 요리 쪽을 선호하는 52-3과는 대조적으로, 음식의 미적 측면에 민감한 것으로 조사되어 있었다).

어디에나 〈대만족 보장〉, 〈불만족 시 환불〉, 〈37-2 유형을 위한 특제품〉 같은 문구가 따라붙어, 이런 특별한 상품의 소비가 그를 충족시켜 줄 거라고 설득했다.

그는 이제 세상은 마지막 남은 자유의 보루인 개인 취향마저 사람들에게서 차츰차츰 박탈하고 있구나 생각했다. 정보 과학, 천재적 상혼, 표본 조사와 여론 조사 덕분에, 사람들은 이제 더 이상 자기 선택을 표명할 필요조차 없고 본인 대신 전문가들이 골라 주게 되어 버렸다.

그는 컴퓨터를 끄고 텅 빈 모니터 스크린을 바라보았다.

꺼진 컴퓨터 모니터를 가만히 들여다보는 것은 분명 그 어떤 여론 조사 기관도 상상하지 못한 행동이었다. 어떻든 그는 이 검은 창 속에서 일종의 자유로운 장소, 광고나 자극이 일절 배제된 장소를 보았다.

확 토할 것만 같았다. 바람을 좀 쐬어야 했다.

그는 집을 나서 거리를 달리기 시작했다.
주변의 커다란 광고 간판들이 그를 비웃는 것 같았다.
《《강렬한 기쁨》 향수. 당신의 진정한 개성을 표현해 드립니다.》
〈영화 「서스펜스 라인」. 확실한 공포를 보장합니다.〉
〈승용차 《서풍》. 행복을 드립니다.〉
심지어 이렇게 써 붙여 놓은 교회도 있었다.
〈믿음, 당신에게 부족한 것이 바로 그것입니다. 믿음을 가지면, 구원받을 것입니다.〉
그는 혼잣말을 했다.
「아니, 도대체 〈그들〉이 뭘 안다는 거야? 무슨 권리로 나보다 나를 더 잘 안다고 멋대로 주장하는 거지?」
그는 오랫동안 거리를 헤매 다니다 배가 고파서, 가장 가까운 식당에 들어가 저녁을 먹기로 했다.
「손님 혼자 오셨나요?」
종업원이 물었다.
「네, 그러면 안 되나요?」
「그런 건 아니고……」
종업원이 건성으로 대답했다.
종업원은 그에게 화장실 근처 구석에 있는 자리 하나를 가리켰다.

「창가 자리에 앉으면 안 되나요? 보아하니 예약석도 아닌 것 같은데.」

「아뇨, 거긴 두 사람 자리잖아요.」

종업원이 딱 잘라 말했다.

「그 자리는 손님이 두 분 오면 드려야죠. 자 보세요, 저 자리에 앉아 드셔도 아무 문제 없잖아요.」

마지막 말에 그는 발끈했지만, 순순히 따르기로 했다. 사람들이 화장실에 들고 나며 문을 열 때마다 라벤더 향 섞인 소독제의 싸한 냄새가 풍겨 왔다.

「포도주로는 우리 식당에서 추천하는 보졸레가 있습니다. 병이 아니라 피처로 파는데 맛이 좋아요.」

「아뇨, 이 식당 추천 포도주만 빼고 다른 걸로 주세요. 루아르 포도주, 부베 라뒤베가 좋아요. 설마 그 술이 없다고는 안 하시겠죠?」

종업원은 짜증을 내며, 먼지투성이의 포도주 병을 가져와 따라 주었다. 올리비에 로뱅은 순전히 고의적으로 꿀꺽꿀꺽 소리를 내면서 마시고는, 너무너무 맛 좋다는 티를 있는 대로 냈다.

「감사합니다.」

종업원은 어깨를 으쓱했다.

올리비에 로뱅은 자리에서 일어나더니, 식당 안의 손님 모두에게 한 잔씩 돌리겠다고 제안했다.

「알아요, 다른 손님들에게 술 돌리는 일은 원래 하면 안 된다는 걸. 하지만 손님들이 항상 똑같은 포도주만 마시니까, 내가 좀 더 희귀한 걸 맛보여 드리고 싶어서 그래요. 마셔 보면 아시겠지만, 이거 정말 훌륭한 포도주죠.」

제안을 받아들이는 손님들도 몇 있었지만 대부분은 거절했다. 맛을 본 사람들은 정말 좋다고 했다.

그는 바로 한 병 더 주문했다.

그의 오른쪽 식탁에 자리 잡은 중년의 남녀 한 쌍이 메뉴판을 보며 무얼 주문할지 몰라 곤혹스러워하고 있었다. 난처한 듯 남자의 이마에는 한 가닥 주름이 잡혔다.

「당신은 뭐 먹을래?」

마침내 그가 함께 온 여자에게 물었다.

「모르겠네. 당신은?」

여자가 대답했다.

「나도 아직 못 정했어.」

이들이 결정을 못해 갈팡질팡하는 순간, 이를 눈치챈 종업원이 그들에게 다가갔다.

「제가 도와 드릴까요?」

「그래요, 뭘 먹을지 도무지 모르겠네.」

조금 혼란스러워하며 남자가 대답했다.

「그러면 선생님께는 〈오늘의 요리〉를 추천해 드릴게요.」

「그게 뭔데요?」

「으깬감자와 다진 고기 어떠십니까? 아주 맛있습니다. 에멘탈치즈를 넣어 그라탱 식으로 만든 요리입니다.」

「좋아요. 그거 줘요.」

남자가 마음이 놓이는 듯 말했다.

「저도 그걸로 주세요.」

여자가 망설임 없이 말했다.

올리비에 로뱅은 다른 테이블의 사람들도 대부분 그 메뉴를 선택했던 걸 눈여겨보았다.

그는 자리에서 일어나 중년의 커플 쪽으로 갔다.

「두 분, 메뉴판 제대로 읽어 보셨나요? 생선도 있고, 양갈비, 코코뱅[11]도 있잖아요. 전부 당연히 다진 고기보다는 나은 요리들인데요. 더구나 다진 고기 요리는 다른 음식 하고 남은 찌꺼기 고기를 믹서에 돌려서 만들었을 테니 말이죠.」

「웬 간섭이오? 우리가 고른 건데, 당신이 상관할 바 아니잖아요.」

남자가 말했다.

「아뇨, 정확히 말하면 직접 고르신 게 아니라 종업원이 골라 준 거죠. 그러면 부인도, 배우자 선택 도와주는 웹사이트에서 찾으셨나요?」

「아니, 이런 망발을!」

올리비에 로뱅은 빈정댔다.

「누군가가 분명히…… 그런 좋은 선택을 알려 드렸을 것 같은데요. 어쩌면 부모님께서? 아니면 부인 지참금이 두둑하셨나요? 사람들은 이렇게 말했겠죠. 〈오케이, 처음엔 그 여자가 맘에 안 들지 몰라도, 살다 보면 차차…… 맘에 들 거야!〉」

「아니, 이보세요!」

여자가 발끈했다

「그럼 옷은요? 혀를 내민 원숭이 무늬 넥타이와 줄무늬 녹색 조끼, 그건 부인이 골라 주신 건가요? 직접 고르신 건 물론 아니겠죠!」

「아니, 이런 어이없는!」

11 포도주를 넣어 조린 닭 요리.

「제 생각에, 부인이 당신에게 옷을 이렇게 입힌 것은, 어떤 여자도 접근 못하게 하려는 목적이 있는 것 같은데요.」

「그만해요, 경고하는데…….」

「당신의 직업은요? 틀림없이 학교 때부터 상담 교사의 도움을 받았겠죠. 분명 보험 설계사 같은 직업 쪽으로 가신 것 같네요. 남이 권한 〈당신 마음에 들 직업〉으로 말이지요.」

남자는 벌떡 일어서더니 버럭 소리쳤다.

「이봐요! 이 사람이 우리를 지금…….」

「저는 당신께, 당신도 개인 취향을 가질 능력이 있다는 걸 상기시켜 드리고 싶을 뿐입니다.」

「손님, 부탁입니다. 다른 손님을 방해하지 마십시오.」

종업원이 양쪽 모두에게 친절한 태도를 유지하려고 애쓰면서 말했다.

올리비에 로뱅은 못 들은 척하고 그 남자 손님의 멱살을 잡았다.

「이보세요, 당신 마음속 깊은 곳에는 뭔가가 있어요. 직관, 무의식, 오직 당신만의, 어느 누구와도 닮지 않은 진정한 개성, 누구에게도 그 무엇에도 영향받지 않고 자기만의 선택을 표현할 수 있는 능력에 의해 존재하는 개성 말입니다! 당신은 눈먼 양떼 중 한 마리 양이 아니란 말입니다!」

부부는 화가 났지만 반격할 엄두는 못 내고 있었다. 반면에 다른 손님들은 좀 더 대담했다.

「저 사람, 자기가 뭔데 저러는 거야?」

「참 별 괴상한 사람 다 보겠네!」

「게다가 가르치려 들잖아. 각자 자기 원하는 대로 하는 거지. 자기가 가르쳐 줘야 우리가 뭘 원하는지 안다는 거야 뭐야!」

「그리고 우리가 〈선택을 포기하는〉 쪽을 택할 수도 있는 거지, 뭘 그래요!」

마침내 옆자리의 여자가 또박또박 말했다.

「그러게 말이야, 여보.」

드디어 이 말썽꾼에게 맞설 용기를 낸 남편이 거들었다.

「지금 그 말 참 잘하셨어요!」

옆에 앉은 다른 손님이 이 부부를 격려하려고 들며 말했다.

「아니, 정말 이해를 못하시는군요!」

올리비에 로뱅이 벌컥 화를 냈다.

「여러분은 지금, 자기를 특별한 존재로 만들어 주는 것을 포기할…… 권리를 주장하고 있는 겁니다. 자진해서…… 노예로 살 자유를 주장하고 있는 거라고요!」

종업원이 어조를 바꾸어 말했다.

「나가 주십시오, 손님. 이제 그만하세요. 우리 손님들을 괴롭히고 있잖아요!」

극작가가 꼼짝도 안 하자 종업원은 거칠게 그의 멱살을 움켜잡아 문 쪽으로 끌고 갔다.

「좋아요, 나가죠. 나가는 게 내 선택이니까!」

얼큰히 취기가 오른 로뱅은 두 번째로 주문한 부베 라뒤베 포도주 병을 들고 나가면서 좌중을 향해 경멸하는 투로 말했다.

「내게는 자유 의지가 있어요. 여러분도 모두 자신의 자유 의지를 되찾으란 말입니다. 똑같은 소리로 일제히 〈메-〉 소리밖에 낼 줄 모르는 양떼 같은 인간들!」

식당 밖으로 쫓겨 나온 그는 닫힌 문에 대고 말하기 시작했다.

「내 다시는 이 식당에 오나 봐라. 맘에 안 들어. 포도주도 그렇지만, 서비스가 영 아니야.」

올리비에 로뱅은 그다음 한 주 동안 아파트에서 한 발자국도 나가기 싫었다. 그는 텔레비전을 보고, 인터넷 서핑을 하며, 개인의 자유 의지가 위축되는 부분은 모조리 적어 두었다. 그에게 그건 마치 개인의 자유를 축소하는 공격과 무력한 저항 사이에 벌어지는, 눈에 보이지 않는 이상한 전투의 최전방과도 같았다.

어느 날 저녁, 그는 1990년 알제리 선거 ─ 이 나라에서 진정 최초로 행해진 자유선거 ─ 에 관한 자료를 보게 되었다. 선거 결과는 이러했다. 투표라는 것을 난생처음 해보는 사람이 대부분인 유권자들은 거의 다 GIA 당에 표를 던졌다. 그런데 GIA 당이 그 어떤 법보다 최우선으로 통과시키겠다고 약속한 법은…… 바로 투표권을 없애는 법이었다.

〈사람들이 떼 지어 몰려갔어, 때로는 먼 곳에서. 자기들 투표권을 박탈하겠다는 쪽에 찬성 표를 던지기 위해서 말이야!〉

이런 생각을 하니 황당하기 짝이 없었다.

그 뒤 그는 한 번 저지른 범죄를 여러 차례 거듭한 범인에 관한 자료를 보게 되었다. 그 범인은 카메라 앞에 서서 이렇게 설명했다.

「밖에 나오는 것보다 교도소 안에 있는 편이 차라리 나아요. 그곳엔 친구들이 다 있거든요. 누가 나를 판단하지도 않고요. 내 범죄 기록에 대해서 욕하지도 않고요. 편안하게 살 수 있는 곳이에요. 하루 종일 운동하거나, 아니면 작업장에서 일하지요. 돈은 아주 조금밖에 못 벌지만 먹고 잘 수 있고, 게다가 빨래까지 해주잖아요. 텔레비전도 있고, 어학과 컴퓨터 수업도 받게 해주고요. 밖에 나오면 일자리도 없죠, 언어 걸리는 숙소라곤 더럽고 누추하죠, 놀림받죠, 남들 시선이 두려워요. 그래서 어느새 다시 구걸을 하게 되는 거예요……」

올리비에 로뱅은 호되게 한 방 맞은 것처럼, 고개를 설레설레 저었다.

〈사람들은 자유로운 상태를 좋아하지 않아……. 자유는 고뇌인 거야. 사람들은 충분한 자유가 없다고 불평하거나 좋아하지. 하지만 막상 자유를 주면 어찌할 바를 몰라. 그래서 자유를 박탈하겠다고…… 깜짝 놀랄 만한 식으로 이런 제안을 받으면 그들은 동의하고, 마침내 자유의 중압감에서 놓여나 안심을 하지.〉

그는 혼자 생각했다.

그는 의자 깊숙이 눌러앉았다. 로마가 공화정이었을 때 황제가 되려는 카이사르에게 로마인들이 어떤 환호를 보냈던가, 그 기억이 났다. 프랑스 사람들이 어떻게 투표로 나폴레옹 3세를 제위에 앉혔는지도. 일본 여행 갔을 때 어느 일본인이 털어놓던 말도 생각났다. 〈유권자들이 민주적으로 뽑은 사람과, 태양의 자손인 천황의 아들, 둘 중 어느 쪽이 낫죠?〉

어느 날, 컴퓨터를 보다가 그는 짧은 이메일 한 통을 받았다.

〈당신이 이른바 37-2 그룹에 속한 사람이라는 것과 또 이

유형의 사람들이 보통 대통령 선거에서 중도 좌파 후보에게 투표한다는 것을 알고, 우리는 당신이 선택의 고민이나 행정 절차 등을 피할 수 있도록 배려해, 이 유형과 자동 연계되는 투표 절차를 밟았습니다. 그러니까 당신은 중도 좌파 후보에게 투표하신 것입니다. 그 후보가 당선되어 당신의 개인적 소신이 국가 최고위층에까지 반영되기를 희망합니다. 참가해 주신 시민 정신에 감사합니다.〉

〈세상이 드디어 공상 과학 소설에나 묘사되는 모든 전체주의보다 더 큰 일을 해냈구나, 이젠 사람들이 제발 자기의 자유를 좀 박탈해 달라고 요청할 지경에 이르렀구나〉 하고 올리비에 로뱅은 혼잣말을 했다. 게다가 이런 일이 은근슬쩍, 충돌도 없이, 아무도 곤란하게 만들지 않으면서 일어났다.

그는 이런 기이한 상황에 이르게 된 이유를 찾아보았다.

〈사람들은 자기의 자유를 활용하지 않아. 게을러서, 남달리 튀는 게 두려워서, 또 그런 교육을 받지 못해서. 그런데 쓰지 않는 근육이 그렇듯이, 《개인 취향》과 《선택의 자유》는 안 쓰다 보면 쇠퇴해 버려. 반면 누가 자기를 이끌어 주면 사람들은 곧바로 안심한단 말이지.〉

〈우리가 《선택을 포기하는》 쪽을 택할 수도 있는 거지, 뭘 그래요!〉

식당에서 그 여자도 이렇게 쏘아붙이지 않았던가. 그 순간만큼은 그녀가 진심으로, 개인적인 확신을 표명한 것이었다.

그는 폭소를 터뜨렸다. 자살 충동이 일었다. 그러나 자살을 위한 가장 적절한 기술의 선택에 가서 막혔다. 투신? 익사? 목매달기? 음독? 면도칼? 감전? 이 역시 선택의 문제였다. 대신 결정해 줄 사람을 어디서 찾는단 말인가?

올리비에 로뱅은 주사위를 던져서 결정하기로 했다. 앞서 생각한 방법마다 주사위의 1에서 6까지 숫자를 하나씩 대응시켰다. 주사위를 던졌고, 주사위는 장 밑으로 굴러 들어갔다. 그는 장 밑에 손을 넣어 주사위를 집으려 했다.

바로 그때 전화벨이 울렸다. 기 카르보나라의 부하 직원이었다. 픽션 팀장이 〈아주 좋은 소식이 있어서〉 그를 급히 만나고 싶어 한다는 것이었다. 그는 좀 망설이다가 가겠다고 했다. 그는 주섬주섬 옷을 챙겨 입고 길을 나섰다.

픽션 팀장은 늘 그러하듯, 도시가 환히 내려다보이는 커다란 유리창 앞에 서 있었다.

「우리에게 딜레마가 있습니다. 최근 연구소에서 행한 여론 조사로 작업을 하는데, 여론 조사 결과를 보면 당신 말이 맞는 것 같아요. 시청자들은 과학에 흥미가 있는 것 같습니다. 아마 컴퓨터, 휴대 전화, 인터넷이 사람들의 일상이 되었기 때문이겠죠. 그리고 〈수사에 나서는 한 쌍의 여자와 남자〉라는 콘셉트도 사람들 마음에 드는 것 같고 말이죠.」

올리비에 로뱅은 아무 대답 없이 붉은 의자에 몸을 깊숙이 파묻었다. 여비서가 설탕 넣은 커피 한 잔을 들고 와 내밀었지만 그는 거들떠보지도 않았다.

기 카르보나라가 말을 이었다.

「지난번에 이야기한 뒤로 여러 가지 생각이 남더군요. 난 일리치의 법칙을 떠올렸죠. 〈잘 통하는 어떤 형식도 자꾸 쓰고 또 쓰다 보면, 더 이상 통하지 않게 된다. 그리고 잘 들어맞다가 더 이상 들어맞지 않는 법칙을 계속 적용하다 보면,

생산적인 것과는 반대 방향으로 가게 된다.〉」

기 카르보나라는 돌아서서 올리비에 로뱅의 반응을 살폈다. 올리비에의 행색에는 사회적 지위가 하락하기 시작하는 징조들이 드러나 보였다. 군데군데 얼룩진 옷에다, 면도 안 한 턱수염, 까치집 같은 머리, 게다가 가쁜 숨.

「지난번 이야기를 나누고 나서 그 문제에 계속 관심이 가더라고요. 당신이 말한 대로 했지요. 여론 조사 문항에 이 질문을 추가한 겁니다. 〈뭔가 새로운 것을 보고 싶으신가요?〉 그랬더니 답은 놀랍게도, 그렇다는 것이었어요. 절대다수가 그렇다고 답했어요. 이걸 광고주들에게 어떻게 전해야 할지는 아직 모르겠지만, 당신이 뭔가 〈새로운〉 것을 우리에게 제안할 기회는 줘야겠다는 생각이 들었죠. 당신이 틀린 거라 해도, 난 여론 조사 핑계를 대면 되니까.」

기 카르보나라는 그에게 여송연 한 대를 내밀었다. 그가 망설이면서 받지 않자, 여송연 끝을 단검 모양의 여송연 절단기로 잘라, 불을 붙여 그에게 건네주었다.

「〈코이바 데 쿠바〉예요. 순수 아바나산 여송연이죠.」

「전 담배 안 피웁니다.」

「여송연은 일반 담배하곤 달라요. 내 생각에 이건 분명히…….」

「……분명히 내 마음에 들 거란 말이죠?」

기 카르보나라는 결국 여송연을 입에 물더니 기분 좋게 연기를 들이마셨다.

「당신이 한 얘기를 곰곰이 생각해 봤습니다. 내가 진한 치즈 냄새를 처음 맡았던 때가 생각나더군요. 로크포르[12]였죠.

12 양젖으로 만든, 맛과 냄새가 진한 치즈.

냄새가 참 고약했어요. 꼭 토한 음식 냄새 같더군요. 그러다 드디어 그 치즈를 직접 맛보게 됐고 좋아하게 됐단 말입니다. 지금은 더없이 좋아하죠. 미각이란 단련되는 것이더군요. 포도주도 마찬가지죠. 세 살 때 포도주를 누가 내 손가락 끝에 묻혀 놨는데, 핥아 보니 시고 떫었어요. 그런데 나중엔 생각이 바뀌었죠. 스키요? 몇 시간 동안 줄서서 기다려 리프트 타고 올라가 봤자 기껏 추운 데서 다리 부러질 위험이나 감수해야 하는 운동? 그런데 사람들이 다들 바보라서 그런 운동을 하는 걸까요? 처음엔 거부감이 들어도 그걸 뛰어넘어야지요. 그러면 그때부터는 열정을 쏟아 좋아하는 대상이 되잖습니까. 하드 록 음악도 마찬가지예요. 내게 하드 록은 소음일 뿐이었답니다. 그런데 지금은 매일 아침 잠 깨면 〈아이언 메이든〉 음반을 올려놓는다니까요.」

그는 큰 동그라미를 그리며 매운 연기를 내뿜었다.

「새로운 건 뭐든지 사람을 놀라게 하고 성가시게 하죠. 그러다 한고비를 넘으면 더욱더 집착하게 되는 거죠. 새로운 것에는 뭐든지 버릇 들이는 첫 단계가 있어서, 그 기간 중에는 대중이 그걸 다시 찾게 만들 만한 근거가 전혀 없지요. 그렇지만 그 단계를 넘어서면 기쁨이 배가됩니다. 머릿속에 창을 열어 놓으면, 새로운 지평이 나타나는 거지요.」

올리비에 로뱅은 간신히 참아 가며 듣고 있었다.

「당신은 치즈, 스키, 포도주, 하드 록, 이런 것과 같아요. 솔직히 말해서, 당신과 처음 만나 이야기 나눈 느낌은 아주 부정적이었답니다. 툭 터놓고 말하자면, 내 눈에 비친 당신은 비현실적이고 완전히 세상 모르는 몽상가였어요. 현대의 경제적 세계에선 아무 쓸모없는 정신 나간 사람이었다고요.」

「저 바로 그런 사람 맞는데요.」

「내가 당신을 너무 성급하게 판단했던 거죠. 내 생각이 틀렸어요. 생각을 바꾸지 않는 건 바보들뿐이죠. 죽 걸어오다 보니, 당신이 말한 방향으로 가게 되더군요. 어쩌면 대중의 취향을 뭔가 새로운 것으로 만들어 낼 수 있을 겁니다. 어쩌면 사람들은 노력할 준비가 되어 있는지도 몰라요. 놀랄 준비가 되어 있는지도 모르고요. 요컨대, 앞으로는 당신의 계획이 사람들 마음에 들 수도 있다는 생각이 들어서 이렇게 다시 연락을 드린 겁니다.」

그는 여송연을 몇 번 더 빨아들이더니 상대의 눈을 뚫어지게 바라보았다.

「그러니 사람들 마음에 들 그 새로운 연속극을 써주시겠습니까?」

「아뇨.」

「왜죠?」

「더 이상…… 누구 마음에 들고 싶다는 생각이 없네요. 그리고 당신, 당신이 내 마음에 들지 않아요. 만약 내가 제작자를 골라야 한다면 당신을 택하진 않을 거요.」

「그런 심한 말씀 마세요. 난 지금 당신한테 친구 대하듯이 말하는 겁니다.」

「내가 영화나 연속극을 만든다면, 그건 남들에게 자유 의지를 사용하라고 가르쳐 주고 싶어 하는 어떤 사람의 이야기가 될 겁니다.」

극작가는 손가락으로 픽션 팀장의 가슴팍을 가리켰다.

「내가 정말 원하는 게 뭔지 알아요? 내 자유 의지가 지금, 여기에서 제일 하고 싶어 하는 것?」

「음...... 모르겠는데요.」

「당신을 죽이는 일.」

제작자는 헛기침을 시작했다.

「나를 죽인다?」

올리비에 로뱅은 입을 한 번 비죽했고, 기 카르보나라는 상대방이 완전히 정신 나간 사람이라고 생각하게 되었다.

「당신이 보여 주는 모든 일들이 날 거북하게 해. 내가 당신을 죽이고 싶은 이유는 밤마다 보는 쓰레기 같은 연속극 때문만도 아니고, 치졸한 원격 조정의 현실 때문만도 아니고, 재미없는 책들을 정기 구독하기 때문만도 아니고, 컴퓨터 시스템이 미리 알아서 내 투표 성향을 추측하였기에 선출된 지난번 대통령 때문만도 아니고, 단지 예측을 통한 여론 조사의 그 어디에도 유례가 없는, 비논리적이고 뜻밖인 어떤 일을 벌이기 위해서라고. 그저 남을 놀라게 하는 즐거움. 우선 당신을 놀라게 하고. 그다음에는 다른 사람들을. 요컨대 그게 내 직업이오. 놀라게 하는 것!」

그는 단검 모양의 여송연 절단기를 집어서 그 끝을 상대방 쪽으로 돌렸다.

기 카르보나라는 떨리는 몸을 좀체 억제할 수 없었다. 로뱅은 무기의 뾰족한 부분을 이 기술 관료의 목에 갖다 댔다.

「아직 알아야 할 게 남았어요. 과연 이 짓이 내 맘에 들까......? 내 머릿속에선 반반인데...... 선택이 너무 어려워요. 동전을 던져 결정해야겠어요. 우연에 맡겨 봅시다.」

그리고 그는 왼손으로 동전 하나를 꺼내 공중에 던졌다.

1년 뒤, 〈당신 마음에 들 겁니다〉라는 제목의 연속극 첫 회가 방영되었다. 방영 즉시 성공이었다. 시청률은 기록을 깼다.

극의 주제는 개인으로부터 선택의 자유를 박탈하려는 어떤 회사에 맞서 싸우는 남자 이야기.

주인공은 낮에는 텔레비전 드라마 극본을 쓰고, 밤이 되면 남들 대신 행동해 준다고 주장하는 사람들, 즉 그가 〈자유 축소자들〉이라고 이름 붙인 자들을 패러 간다.

그 적들의 명단은 끝없이 길어서, 이 드라마는 여러 회 이어질 수 있었다.

텔레비전 뉴스에 출연해 앵커의 질문을 받자, 올리비에 로뱅은 이렇게 설명했다.

「제가 이 연속극의 구상 자체에 사용한 전략이 하나 있습니다. 여태까지 실행되어 온 것과 정반대로 하자는 것입니다. 제 친한 친구 기 카르보나라가 전해 준 여론 조사를 보니, 사람들이 텔레비전 드라마에서 무엇을 기대하는지 전부 열거되어 있더군요. 저는 사람들이 여론 조사에서 선택한 것과 정반대로만 했지요. 이를테면 사람들이 원하는 주인공은 경찰관이었는데 저는 극작가를 주인공으로 삼았습니다. 사람들이 원하는 건 사회적 주제였는데, 저는 철학적 이슈를 선택했습니다. 또 사람들이 사악한 마약 밀매범이나 포주들이 나오는 범죄 수사극을 원했다면 제 주인공은 틀에 박힌 세상과 그 구태의연함에 맞서서 싸웁니다.」

올리비에 로뱅은 카메라 쪽으로 몸을 돌리며 말을 맺었다.

「여러분이 직접 생각해야만 하는 것을 누가 여러분에게 말해 줄 거라 기대하지 마십시오. 어떤 외부적 영향도 받지 말고 혼자 깊이 생각하십시오. 설령 여러분 생각이 틀렸다

하더라도 괜찮습니다. 저지르는 오류조차 여러분을 규정힙니다. 적어도 그 오류가 여러분 대신 생각하려는 사람들 것이 아니라, 여러분만의 것이길 바랍니다! 여러분의 자유를 활용하십시오. 그러지 않으면 자유를 잃게 될 것입니다.」

이 인터뷰는 굉장한 파급력이 있었다. 그가 쓴 연속극은 시청률 신기록을 세웠다. 〈로뱅〉 효과는 오래갔다. 로뱅은 〈현대적〉 극본의 새로운 전범(典範)이 되었으며, 극작가들이 기 카르보나라에게 찾아와 자기소개를 할 때마다 기는 어김없이 이렇게 말했다.

「〈당신 마음에 들 겁니다〉 같은 극본을 갖고 오신 게 아니라면, 우린 지금 시간 낭비를 하고 있는 겁니다. 우리가 최근에 실시한 여론 조사가 이를 명백히 해주고 있습니다. 이 극본이야말로 이제부터 진정으로 일반 대중의 마음에 드는 것이랍니다.」

상표 전쟁
있을 법한 미래

이 세상 뒤에, 다른 세상이.

그 다른 세상 뒤에, 또 다른 세상이.

사회 뒤에, 정치가.

정치 뒤에, 경제가.

그러나 서서히, 마치 지각의 판처럼, 밑에 있던 지층이 솟아올라 위에 있던 지층을 아래로 잠기게 만들기도 한다.

이렇듯, 21세기 초부터 잘만 보았더라면 대기업들의 권력 상승 현상의 전조를 간파할 수도 있었을 터이다. 〈코카콜라 총매출액, 스페인 국민 총생산보다 높아〉라는 국제 금융 전문 일간지 기사 제목처럼 말이다. 또 이런 제목. 〈마이크로소프트 총매출액, 아프리카 모든 국가 총생산액과 맞먹어.〉

그러니까 논리적으로 보아도, 기업들이 차츰 국가보다 더 막강한 경제력을 쥐게 된 것이다.

이렇게 된 이유 중에, 특히 지도자 선출이라는 요인을 주목할 수 있었다.

정치가들이란 유권자 마음에 들어 재선되고 싶은 마음이 굴뚝같은 사람들이다. 그런데 유권자의 입맛이란 복잡하고 변덕스러워, 외모나 사생활 같은 비합리적인 요소에 좌우된다. 염문 한번 돌면, 일 잘하고 유능한 대통령의 평판도 땅에 떨어질 수 있다. 반면 민간 기업 총수들이 무엇보다 중요하게 생각하는 목표는 오직 하나, 이윤을 늘리는 것밖에 없다.

기술자와 경영자들이 사팔뜨기이건, 지체 장애인이건, 싸구려 세일 옷만 입고 다니건, 이 남자 저 여자와 같이 자건, 기업이 이윤만 낸다면 그런 것은 아무도 상관하지 않는다. 돈만 있으면 최고 명문 대학교 출신의 가장 우수한 학생들도 금값에 사올 수 있었다. 대기업은 가장 똑똑한, 그리고 무엇보다도 가장 동기 부여가 잘된(정치인들은 고정 급여를 받지만, 이런 사원들은 종종 성과급을 받는다) 간부 사원을 갖추었으니, 인적 자원의 혜택을 더없이 누리는 셈이었다.

기업이 이러는 동안, 정부는 여기서는 이 말 하고 저기서는 저 말 하게 되어 있는 역설적인 정책들에 발목 잡힌 채, 유권자와 언론을 사탕발림으로 달래며, 숱한 전임 정부가 만들어 놓은 적자를 메우느라 부심했다.

기업과 정부는 하는 말도 달랐다.

텔레비전 화면에는 회색 넥타이를 맨 정치인들이 참으로 목가적인 계획들을 발표하는 모습이 나왔다. 현재의 반정부 진영, 즉 국회, 노조, 공무원 집단, 그리고 국제 정세로 미루어 보건대 발표는 되어도 실현 불가능하다는 걸 누구나 알고 있는 그런 계획들이었다. 대중을 설득하고 이끌어 가기 위해 그들은 〈당근과 채찍〉 같은 더없이 원시적인 체계에 의존할 수밖에 없었다. 그들은 감세를 약속하고서도, 반대에 따른 대혼란이 올 위험이 있다는 둥 하면서 사람들의 두려움을 교묘히 갖고 놀았다. 그들이 쓰는 말에서는 가식과 혼란의 냄새가 풀풀 났다.

반면 기업의 상표는 효율적인 의사소통 능력을 지니고 있었다. 상표들이 알리고자 하는 것은 명확했다.

〈A라는 상품을 소비하면 당신은 행복할 것입니다.〉

상표는 심지어 이런 사실을 증명해 보일 필요도 없었다.

상표는 다지 선택 잘한 여성이 수영복 차림으로 반짝이는 차체를, 비디오 정리장을, 초콜릿 한 조각을 어루만지는 모습을 보여 줄 뿐이었다. 여성이 제법 야한 눈길로 광고 상품을 혀로 핥을 수도 있었다. 성적인 암시를 이 정도까지 깊게 할 수 있는 정치인은 아무도 없었다.

상품은 성적 판타지를 만들어 낼 수 있었다. 하지만 정치인 한 사람은 기껏해야 사람을 안심시키기나 할 뿐이었다.

전문가들이 그토록 많다고 해도, 정장에 넥타이까지 매고 민주주의가 어쩌니 저쩌니 떠들어 대는 사람 중 어느 누구도 빛나는 미래가 올 거라는 확신을 주지 못했다. 그렇지만 단순한 탄산음료 상표 하나는, 강에서 춤추고 물장난 치는 젊은이들을 광고 영상으로 보여 주면서 어렵잖게 그런 확신을 주었다.

어떤 상표의 제품을 구입한다는 건 자기 자신을 규정하는 일이었다. 또 그건 역으로 보면, 자기가 무엇이 아닌지를 나타내 보이는 일이기도 했다.

우리는 코카콜라 아니면 펩시콜라다.

우리는 나이키 아니면 아디다스다.

우리는 마이크로소프트 아니면 애플이다.

우리는 맥도날드 아니면 버거킹이다.

우리는 르노 아니면 푸조다.

우리는 혼다 아니면 도요타다.

우리는 BMW 아니면 메르세데스다.

우리는 야후 아니면 구글이다.

우리는 디오르 아니면 샤넬이다.

우리는 SK 아니면 KT다······.

그리고 이렇게 어느 상표에 대해 갖는 호감이나 반감으로써, 눈에 보이지 않는 부족이 형성된다.

로고는 국기보다 예뻤다.

광고 노래는 공식 국가보다 멋지고 짧았다.

소비자들은 스포츠나 컴퓨터, 유명 의류 디자이너 이름 등의 상표가 커다랗게 박힌 티셔츠를 보란 듯이 자랑스레 입고 다녔다. 만약 어떤 정치가의 초상화가 그려진 티셔츠였다면 절대 입지 않았을 터였다. 유명 상표가 안 붙은 옷이나 신발, 가방 등을 감히 입고 신고 들고 다니는 사람은 별로 없었다.

데카르트의 말을 빌리자면, 이렇게 말할 수 있었다.

〈나는 어떤 상표를 소비한다. 그러므로 나는 그 상표의 정신 속에 존재한다.〉

소비는 인간을 재는 다른 어떤 지표보다도 개인의 취향, 심리, 문화 혹은 구매력을 잘 규정해 주었다. 이성 간 만남을 찾는 개인 광고 문구를 보면 이를 확인할 수 있었다. 그런 광고를 올리는 사람들은 대부분 자기의 신체 조건을 자세히 묘사하기보다는 오히려 자기가 고르는 옷이나 자동차, 향수의 상표를 서슴지 않고 밝혔다.

코카콜라 팬클럽은 이런 식으로, 그들이 애지중지하는 코카콜라 상표에서 파생된 모든 디자인 물품을 전시하는 박물관을 만들었다. 펩시콜라 옹호자들은 새로운 요리법을 엮은 요리 책을 만들면서 거기에 자기들이 선호하는 펩시를 음식과 잘 어울리는 음료라며 함께 실었다.

마찬가지로, 애플과 필립스의 팬들은 최신 제품에 대해

마치 예술 작품 품평하듯이 평가하려고 모였다.

그러니까 어떤 제품을 구매한다는 것은 매일 자신의 선택을 확인하는 표를 던지는 행위였다(그것도 공짜가 아니라 자기 돈을 써가면서). 한 나라의 시민으로서 돈 한 푼 안 드는 행위인 선거 같은 건 가볍게 제치면서 말이다.

여론 조사에 따르면, 일반 대중의 눈에 비친 현대의 영웅은 대기업의 창업자들이었다. 대중은 이들을 자본주의의 정글에 위험을 무릅쓰고 언제든 뛰어들 태세를 갖춘 모험가라고 여겼다. 기업가의 꽁무니도 못 따라가는 정치인들에 대해서는 유약한 특권층, 고리타분한 행정 학교를 졸업한 있는 집 자식들, 특히 자기 지위 유지에 급급한 자들이라고 보았다.

시간이 가면서 이러한 생각은 여러 차원에서 감지되었다. 경제 위기와 부도 사태를 겪으면서 정부는 알게 모르게 민간 기업 쪽에 빚을 졌다. 정경 유착은 스포츠 이벤트, 축제나 군대 행진 같은 행사 후원에서부터 기념관 건축, 미술관 건축에 대한 후원, 선거 유세에 대한 직접적 금전 후원으로까지 이어졌다.

대기업은 정당에 자금 지원을 해준 다음에…… 정치인들에게 자금을 대주었다.

정치인들은 일단 선출되고 나면, 그간 받은 것이 있으니 기업에 상당한 이득을 주었다.

부패는 차츰 정부 기관들 전체에, 심지어 가장 도덕적인 기관과 가장 감시 체계가 잘되어 있는 기관에도 만연하게 되었다. 그도 그럴 것이, 공무원들부터가 대기업을 믿으면 믿었지 국가는 신뢰하지 않았으니까.

예컨대 문화판에 도는 이야기 중에 이런 농담이 있었다.

〈정부의 보조를 받는 국립 극장과 사설 극장의 차이가 무엇일까? 사설 극장에선 관객이 배우들의 이름을 아는데, 국립 극장에선 배우들이 관객의 이름을 안다는 것.〉

세상이 온통 변하고 있었다. 늘상 적자인 재정을 메우기 위해 정부는 국가적 문화유산들을 민영화하고, 전화, 철도, 해양, 항공 등의 사업과 기념물, 박물관, 그리고 탄광, 수력 발전 댐, 원자력 발전소, 가스 공사, 석유 공사 등 천연 에너지 자원을 관리하는 공단(公團)들을 헐값에 팔아 버렸다. 이런 거래에서 중개자 노릇을 한 공무원들은 그 대가로 주식을 받았고, 그 주가는 공단이 민영화되자마자 치솟았다.

국가는 중차대하면서도 발전시키기 힘든 서비스 부문의 경영에 쩔쩔매는 반면, 대기업은 시공간적으로 시장이 요동쳐도 언제든 잘 맞아 들어가는 교묘한 전략을 세워 여러 부문을 가볍게 경영했다.

대기업들은 주로 〈조세 천국〉 지역 — 스위스, 케이맨 제도, 카리브해 등 — 에 본사를 두었다. 그리고 신제품 개발 센터 및 전략 센터 같은 것은 실행력 있는 대학교가 많은 나라, 그러니까 주로 유럽에 두었다. 생산 공장은 독재형 통치하에 있고 인건비가 싸고 파업이 금지된 인구 과밀 국가, 즉 주로 아시아에 세웠다. 천연 원료 채취 장소는 공해 방지법이 가장 느슨한 곳, 아프리카와 동유럽에 두었다. 유통 및 광고와 판매를 하는 장소는 소비자들의 구매력이 가장 높은 곳, 미국과 유럽에 두었다.

그래서 민간 대기업들은 불편한 점들을 신경 써서 관리하지 않아도, 어디서나 가장 좋은 것만을 거둬들였다.

하지만 기업 입장에서 취하는 것이 있으면 베푸는 것도 있었다.

국가가 거의 보장 못 하는 혜택을 대기업은 산하 직원들에게 줄 수 있었다. 예를 들면, 대기업의 직원들은 주택이며 휴가를 할인가에 누릴 수 있었고, 어린이집, 확충된 건강 보험, 자녀 교육비 지원, 대학 등록금 보조, 그리고 나라에 따라선 결혼 지참금, 특히 퇴직 후 편의 보장 같은 것들까지 가능했다.

어떤 기업은 누구보다 유능한 간부들을 끌어오기 위해서 회사 재단의 사립 고등학교나 대학교를 설립해 특수 교육을 하여, 아주 어린 나이부터 학생들을 최적의 방식으로, 장차 써먹을 재목으로 키웠다.

또 어떤 기업들은 독자적인 의료 기관을 갖고 있었다. 그 의료 기관에서는 높은 보수를 받는 인력이 제대로 능력을 발휘하고 있는 반면, 국립 병원은 늘 넘치는 의료 수요, 부족한 자금, 낙후된 시설 속에서 허덕이고 있었다.

그렇지만 〈기업〉이라는 경제 주체의 무한 성장에 제동을 거는 존재가 있었으니, 그것은 바로 경쟁사들이었다.

그래서 공룡들의 전쟁이 일어나게 되었다. 우선은 가장 덩치 큰 공룡들이 작은 공룡들을 먹어 치우고, 이어 다소 적대적인 증권 공개 매입을 통해 중간 크기의 공룡들을 먹어 치웠다.

공룡 회사들은 살찌고 영향력이 늘어나기 시작하여, 비슷한 공룡 기업을 덮치게 되었다. 서로를 흡수하려는 헛된 시도 끝에, 두 괴물은 경계선에서 상호 합의를 보았다.

〈저기는 네 땅, 여기는 내 땅. 다음번 실력 행사가 있을 때까지는 이 상태로 더 이상 움직이지 말자.〉

이리하여, 지정학적 세계에서는 이른바 〈국가들의 대역사〉를 만들어 낸 여러 해의 전쟁과 학살을 통해 영토라는 것이 정해졌지만, 다국적 기업들은 시장 쟁취를 위해, 혹은 원자재 확보를 위해 물밑 전투를 벌였다.

몇몇 민간 기업들은 심지어 정부를 등 떠밀어 지하자원 획득을 위한 전쟁으로 내몰기까지 했다. 정규 군대가 실패한 이 일에, 기업들은 현지의 제복을 착용한 사설 군단의 힘을 빌렸다.

그래서 증권 공개 매입을 통해 서로 대결한 뒤에는 석유, 물, 카카오, 커피, 설탕, 담배 등의 장악과 지배를 위해 기업끼리 진짜 전쟁을 하게 되었다. 밖에서 보면 아무것도 짐작되지 않았다. A라는 기업이 한 나라의 X라는 부패 정치인을 이용해, B라는 경쟁 기업의 돈을 받은 이웃 나라의 Y라는 부패 정치인과 싸우게 했다.

대개의 일반인들은 이것이 나라와 나라 사이의 전쟁인 줄 알았지만, 사실은 이윤 증대를 위한 회사 간의 싸움이었다.

2005년 1월, 국제 금융 분석가들에 따르면 가장 강력한 기업 순위는 다음과 같았다.

1. 코카콜라
2. 마이크로소프트
3. IBM
4. 제너럴 일렉트릭
5. 인텔
6. 노키아
7. 디즈니
8. 맥도날드

9. 도요타

10. 빌보드

그다음으로 펩시, 삼성, 소니, 에소, 토탈, 로레알 등이었다.

2018년, 코카콜라와 펩시콜라는 직접 실질적인 전쟁을 벌였는데, 그 전쟁의 관건은 이 양대 콜라의 원료로 들어가 특유의 맛을 내는 보조 재료인 콜라 열매를 재배하는 대농장을 차지하는 것이었다.

두 회사는 처음으로 용병을 썼고, 용병에게 군복을 입히고 깃발을 들려 내보냈는데, 군복과 깃발에는 예전처럼 해당 나라의 상징이 아니라 양대 콜라의 상표가 찍혀 있었다.

훗날 〈콜라 전쟁〉이라 명명된 이 전쟁은, 카카오나뭇과에 속하는 콜라나무의 향내 나는 딱딱한 열매가 가장 많이 생산되는 세네갈에서 벌어졌다. 눈에 띄지 않게 터진 이 소규모 분쟁에서 1백 명 남짓한 사망자가 나왔는데, 대부분은 콜라나무 농장에서 싸울 목적으로 세네갈에 온 외국인 용병들이었다.

이 첫 분쟁이 터진 뒤 코카콜라와 펩시콜라는 일종의 평화 조약을 맺었고, 자기 회사만의 사가(社歌)를 지어 전 세계의 자사 임직원들이 출근하면 반드시 이 노래부터 부르게 하여 기업 내에 소(小)국가주의를 펴나갔다. 콜라 제조 비법은 〈기업 문화유산〉으로 공식 선포되었다.

이 최초의 군사적 충돌에 이어, 포드와 도요타 간에 남아프리카 크롬 광산을 차지하려는 전쟁이 일어났다. 또 다른 전쟁들이 뒤를 이어 터졌다. 이제 국가란 중요하지 않았고, 소니와 마쓰시타, 마이크로소프트와 애플, 맥도날드와 버거

킹, 이렇게 동종 기업들끼리 맞서서 죽기 살기로 싸움을 벌였다.

듣기 좋게 불러서 〈마케팅 디렉터〉라고 하는 직책의 사람들은 대표적인 군 사관 학교 출신 중에서 뽑았다.

〈상품 총책임자〉라는 명칭으로 불리는 사람들은 국가 원수를 지낸 인물인 경우가 많았고, 때로는 이미 효율적인 국가 경영 솜씨를 입증해 보인 진짜 독재자들인 경우도 있었다.

〈인적 자원 책임자〉라고 불리는 사람들은 신부(神父)들이거나, 경제 부문으로 방향을 돌린 사이비 종교 교주들이었다.

옛날 일본 회사들의 〈가족주의〉를 그대로 본받아, 사장들은 직원들에게 같은 기업 내에서 배우자를 찾으라고 했다. 이유는 기업의 비밀 유출을 방지하기 위함이었다.

〈사내 결혼〉을 장려하기 위해 기업의 결혼 담당 부서가 식후의 축하연과 해외 신혼여행 계획까지 짜주었다.

회사들은 자기 회사만의 텔레비전 유선 방송을 만들어, 뉴스도 〈자기들만의〉 편집으로 내보냈다.

디즈니는 유명한 놀이 공원들을 건설한 뒤 여러 파생 프로젝트, 특히 플로리다 해변에 은퇴 마을을 만드는 일에 착수했는데 이 마을의 규모나 편의 시설은 활동이 부자유스러운 노인들에게 아주 잘 맞았다.

이상적으로 조용하고 안전시설이 갖춰진 이런 마을들이 큰 성공을 거두자, 디즈니는 모든 연령층의 시민들을 위해 이른바 〈즉시 이용할 수 있는 도시〉라는 이름의, 주민 8천 명의 도시 건설에 착수했다.

아직 아무도 살지 않는 벌판에 건설된 이 도시는 호수와 공원을 중심으로 개발되었다. 도시 계획 전문가들은 원형 광장과 넓게 쭉쭉 뻗은 길을 설계했다. 집들은 모두 비슷비슷해서 이웃 간에 서로 시기할 일이 없었다. 게다가 통신과 위락 시설에도 최첨단 기술이 도입되었다.

사회문화적 수준이 같아 잘 뭉쳐진 주민들은 편안함을 느꼈다. 주민들끼리의 관계도 수월하게 맺어졌다.

오염과 교통 체증을 피하도록 자전거를 타고 다닐 수 있게 비율과 거리를 잡아 도시 계획을 했다.

디즈니사의 〈시민성 전문가〉들은 개인들의 전과 기록, 먼저 살던 거주지 이웃들이 작성한 〈도덕적으로 하자 없다는 증명서〉 등을 포함한 서류를 기초로 주민들을 선택했다. 뿐만 아니라 회사는 이 집단에 시장, 동장, 경찰 팀, 청소 팀까지 마련해 주었는데, 이들은 모두 회사 재단의 특수 학교에서 교육받은 인력이었다. 수영장, 병원, 스포츠 센터, 학교, 법원, 모든 것이 서로 원활히 연결되도록 만들어졌다. 울타리와 경비탑으로 둘러싸여 경비원이 밤낮으로 지키는 이런 도시들은 부랑자나 강도의 공격으로부터 철저히 보호되었다.

안전이 심히 위협받던 이 시대에 이 인간 공학적 도시들은 대성공을 거두었다.

이처럼 부동산의 성공에서 한발 더 나아가, 디즈니 그룹은 〈디즈니 시티〉라는 이름의 수도 건설에까지 나섰다. 사막 한가운데, 라스베이거스에서 약 50킬로미터 거리에 건설된 디즈니 시티는 주민 1인당 영화관, 놀이 공원, 카지노, 식당 수가 가장 많은 도시였다. 몇 달 만에 세계의 오락 수도라 할

이 도시의 상주 인구는 0에서 130만 명으로 늘어났고, 거기에 연간 8백만이 넘는 방문객이 드나들었다.

이 아이디어에 경쟁사들도 자극받아, 마이크로소프트는 실리콘 밸리에 자기들의 수도 〈마이크로소프트 시티〉를 세웠다. 온 도시가 정보화되어 있었다. 최첨단 로봇이 나타나 힘든 일은 모두 직원을 대신해서 훨씬 잘 해냈다. 마이크로소프트 시티에서는 식당에서 음식 나르는 종업원도 로봇이었다.

곧 대기업들은 모두 자기만의 수도를 갖기를 원했다.

대기업들은 자기들만의 사설 공항을 소유했고, 국가의 공인을 받은 자기들만의 여권을 발급했다. 결국 기업의 자사주의가 더욱 거세어졌고, 공기업에 종사하던 엘리트들이 민간 기업 부문으로 대거 쏠렸다.

그저 한 나라의 시민이라는 것은 별 볼일 없는 지위로 여겨졌고, 사회적 우대도 별로 받지 못할 뿐만 아니라, 퇴직 후에도 최저 수준으로 살아가며, 자녀 교육의 질도 형편없다는 뜻이었다.

게다가 이제는 프랑스인, 미국인, 영국인, 스페인인, 이런 식으로 사람을 규정하는 것이 아니라 프랑스 르노인, 미국 애플인, 일본 소니인, 이렇게 불렸고, 얼마 안 가서 아예 마이크로소프트인, 디즈니인, 도요타인, 토탈인과 같은 신조어들이 생겨났다.

2025년쯤, 몇몇 지도에는 국경 대신 각 사회의 경제적 〈영향권〉들이 나타났다. 공식화되지 않은 이런 지도들이 종전의 지도보다 더 잘 팔렸다. 2026년에는 최초의 대규모 사설 군대가 나타났다.

한국에 있는 삼성 시티라는 항구 도시는 잠수함들로 이뤄진 최초의 사설 함대를 갖추고 있어, 때때로 경쟁사인 미국의 델, 게이트웨이, 선, 한창 세를 확장해 가는 중국의 레노버 등에 소속된 금속 보급함들과 분쟁이 빚어지곤 했다.

버거킹사의 전투기가 맥도날드 시티에 최초로 폭격을 가했을 때 아무도 놀라지 않았고, 이 두 유명 회사 소속 제트기들 사이에 쫓고 쫓기는 치열한 전투를 하늘에서 드물지 않게 볼 수 있었다.

스위스의 큰 은행들은 대출로써 이런 분쟁의 심판 노릇을 했다.

새로 생긴 UN(국제 연합)의 경우, 각국에서 파견된 UN 대표들이 대부분 자기 스폰서에게 이득을 주기 위해 매수된 사람이라는 것은 이미 알려진 사실이었다. 각국 정부의 지도급 인사들이 모인 UN 회의는 심지어 국가의 주권을 축소하고 자유주의라는 미명하에 민간 기업의 운신의 폭을 더 넓혀 주는 법안까지 통과시켰다.

2028년에는 좌파도 우파도 더 이상 없다고 할 수 있었다. 제3세계도 없고, 자본주의 국가도 없었다. 종교를 믿는 권역과 아무 종교도 믿지 않는 권역의 구분 같은 것도 더는 없었다.

〈전 지구의 민영화〉 현상으로, 몇몇 문제는 해결되었지만 새로운 문제들이 생겨났다. 그중 하나가 환경 오염이었다. 세계 시민들로 하여금 언제나 더 많이 소비하게끔 밀어붙인 결과, 지구의 천연자원이 고갈 지경에 이르렀다.

물이 맑고 공기 좋은 지역도 줄어들었다. 그래서 예전에는 특정 지역에서만 일어나던 분쟁들이 거대전으로 변했다.

수천 명의 병사들이 참호가 파인 전선에서 각자 자기 소속 기업의 깃발을 휘날리는 모습을 심심찮게 볼 수 있었다. 전투 기간에는 광고 문구들이 진격의 함성이 되었다. 특히 코카콜라 회사 중대장이 펩시콜라 쪽으로 돌격하면서 〈신선함을 마셔요, 젊음을 마셔요, 즐겨요 코카콜라!〉라고 소리치는 모습이 눈에 띄었다. 박자에 맞춰 이 구호를 외치고 나서 이마에 총을 맞고 죽은 그는 졸지에 대의를 위해 목숨 바친 순교자가 되었다. 또 인텔의 스파이는 히타치 시티에서 고문받다가 죽었는데, 그가 마지막 남긴 말이 〈인텔과 함께 당신의 기계 속에 마술을 장착하세요〉였다는 소문이 돌았다. 한편 네슬레 시티에서는 제너럴밀스 회사 측 스파이들에게 초콜릿을 먹여서 군중이 보는 가운데 죽였다.

2033년생 어린이들은 나라의 위치가 명시된 지도를 더 이상 볼 수 없었다. 옛날의 수도들은 이제 역사박물관이나 놀이 공원으로 바뀌었다. 이제 누구든 뉴스를 보면 자동차나 컴퓨터 생산자들, 혹은 식량이나 천연자원 생산자들 사이에 새로운 동맹 관계가 어떻게 이뤄지고 있나, 그런 소식에만 집착했다.

기업들은 중세 사회의 근간을 이루었던 봉건 제도의 주체가 되어 버렸다.

인터넷 사이트 〈가능성의나무 닷컴 www.arbredespossibles.com〉이 신세대의 미래에 관한 전망을 담은 소프트웨어에 힘입어 예견한 바로는, 컴퓨터 조립에 없어서는 안 될 천연 원료인 몇 가지 광물이 고갈될 것이라고 했다.

2035년, 그래서 애플은 최초의 사설 우주 공항 건설에 착수했다. 마이크로소프트와 소니가 재빨리 그 뒤를 이었다.

이 사업의 목표는 명백히 화성 정복이었고, 과학자들에 따르면 화성에는 금속 광물이 엄청나게 많이 묻혀 있다는 것이었다.

2037년, 애플은 막대한 금액을 애플 최초의 우주선 〈아이-로켓〉 건조에 쏟아부었다. 아이-로켓은 완성되어 2039년 화성에 도착했고, 바로 이날 애플은 이 행성 최초 우주 기지가 될 〈아이-시티〉 조성에 착수했다.

붉은 행성인 화성에 도착하자마자 애플의 우주인들은 몇 달 간격으로 자기들을 뒤따르는 마이크로소프트의 존재를 의식해야만 했다. 마이크로소프트가 조성하는 인공 도시에는 〈화성의 윈도〉라는 이름이 붙었다.

애플의 기지는 규모는 작아도 좀 더 인간 공학을 감안해 만든 효율적인 기지였다. 마이크로소프트의 기지는 규모가 더 컸지만, 이미 너무 복잡한 전자 시스템 때문에 내부 소통 속도가 저하되어 몇 가지 난점이 있었다.

애플사와 마이크로소프트사의 우주인들은 돌을 던져 가며 싸우는 최초의 우주 전쟁에 나섰고, 이후 총을 쏘아 대다가 나중에는 이 두 회사가 화성 부근의 우주 공간에 전투용 대형 우주 함대 구축을 결정했다.

우주 지도가 신속히 그려졌다. 애플이 장악한 지역이 마이크로소프트가 장악한 지역보다 범위는 좁았지만, 애플의 우주 전사들은 철통같은 방어선을 구축했다.

애플의 우주 함대를 향한 마이크로소프트의 공격은 마지막 순간 어디선가 갑자기 나타난 함대에 의해 분산되었다. 노키아의 함대였다. 그들은 통신 방해 장치를 사용해 균형을 애플 쪽으로 기울게 만들었다. 말하자면 옛날 스페인 〈무적

함대〉식 전쟁이었다. 통신 기능을 상실한 마이크로소프트의 초대형 우주 함대가 통신 기능이 뛰어난 애플의 소형 함대에게 공격받는 형국이었다.

그러나 두 번째 전투에서 마이크로소프트 쪽을 도우러 온 소니 에릭슨 편대가 나타나는 바람에, 양쪽은 다시 팽팽하게 맞섰다.

오래 끌던 전투는 소니 에릭슨-마이크로소프트 연합군의 승리로 기울었다. 이 패전 이후 애플-노키아 연합군은 달에 투자하여, 지구에서 출발할 때보다 더 빨리 원군을 화성 쪽에 보낼 수 있도록 군사 기지를 세우기로 결정했다.

2041년, 여러 행성들을 공식적으로 대기업에 넘기는 조약이 체결되었다. 애플-노키아가 달을 차지했다. 마이크로소프트-소니 에릭슨은 화성을 차지했다. 그 사이에 맥도날드와 한편이 된 코카콜라는 토성에 투자했고, 삼성-LG-GM대우-리눅스는 수성을 차지했다. 도요타-포드-닛산-르노-펩시콜라는 금성에 자리 잡았다. 우주 공략 대열에 뒤늦게 합류한 대기업들은 먼저 행성을 차지한 주자들과 연합하거나 아니면 좀 더 멀리 있는 행성에 투자하는 수밖에 없었다.

몇 달간의 숙의를 거쳐, 중간 규모의 기업들이 서로 합쳐 집단을 형성하는, 이른바 〈차남 연대〉(가장 좋은 토지는 장남이 차지하고, 차남들은 동방의 땅을 정복하러 십자군 전쟁 대열에 합류해야 했던 중세의 관습에서 따와 만든 표현) 현상이 생겨났으며, 이들의 연합도 나름대로 우주 센터를 만들기로 결정하고, 태양계 밖의 행성 개척을 목표로 잡았다.

행성 간 기업 연합을 표상하는 색상이나 약자를 보란듯이 내건 우주선들이 점점 더 많이 태양계를 누볐다.

2049년에 지구는 숨 쉴 수 없는 행성이 되었고, 물과 공기가 희귀해져 돈을 내고 사야만 하게 되었다. 지하자원은 대부분 고갈되었고, 기업들은 태양계의 다른 행성에서 원료를 가져왔다.

디즈니사는 정지 궤도상의 기지 건설을 전문으로 하는 회사가 되어, 이상적 규모의 인공 행성을 자기들만의 손으로 완공한다는 프로젝트를 키워 갔다.

오래지 않아 사람들이 다 떠난 불모의 행성 지구는 은퇴자를 위한 곳으로 변했다. 그들 중 다수는 이제 아무도 기억하지 못하는 옛 세상에 향수를 품고 살아갔다.

〈Made In Earth〉는 대문자 약자로 전환되어 완전한 권리를 가진 하나의 상표로 변했다.

〈MIE〉 회사, 경영진이 모두 백 살 넘은 노인들인 이 회사는 상당히 평범한 소비재를 내놓았지만, 최대 매력 포인트는 지구가 원산지라는 점이었다. 병에 든 꿀, 염색한 비단, 덩어리 소금, 도자기, 옹기류, 버들가지를 엮어 짠 광주리, 할머니들이 손뜨개질한 양모 스웨터, 집에서 담근 과일주, 라벤더 향 주머니.

〈MIE〉 회사는 또 이제는 어떻게 쓰는 물건인지 알 수 없게 된 골동품들도 취급했다. 안경, 틀니, 가발, 양말, 모자, 화면 뒤에 커다란 진공관이 달린 텔레비전 수상기, 수동 타자기, 금속 열쇠, 유선 전화기.

〈지구에서 온 것이라면,《미에틱MIE-tic》하니까요.〉

이것이 광고 문구였다.

구매자들이 볼 때 이런 상품들은 특별한 매력을 지니고 있었다. 그건 우리 조상들이 좋아했던 구닥다리 물건의 매력이기도 했지만, 또한 유일무이한, 사람 손으로 직접 만든, 완전히 다른, 진짜배기 물건의 매력이기도 했다.

추신:
- 언급된 모든 상호에 대한 저작권은 보호받음.
- 현재로서는, 나는 여기 등장한 기업들로부터 어떤 선물도, 어떤 고소의 협박도 받은 바 없음.

허수아비 전략
있 을 법 한 과 거

파리, 25세.

처음으로 우리 아파트의 공동 소유주 회의에 갔을 때, 나는 그동안 미처 몰랐던 세계를 알게 되었다.

회의는 임시로 빌린 우리 동네 고등학교 교실에서 열렸다. 모두 합해 48명의 소유주들이 학생용 걸상에 걸터앉았다. 펜으로 길게 홈을 판 자국이 있는 작은 책상이 옛 추억을 불러일으켰다.

나는 이웃 주민들을 관찰했다. 아파트 복도를 지나며 마주친 사람들도 있었고, 한 번도 못 본 사람들도 있었다.

관리소장은 나이가 지긋한 사내였는데, 회색 정장에 분홍 넥타이를 매고, 반짝반짝 윤을 낸 구두를 신고, 백금색 가발을 쓰고 있었다. 뛰어난 전문 직업인의 모습이었다.

그 옆에는 몸의 곡선이 그대로 드러나는 흰색 샤넬 정장을 차려입은 젊은 직원이 있었는데, 그녀는 발언 한마디 한마디를 모두 기록하면서도 우리 쪽으로는 눈길 한 번 주지 않았다. 마치 우리 공동 소유주들을 역겨워하는 듯했다.

관리소장은 또박또박한 발음으로 발표를 시작하더니, 이제까지 우리 아파트 건물 1층에 입주해 있던 상업계 사립 학교가 계약을 갱신하지 않을 것이라고 공지했다.

「학교가 아주 잘되어 근교의 좀 더 널찍한 장소에 자리 잡을 거랍니다. 그래서 1층 공간이 이제는 비게 됩니다.」

이어 그가 알린 바로는, 이미 그 자리에 들어오겠다는 세입자의 제안을 받아 놓았는데, 월세도 먼저보다 조금 더 높다고 했다. 그렇지만 이 새로운 세입자는 조금 특별했다. 사실은 모종의 질환을 앓고 있는 어린이들을 교육하는 특수 학교라는 것이었다. 그것도 보통 어린이들이 아니라 3염색체증 환자들이라고 했다.

「이의 제기하실 분 있습니까?」

관리소장이 왼쪽으로 좌중을 한번 쓱 훑어보면서 물었다.

배가 툭 튀어나오고, 검정 셔츠 위에 녹색 조끼를 걸치고 희끗희끗한 머리가 아무렇게나 흐트러진, 술에 찌들어 두 뺨에 깊은 주름이 파인 남자가 일어섰다.

「네, 이의 있습니다. 저요!」

그의 일행이 그를 빙 둘러싸고 앉아 있었다. 그들은 일종의 〈6인방〉을 형성했다. 회의 시작 때부터 이 세 쌍의 부부는 자기들끼리 뭐라고 수군대고 있었던 것이다.

「말씀하시죠.」

관리소장이 분홍 넥타이를 매만지며 짐짓 엄숙하게 말했다.

「〈다운 증후군〉 애들이 다니는 학교라면 우리 아파트 전체의 단위 면적당 가격이 분명 떨어질 겁니다. 우린 원치 않습니다.」

검정 셔츠에 녹색 조끼를 입은 남자가 격렬하게 항변했다.

그가 〈3염색체증〉이라는 말 대신 〈다운 증후군〉이라는 말을 썼기 때문에 좌중은 적이 술렁였다.

이번엔 그 남자 옆의, 아마 아내인 듯한 여자가 새빨간 꽃무늬 원피스를 드러내며 벌떡 일어섰다. 그녀는 대찬 목소리로 말을 이어 갔다.

「아니…… 그런 〈질환〉이 어떤 건지 보통 사람들은 잘 모르죠. 당장 우리 아이들에게 전염될 수도 있어요. 그 애들의 침이나 재채기를 통해서, 심각한 것들이 옮을 수도 있다고요.」

자극을 받아 웅성대는 소리가 교실 전체에 퍼져 갔다. 이때 6인방 가운데 두 번째 여자, 검정 옷을 입은 여자가 구원 투수로 나섰다.

「이분 말이 맞아요. 어쨌든 그렇게 평범하지 않은 아이들을 보면, 우리 애들이 겁먹을 수도 있잖아요. 제 친구 아들도 그 병 환자거든요. 어쨌든 그들은 〈특별한〉 사람들이잖아요. 우선 침을 많이 흘리고, 웃을 때도 이상하게 웃어요. 가끔씩 이유 없이 소리를 질러 대고요. 우리 애들이 어쩌면 악몽을 꾸게 될지도 몰라요.」

이번에는, 아니 이럴 수 있느냐며 수런대는 소리가 점차 커지더니 반발의 물결을 이루었다.

「그런 말을 감히 입 밖에 내다니, 부끄러운 줄 아세요! 아주머니는 인정도 없나요?」

두꺼운 비늘무늬 안경을 쓴 젊은 남자가 말했다.

새빨간 꽃무늬 원피스의 여자는 정면 대결을 두려워하지 않았다.

「댁네는 아이가 없는 부부니까 이게 자기 일로 느껴지지 않겠죠. 아이가 없는 이유야 뭐 알고 싶지 않아요. 불임이든 뭐든, 그야 내 상관할 바 아니니까요. 하지만 만약 댁에도 아이가 있다면, 아이가 넷이고 그중 둘은 아직 어린 우리 집처럼 말이에요. 그랬다면 틀림없이 당신도 아이들이 다운 증후군 애들과 접촉하는 것을 원치 않겠지요!」

「아니, 그들도 인간입니다! 그들도 살 권리가 있다고요!」

상대방이 세차게 반격했다.

「지금은 그렇게 말하지만 그런 애들이 막상 몰려오면, 아마 얘기가 달라질걸요. 우르르 몰려오는 다운 증후군 아이들! 당신도 그건 역겨울 거라고요.」

「21세기에 이런 끔찍한 말을 듣다니, 참!」

젊은 남자가 격분해서 버럭 소리쳤다.

「그래요! 나중에 당신이 아파트를 팔려고 할 때 집 사겠다는 사람한테 이 건물 1층에 다운 증후군 애들이 있다는 말을 해야 한다면, 그땐 왜 괴로운지 알겠죠!」

검정 옷을 입은 여자가 한술 더 떴다.

그녀의 남편인, 날렵한 콧수염을 기른 빼빼 마른 남자가 지지 의사를 표하려고 그녀 손을 잡았다.

「당신들은 괴물이군요! 인정머리 없는 괴물! 그 3염색체증 아이들을 우린 벌써 사랑한다고요. 사랑한다고, 알겠어요!」

그때까지 의사 표시를 하지 않던 할머니가 문득 소리쳤다.

「괴물은 할머니죠…… 어리석은 괴물!」

빨간 꽃무늬 원피스 여자가 대들었다.

「이런 인정머리 없는 것들!」

심하게 화난 할머니는 이 말을 되풀이했다.

「뇌가 없는 것보단 인정 없는 게 낫지요.」

「당신들 아주 나쁜 사람들이군!」

「그럼 할머니는 바보네요!」

처음엔 나지막하게 오가던 욕설이 점점 더 거세졌다.

이 와중에 관리소장은 캐슈너트 한 퍼을 꺼내더니 처음부터 백지에 숫자를 연신 기록하고 있는 젊은 직원에게 좀 먹어 보라고 권하고, 자기도 몇 개 입에 털어 넣으며 짐짓 무슨 일이 벌어지든 자기와는 무관하다는 표정을 지었다.

마침내 〈6인방〉과 나머지 사람들 사이의 전투가 소강상태로 접어들었다는 느낌이 들자, 그는 나무망치로 법정의 배석자들에게 정숙을 명하는 판사처럼, 들고 있던 펜으로 교탁을 땅땅 쳤다.

「좋습니다. 토론이 끝났다면, 이제 투표를 진행해도 되겠습니다.」

그는 사뭇 전문적인 어조로 그렇게 선언하고, 직원 쪽으로 돌아서서 소유 지분별로 분류된 공동 소유주 명단을 준비시켰다.

6인방은 일관성 있게 일치단결하여, 3염색체증 장애 아동 학교를 받아들이는 안건에 반대표를 던졌다.

대다수, 그러니까 그들을 제외한 42명은 아파트 건물에 그 학교를 받아들이자는 데에 찬성표를 던졌다.

「반대 6표, 찬성 42표. 좋습니다. 내일 장애 아동 학교 교장에게, 우리가 계약서에 서명할 준비가 되었다고 알리겠습니다.」

관리소장이 초연한 어조로, 마치 자기는 이 자리에서 벌어지는 일에 손톱만큼도 관련도 없다는 듯이 또박또박 말했다.

그러자 6인방은 어깨를 으쓱했고, 불평하던 그들 중 한 명이 이렇게 내뱉었다.

「막상 그 애들이 여기 다니고, 날마다 그 웃기는 꼴이 눈앞에서 보이면, 때는 이미 늦을 거요.」

다시금 욕설이 난무했다. 관리소장은 다시 조용해지기를 기다렸다가, 새로운 서류 뭉치를 뒤적거리면서 아까와 같이 명확한 발음으로 말했다.

「그런데 건물 수리 작업을 좀 해야 할 것 같습니다. 이런 종류의 학교인 경우, 의무적으로 해야 하는 수리랍니다. 별것은 아니고, 장애인 통행용 경사로가 확보되어야 한답니다. 이 문제 역시 투표로 결정할 겁니다. 물론 투표 결과가 부결로 나오면, 그 학교의 입주는 안 된다고 해야겠죠. 자, 반대 있으신가요?」

「나는 반대요!」

검정 셔츠에 녹색 조끼를 입은, 얼굴이 불그레한 남자가 소리쳤다.

「말씀해 보십시오.」

「건물 외부에 경사로가 있으면 아파트 모양새도 영 안 좋고, 정면의 조화도 깨집니다.」

6인방 모두가 시끄럽게 떠들며 그 남자 말에 동의했다.

「아예 〈다운 증후군의 집〉이라고 대문짝만 하게 써붙이지 그래요?」

새빨간 꽃무늬 원피스의 여자가 빈정대자 옆의 두 여자도 맞장구를 쳤다.

다시금 수런대는 소리가 커지고, 관리소장이 또 한 번 펜으로 교탁을 땅땅 쳐서 투표를 시작했다.

투표 결과는 먼젓번 투표와 정확히 일치했다. 경사로 반대 6표, 찬성 42표였다.

관리소장은 직원에게 결과를 기록해 두라고 지시했다. 직원은 서둘러 새 종이를 꺼냈다. 하지만 그러면서도 여전히 눈은 한사코 내리깔고 있는 품이, 앞으로 몇 분 안에 눈앞에서 벌어질지도 모르는 추잡한 일의 증인이 되고 싶지 않다는 것 같았다.

관리소장은 문서가 잔뜩 들어 있어 퉁퉁해진 서류철을 펼치더니, 서류 하나를 뽑아냈다.

「경사로 말고도, 이런 장애인 학교의 현행법상 기준에 따르면, 성인 장애인을 위한 엘리베이터도 설치해야 합니다. 가장 간단한 것은 엘리베이터를 아파트 안뜰에 설치하는 방법입니다. 그러면 엘리베이터를 지하 주차장까지 연결시켜, 부모들이 아이를 구급차나 승용차로 태우고 와서 바로 1층의 학교까지 올려 보낼 수 있습니다. 여기에 이의 있습니까?」

검정 셔츠 입은 남자가 아까처럼 또 일어나더니, 불쾌한 태도로 반대 의견을 표명해 다시 한번 좌중의 비난을 받았다.

이어 투표를 했다. 이번에도 엘리베이터 설치에 대한 반대표는 아까처럼 6표뿐이었다.

내친김에 이것도 연례 회의에서 토의할 주제에 속한다면서, 관리소장은 처음과 다름없는 목소리로 자기 자신의 월급 인상을 알렸다. 법적으로 하면 이러한 급여 인상 또한 공동 소유주들의 투표에 부쳐야 하는 일이라는 것도 환기시켰다.

이번에도 검정 셔츠 남자가 천하무적 6인방의 지지를 받아 가며 반대 의견을 냈는데, 아파트 전체 관리비, 특히 관리소에 들어가는 금액이 이미 무척 많다는 얘기였다. 자기가 알기로 우리 아파트 관리비가 이 동네에서 가장 높은 축에

든다고 했다. 규모도 비슷하고 공동 소유주 수도 똑같은 다른 아파트의 경우, 주민들이 내는 관리비가 이곳보다 20퍼센트나 싸다는 것이었다. 결국 그의 생각으로는, 여기에 더해 급여까지 인상할 필요는 없다는 이야기였다. 꽃무늬 원피스 입은 그의 아내도 거들며 말하기를, 경사로 설치와 엘리베이터 설치는 분명 공동 소유주들의 비용으로 할 테니(이 말에 관리소장이 고개를 끄덕끄덕하면서 긍정했다), 내년 한 해 내내 통상적 관리비 말고도 들어가는 돈이 추가되는 것 아니냐고 했다.

투표가 이루어졌다.

반대 6표, 찬성 42표.

투표에 이어 6인방이 구석에서 툴툴대고 있는데, 관리소장이 분홍 넥타이를 고쳐 매더니 모두 〈우정의 회식〉을 나누자며 〈회식 비용은 이미 일반 관리비에 포함되어 있다〉고 했다.

회식이랍시고 카시스 시럽과 샴페인 비슷하게 거품 나는 백포도주를 섞어 만든 키르 한 병, 포테이토칩, 짭짤한 크래커, 그리고 후식으로 초콜릿파운드케이크가 나왔다. 컵과 식기는 모두 플라스틱이고, 접시는 종이 접시였다.

샤넬 정장을 입은 젊은 직원은 여전히 눈을 들어 우리 쪽을 볼 생각이 전혀 없어 보였고, 누군가로부터 키르 한 잔을 건네받았으나 경멸하듯 입을 쑥 내밀며 그 잔을 물리쳤다. 마치 우리의 존재를 참아내는 것만도 고된 시련이었는데 포테이토칩에 술까지 마시라고 하느냐는 듯…….

관리소장은 한쪽 구석에 앉아 직원이 건네준 기록을 다시 읽으며 빈 칸에 체크를 하고, 여백에 보충 설명을 적어 넣

었다.

나는 나대로, 앞으로 아파트 내에서 이루어질 공사에 대한 정보 전달 차원에서 소장이 우리에게 내준 엘리베이터와 경사로의 도면을 살펴보려던 참이었다.

내 바로 옆에 앉은 긴 갈색 곱슬머리의 이웃 여자가 몸을 굽혀 도면을 쳐다보았다.

그녀와 나는 둘 다, 불평 많은 소수자 6명에 맞서 찬성 투표를 한 42명에 속했다.

엘리베이터와 경사로를 설치할 예정인 회사 이름이, 우연일지도 모르지만, 관리소장의 성과 똑같았다.

「이거 확실히 해야겠네요.」

나는 마시던 키르 잔을 내려놓으며 옆에 있던 이웃 여자에게 말했다.

관리소장이 있는 쪽으로 가보니, 그가 쓰고 있던 백금색 가발이 원위치에서 약간 기울어져, 아까의 도도한 풍모는 사라지고 없다. 갈색 머리의 이웃 여자가 나보다 먼저 말을 꺼냈다.

「도면을 보니, 예정된 엘리베이터 모델은 최고급이네요. 회의 때 엘리베이터 설치에 대해서는 우리 의견을 물으셨지만, 엘리베이터 기종에 대해서는 아무 말 없었잖아요.」

관리소장은 조소를 금치 못했다.

「그런 질문은 다음번 연례 회의 석상에서나 하실 수 있지요. 그 모델이 마음에 안 드신다면, 나중에 다른…… 좀 수준 떨어지는 제품으로 다시 설치하면 됩니다.」

직원은 한 손으로 입을 가리고 터지려는 웃음을 막았다.

이것이 이른바 관리소장의 유머였던 것이다. 백금색 가발을 쓴 소장은 재빨리 진지한 태도를 되찾았다.

「이제 모든 것이 공동 소유주들 대다수의 찬성으로 표결되었습니다. 그러니 이 결정은 공식적인 것입니다. 법적으로 전혀 문제가 없고, 이미 연례 회의는 끝났습니다.」

「아니, 그렇지만 그 점에 대해서는 우리 의견을 안 물었잖습니까?」

내가 지적했다.

관리소장은 그래도 내게 눈길은 주면서, 이렇게 내뱉었다.

「오늘의 토의 안건에 진작 관심을 가지셨더라면, 회의 중에 그 말씀을 하실 수 있었을 것 아닙니까. 미리 생각을 하셨어야죠. 나중에 비판하는 거야 쉬운 일이지요.」

그러더니 직원 쪽을 돌아보며 말했다.

「사람들은 참 믿을 수가 없다니까. 아무것도 안 하다가 뒤늦게야 비판들을 하니 말이야.」

그는 내게 적어도 1백 개의 문서가 들어 있는 서류철을 가리켜 보였고, 그 철에는 이렇게 쓰여 있었다. 〈공동 소유주 정례 회의록.〉

「제대로 정보를 조회하지 않았거나 너무 늦게 읽은 거라면, 불평하시면 안 되죠.」

다시금 직원은 터지려는 조소를 참는 것처럼 보였다. 그녀는 자기 상사의 유머를 높이 평가하고 있는 게 분명했다.

나는 곱슬머리 이웃 여자 옆에 계속 남아 있었다. 우리는 마치 강편치를 맞고 권투 경기를 끝낸 선수처럼 멍한 상태였다.

3염색체증 장애 아동 학교 편을 들었던 할머니가 우리한테 다정하게 종이 접시를 내밀었다. 접시엔 공장에서 대량

생산되는 파운드케이크 한 조각이 방금 비닐 포장이 벗겨진 채 놓여 있었고, 플라스틱 잔에 담긴 인스턴트커피가 뜨거운 물의 열기에 녹아들기 시작하고 있었다.

할머니는 이런 회식이 즐거운 모양이었다. 그래서 호의를 거절하진 않았지만 나는 옆에 있던 이웃 여자에게 다른 데 가서 같이 저녁 먹자고 귓속말을 했다.

접시와 컵을 실내의 화분 뒤에 슬쩍 숨기고, 우리는 술이 한 순배 돌면서 슬슬 긴장이 풀리고 있는 회의장을 떠났다.

우리 아파트 쪽으로 면한 도로에 고급스럽고 비싼 큰 식당이 하나 있었는데, 맛집으로 유명한 만큼 이름값도 제대로 하는 곳이었다. 유명한 영화배우들 사진을 주제로 삼아 실내 장식을 한, 화기애애한 분위기의 식당이었다. 멋 부린 요리와 독한 술을 팔았다.

이웃 여자나 나나 이 공동 소유주 회의는 처음인지라, 말하자면 일종의 세례식과도 같은 것이어서, 우리는 이렇게 평소 못 와보던 장소에서 이 사건을 기념하기로 마음먹었던 것이다.

음식을 주문하고 나서, 우리는 〈공동 소유주 회의〉라 불리는 이 기이한 부족 의식 같은 행사를 돌이켜 보며 이야기를 나누기 시작했다.

바로 그때 왁자지껄한 목소리가 주의를 끌었다. 식당의 제일 안쪽에 손님 여덟 명이 자리 잡고 앉아 시끌벅적하게 뭔가를 축하하는 모양이었다. 잘 살펴보니, 일어서서 샴페인 잔을 들어 올리며 큰 소리로 떠드는 남자가 누군지 알 수 있었다. 바로 관리소장이었는데, 백금색 가발을 이제는 완전히 비뚜로 쓰고 있었다. 그 오른쪽에 앉은, 샤넬 정장 입은 직원 역시 무척이나 쾌활한 모습이었다. 너무나 큰 소리로 웃고 떠들어 대는 이 여자가 바로 조금 전에 우리를 깔보던 그 냉정하고 도도한 인물이었던가 믿기 힘들 정도였다.

그녀 양볼의 광대뼈 부분이 빨개지고 머리칼은 흐트러져 있었다. 소장과 직원 맞은편에 앉은 손님들은 우리에게 등을 지고 있는 위치여서 가끔씩 옆얼굴만 볼 수 있을 뿐이었다.

그렇지만 그중 한 여자가 건배하자며 일어났을 때, 그녀가 입은 새빨간 꽃무늬 원피스가 내 눈에 들어왔다. 그 옆에는 검정 셔츠에 녹색 조끼를 입은 남자가 앉아 있었다.

관리소장과 직원은 그 6인방과 함께 식사 중이었던 것이다!

내 옆의 이웃 여자도 황당해하며 나를 쳐다보았다. 우리는 마치 갑자기 전기 충격이라도 받은 것 같았다.

성경에 〈눈뜨기〉라는 말이 나온다. 이 상황이 바로 그것이었다. 바로 전까지 우리의 눈꺼풀은 위아래를 꿰맨 듯 딱 붙어 있었고, 거기에 속눈썹까지 엉겨붙어 앞을 제대로 볼 수 없었던 것이다. 그러다 바로 다음 순간, 눈꺼풀이 서로 자유롭게 떨어지면서 두 눈은 앞을 보게 되었다. 그제야 상황이 파악되었다.

「관리소장과 불평꾼들…… 그들이 같은 편이라니!」

이웃 여자가 중얼거렸다.

「그리고 그들이…… 서로 한통속이 되어 일을 하고…….」

나 역시 어리둥절한 가운데, 그녀의 말을 뒤이었다.

이 경험에서 나는 대중 조작의 네 가지 법칙을 추론해 냈다.

1. 감정 호소 법칙

감정적인 것을 갖고 장난치는 것만으로도, 사람들로 하여금 깊은 생각 없이 개인적 의견을 만들게끔 부추길 수 있다. 질환, 아이들, 자연의 불공평함, 이런 주제에 접근하는 순간 사람들은 왠지 가슴이 아파 오고, 그래서 정보를 객관적으로 분석할 능력을 박탈당한다(마치 뉴스에서, 한쪽 피해자만 보여 줌으로써 시청자를 반대편 진영에 적대적인 입장으로 만들 수 있는 것과 같다. 그런데 우리가 잊고 있는 사실이 있으니, 화면에서 그렇게 피해자들을 볼 수 있는 것은 기자들이 촬영을 해도 되는 상황이었기 때문이라는 점이다. 최악의 학살극이 자행되는 나라들은 언론이 그 현장에 들어가는 것을 허용하지 않는다).

2. 점진 법칙

어떤 의견에 찬성하게 만들려면, 점진적인 단계로 나누어 조금씩 조금씩 그렇게 할 수 있다. 독립적으로 떼어 놓고 보면 어떤 의견이든 다 받아들일 만한 구석이 있고, 심지어 논리적이기까지 하다. 하지만 최종적으로 대면하는 결론은, 만약 처음부터 통째로 소개되었더라면 우리가 본능적으로 거부했을 의견이다. 〈예〉냐 〈아니오〉냐의 기로에 서기 시작하는 순간, 다시 말해 어떤 깃발 혹은 어떤 집단, 어떤 이념에 줄 설 것인가 정해야 하는 순간, 우리는 기존 위치에 미적대며 안주하는 경향이 있다. 습관적으로 그러하다. 아니면 깊은 생각이 없어서 그렇든가.

3. 교란 법칙

우리를 조종하는 쪽에선 잘못된 질문을 던짐으로써, 우리로 하여금 스스로 자유롭게 결정한다는 믿음을 갖게 만들 수 있다. 〈장애 아동들을 돕는 것에 대해 찬성하십니까, 반대하십니까?〉 이건 어디까지나 교란시키려는 수작일 뿐이었다. 진짜 질문(〈성숙〉한 집단이 아니라면 이런 질문을 받지 못한다)은 〈관리소장이 자기 월급을 올리는 것에 찬성하십니까?〉 바로 이 질문이었던 것이다.

우리는 눈을 제대로 뜨지 못하고 있었다. 요소마다 따로따로, 각기 그 요소의 가치를 감안해 제대로 보고 평가해야 했던 것이다. 장애 아동 학교에 대해 찬성표를 던지고, 관리소장 월급 인상에는 반대표를 던지고, 장애 아동들이 건물에 들어온다는 데에는 찬성표를 던지고, 최고급 엘리베이터에는 반대표를 던졌어야 했다.

마지막으로, 가장 강력한 법칙이 있다.

4. 허수아비 법칙

다른 쪽을 돋보이게 할 목적으로 쓰이는 집단이 있는데, 이들을 보면 사람들은 무조건 〈아니요〉라고 말하고 싶은 마음이 든다. 왜냐하면 이 집단의 구성원들은 수단 방법을 가리지 않고 남의 반감을 자아내는 사람들이기 때문이다. 그들은 큰 소리로 말하고, 쉽게 남을 모욕하고, 거짓말도 맞는 말이라고 강변하며, 공격적이다. 그들은 음험한 행동과 비양심적 행위를 기꺼이 도맡아서 한다.

그러므로 사람들은 본능적으로, 이러한 허수아비 집단이 제안하는 것의 반대편에 표를 던진다. 무의식적으로 우리는 이런 위치에 서는 것이다. 〈이 주상은 그들에게서 나온 것이니까, 반대해야 해.〉 그들은 〈역(逆) 프로그래머〉처럼 행동한다. 그들이 졸지에 너무도 불쾌한 행동을 하니까 우리는 심지어 그들의 논지에 귀 기울여 보지도 않고, 지레 그들이 틀렸다고 확신하는 것이다. 그리고 여기서도 단번에, 감정적 측면 때문에 우리는 객관적 기초 위에서 차근히 따져 보지 못하게끔 방해를 받는다. 이 역시 조건화이며 정신의 태만인데, 바로 이것이 우리로 하여금 상황을 분석하지 않고 행동하게끔 부추기는 것이다.

「저 사람들, 서로 아주 잘 아는 사이 같네요.」
이웃 여자가 말했다.
나는 그들을 집중 관찰했다. 그들은 연거푸 건배를 하고, 마치 얻어 걸린 수확물을 서로 나눠 가질 준비가 된 한 무리의 깡패들처럼 희희낙락했다.
나는 이 뜻밖의 장면을 계속 음미해 보았다.
이처럼, 양 떼에게 불리한 방향으로 가도록 유도하려면 양치기와 늑대 사이에 은밀한 약정이 맺어져야 한다. 양 떼는 두려워서 제풀에, 제대로 알아볼 시간 여유도 갖지 않은 채, 늑대와 반대 방향으로 돌진한다.
늑대가 발휘하는, 다른 편을 돋보이게 하는 효과 덕분에, 양 떼의 눈에 콩깍지가 씌어 조종자가 양 떼를 마음대로 좌지우지할 수 있게 된다. 이것이 바로 정치가들이 즐겨 쓰는 수법이다.
게다가 양 떼의 입장에서는 양심껏 생각해 보아도 스스로 원해 그 길을 선택한 것이라고 맹세할 수 있는 바이니, 말해 무엇하겠는가?

요컨대, 대중 조작의 지녯내는 다음 네 가지다.

1) 감정.

2) 상대가 받아들일 만한 점진적 진행.

3) 교란 작전.

4) 다른 쪽을 돋보이게 하는 역할을 맡은 허수아비들.

이들은 매우 효과적이다. 그리고 자주 쓰인다.

뿐만 아니라, 틀린 판단을 하는 쪽의 수가 많을 때, 우리는 이렇게 생각하곤 한다. 〈우리 모두가 동시에 똑같이 잘못 생각할 리가 없지〉 혹은 〈어쨌든, 우리 생각이 틀렸다고 하더라도 변명거리는 있어. 남들도 이렇게 행동했으니 말이야〉 이런 식의 전염 현상이 자리 잡기 시작하는 것이다.

가장 위험한 것은, 우리 대부분이 이 사실을 간파하지 못하고 자기는 정말 양심껏 성실하게 선택했다고 진심으로 믿는다는 점이다. 그렇게 되면 사람들은 〈양 떼〉식 투표를 해놓고는 개개인이 심사숙고한 선택이라고 주장한다.

나는 거기, 이웃 여자 옆자리에 계속 눌러앉아, 우리의 저녁 식사가 마냥 식어 가는데도 시사하는 바가 많은 이 광경을 물끄러미 지켜보았다.

그녀는 내게로 몸을 기울이더니, 속삭였다.

「관리소장과 저 불평꾼들 중에, 누가 음식값을 낼 것 같아요?」

미묘한 질문이었다. 우리는 정답으로 연결될 무슨 꼬투리라도 건져 보려고 그 집단을 유심히 살폈다.

그러다 드디어 운명의 순간이 왔다. 계산서가 온 것이다. 그러자 점점 더 흔들리는 가발을 머리에 인 채 관리소장은 검정 셔츠 입은 남자와 고상하게도 서로 음식값을 내겠다고 다투었다.

「아뇨, 제발, 내가 냅니다!」

「미안하지만, 내 차롑니다!」

「아뇨, 나예요!」

「아뇨, 내가, 내가 내야 해요.」

「절대 안 돼요. 이건 원칙의 문제입니다.」

결국 검정 셔츠 입은 남자가 이겼다. 관리소장은 예의 바르게 물러나면서 말했다.

「좋아요. 하지만 다음번에 또 이런 경우가 오면, 꼭 약속해요. 그땐 내가 낸다고요.」

관리소장은 아마 이 말을 똑같은 상황에서 해마다 되풀이했을 것이다.

그것이 승리를 멋지게 마무리하는 그의 화룡점정이었다.

케이크 위의 체리.[13]

직원이 감탄하며 그를 쳐다보았다.

그는 정말이지 강적이었다.

---

13 일의 대미를 장식한다는 뜻.

안티-속담
막 간 의 짧 은 이 야 기

 늙은 노숙자가 젊은 청년 쪽으로 돌아서더니, 비닐봉지에 싼 포도주 한 병을 내밀었다.
 「아, 짜증 나네, 속담 말이야! 더럽게 짜증 난다니까! 아무 생각 없는 멍청이들한테나 먹힐까 몰라. 그런 멍청이들은 남이 만들어 놓은 틀에 박힌 말 뒤에 가서 숨기나 하니까. 속담은 고리타분한 생각을 담은 통조림 같은 거야! 속담, 그건 젊은 놈들에게, 늙은이들은 만사에 통달했고 세월 가도 자기들의 지혜가 살아남게 담아 놓을 틀을 찾았다고 믿게 하는 방책인 거야. 통달한 거 좋아하네! 늙은이들이 정말 만사에 통달했다면, 그렇게 현명하다면 말이야, 세상에 어리석은 짓거리와 불공평한 일들은 왜 이리 여전히 많으냐 이거야. 그리고 우리 조상들이 살았던 꼬라지만 봐도, 그들을 따라 하지 않는 게 훨씬 낫다는 건 알 수 있잖아. 그들의 시대가 이제 끝났다는 거야 말할 필요도 없는 일이고. 옛 세상은 지금 세상과 아무 상관도 없어. 증거를 보여 줄까, 뤼시앵? 속담이 정신적 사기(詐欺)라는 증거 말이야. 속담 몇 가지만 예로 들어 봐도, 그 속담을 정반대로 뒤집어야 훨씬 말이 된다는 게 드러나지!」
 젊은 뤼시앵은 함께 노숙하는 이 노인이 혼자 괜히 성질을 내며 이야기를 꺼낼 때가 참 좋았다. 그건 노인 입장에선 〈유령 용들에 맞선 싸움〉이었다. 오를랑도 노인은 상상 속의 적들을 멋대로 지어냈고, 실제로는 존재하지 않는 적들이니만큼 참으로 수월하게 무찌르곤 했다. 〈매 맞는 아이 — 가출 청소년 — 다리 밑 노숙자〉로 살아온 뤼시앵은, 왕년의 철학 선생이며 아프리카에 용병으로 참전했다가 이젠 파리의 알코올 중독자로 살아가는 오를랑도 노인을 몹시 경탄스럽게 바라보았다.

수염아 북슬북슬한 이 뚱뚱보 노인은 예로 들기에 딱 좋은 속담을 찾으려는 듯 자기 배꼽을 살살 쓰다듬다가 몸통을 벅벅 긁어 대다가 했다.

「자, 이 속담을 보자고. 〈먹다 보면 식욕이 나는 법이다.〉 이 말은 틀렸어! 실제로 해보면 단박에 알지. 지금 먹지 않고 있다 해봐. 그럼 먹을 때보다 훨씬 더 배고프지! 그럴 수밖에 없잖아. 그러니까 〈먹지 않아야 식욕이 난다〉고 해야 맞지. 자, 하나 찾았어! 이제 너도 찾아봐, 뤼시앵. 찾다 보면 알겠지만, 속담치고 제대로 들어맞는 게 없다니까.」

뤼시앵이 수줍어하며 제안했다.

「〈자기 손으로 차려 먹는 음식이 가장 좋다.〉 이건 어때요?」

「잘 찾았어! 그 속담도 틀렸지. 〈남들 손으로 차려 주는 음식이 가장 좋다.〉 이게 맞지. 속담은 실제 경험을 당해 내지 못하는 법. 식당에 가서(뭐 언젠가 네가 식당에 간다고 치면 말이야), 아니면 남의 집에 초대받아 가서 네 손으로 음식을 직접 차려 먹어 봐. 그럼 알 수 있을 테니. 그 집 접시며 포크며 그런 게 다 어디 있는지 알 리가 없잖아. 혼자 차려 먹는답시고 모두를 귀찮게 만들지. 일을 덜어 주기는커녕 방해만 하는 거잖아.」

노인은 뤼시앵에게 격려하는 몸짓을 해보였다.

「이제 내가 찾을 차례군. 〈나쁜 방법으로 얻은 재물은 절대로 이득이 되지 못한다.〉 웬걸, 도둑이나 사기꾼들이 슬쩍한 재물을 눈 하나 깜짝 않고 날로 먹는 꼴을 좀 보라지. 물론 그중 어쩌다가 잡히는 놈들도 있겠지만, 대부분은 이게 맞아. 〈나쁜 방법으로 얻은 재물이 번번이 이득이 되더라.〉」

뤼시앵은 장밋빛 포도주를 한 모금 꿀꺽 마셨다.

「정말 철학 선생님 하셨나요, 오를랑도 할아버지? 노숙자 생활 하시기 전에 선생님이셨냐고요?」

「물론이지. 내가 선택한 길이야. 난 사회 체계를 너무 잘 알아서, 스스로 거기에서 빠져나온 거야. 바로 이거지. 〈돈으로 행복을 살 수는 없다.〉 넌 이 말 믿어? 아니지, 〈돈으로 행복을 살 수 있다.〉 이게 맞는 말이야. 그렇지만 있는 놈들은 저만 다 가지려고 해. 그래서 남들한테는 가난하면 더 행복하다고 믿게 만드는 거야. 가난하면 행복하다고, 웃기고 자빠졌네! 돈으로 행복을 살 수는 없다는 말을 믿는 놈이 진짜 바보지.」

「그런데 옛날에 선생님 하다가 그만두셨다면서요. 선생님이면 충분히 먹고살 수 있는데, 왜 그만두신 거예요?」

「음 그러니까…… 내가 가진 얼마 안 되는 것, 나는 그걸 고맙게 생각하고 속속들이 누리고 있다고나 할까. 속담 하나 더 말해 줄 테니 들어 봐. 〈미래는 일찍 일어나는 자의 것이다.〉 나는 매일 아침 일찍 일어났거든. 그러니까 일정 시간 수면을 취하려고 일찌감치 잠자리에 들었지. 그러느라 밤엔 외출도 안 했어. 자연히 밤 시간에 카페나 식당, 클럽에서 모이는 중요한 사람들을 안 만나게 됐지. 그랬더니 어느 순간 아무도 날 도와주지 않더군. 만약 내가 늦게 잠들었더라면,

홍청거리며 같이 노는 패거리들, 즉 도움이 될 만한 연줄이 생겼을 테고, 분명 누군가가 나를 도와줬을 테지. 그런데 일찍 일어났더니 아침에 눈에 띄는 사람이라곤 출근하는 빵집 주인들뿐이었어. 새벽 6시에 빵 장수들하고 대체 무슨 수다를 떨겠냐고. 또 말 안 되는 속담 좀 더 찾아봐.」

「〈죽지 않을 만큼의 고통은 사람을 더욱 강하게 한다.〉 어때요?」

「그것도 틀렸지! 〈죽지 않을 만큼의 고통은 사람을 더욱…… 약하게 한다.〉 이게 맞아. 교통사고당하고 간신히 목숨 부지한 사람들 보라고. 평생 장애를 안고 살잖아. 휠체어 타고 말이야. 강하게 만들긴 개뿔!」

뤼시앵은 이런 속담 찾기가 재미있어지기 시작했다.

「〈치유보다 예방prévenir이 낫다.〉 이건요?」

「그것도 틀렸어. 중상 입은 사람을 생각해 봐! 하긴 자칫하면 죽을지도 모를 방법으로 치료하려 드는 것보다야 119에 신고prévenir하는 게 낫긴 하겠네.」

「〈키스만 많으면 실속이 없다.〉 이건요?」

「키스를 많이 할수록, 그러니까 전희를 많이 할수록, 상대 여자 몸이 반응해서 다음 작업이 잘되고 진하게 되지, 뭔 소리야.」

「〈강자의 이성이 항상 최선이다.〉 이건요?」

「강자의 이성은 종종, 실제로는 항상 최악이야.」

뤼시앵은 이 놀이에 아주 맛을 들였다.

「〈하나를 잃으면 열을 되찾는다.〉 이거요!」

「말도 안 되는 소리. 난 마누라한테 차였는데, 새 마누라는 한 명도 못 찾았는걸.」

「〈장님 나라에선 애꾸눈이 왕이다.〉이건?」

「음…… 장님들만 사는 나라가 있다면, 거기선 오히려 장님만 인정할걸……. 〈장님 나라에선 애꾸눈이 따귀 맞는다…… 아니면 남은 눈마저 후벼 파인다!〉 이게 맞지. 어딜 가든 다 이런 식이니 말이야. 세상의 법칙은 차라리 〈모난 돌이 정 맞는다〉야.」

이 생각을 하니 그는 무척이나 재미있는 것 같았다.

뤼시앵은 마치 클레이 사격 경기에서 깨부술 접시를 날려 보내는 기계처럼, 여지없이 깨부술 만한 속담을 계속 찾아 공급했다.

「〈평화를 원하는 사람은 전쟁을 준비한다.〉」

「틀렸어. 평화를 원하는 사람은 평화를 준비해!」

「〈첫째가 말째 될 것이다.〉」

「첫째는 언제나 첫째야.」

늙은 노숙자는 포도주 병을 다시 집어 들더니 병목 부분을 덥석 움켜쥐었다.

「진실을 말하는 속담이 아마 하나쯤은 있을걸. 라틴어로 〈술 속에 진리가 있다 In vino veritas〉라는 속담을 지어낸 건 로마 사람들이지. 그 사람들 지혜 하나는 참 기막혔단 말이야, 로마인들.」

그는 술을 한 모금 마셨다.

「로마인들의 양식(良識)을 지금 되새긴다면 참 좋을 텐데 말이야.」

뤼시앵은 당황스러웠다.

「음…… 그런데 아까는 조상들의 지혜가 쓸데없다고 하셨잖아요. 그런 건 옛날에나 들어맞았지, 지금은 시대가 바뀌었다면서요.」

 오를랑도는 끄윽 트림을 한 번 하더니, 다시 포도주를 들이켰다. 그리고 몸을 숙이더니 뤼시앵에게 툭 던지듯 말했다.

「그래, 내가 그런 말 했지. 하지만 나부터 늙은이잖아. 그러니까 그 말도 늙은이 입에서 나온 속담이지. 그것도 반대로 해야 들어맞겠군.」

아틀란티스의 사랑
있을 법한 과거

파리 근교, 30세.

「당신의 여러 전생 중 어느 생을 다시 살고 싶으신가요?」

남자가 돌아보지도 않고 심각한 어조로 내게 물었다.

방은 엄청 넓었고, 회색 천으로 도배되어 있었다. 그리고 일본 판화들이 벽을 장식하고 있었다.

기다란 향(香) 몇 개가 타올라, 가뜩이나 범상찮은 분위기가 더욱 야릇해졌다.

커다란 1인용 안락의자들과 긴 검은색 벨벳 소파가 공간을 차지하고 바닥엔 비단실로 수놓은 동양제 양탄자가 깔려 있었다.

「내 전생 중 어느 생이냐고요? 그야 내가 가장 대단한 사랑을 했던 생이죠.」

내가 대답했다. 그리고 조금 더 부드럽게, 이 말을 덧붙였다.

「어쨌든 그런 게 가능하다면 말입니다……」

남자가 돌아섰다. 그는 얼굴이 둥글고 머리는 말 꼬리처럼 뒤로 묶은 채였다. 스테판 카발랑은 예전에 로큰롤 바닥에서 작게나마 성공을 거두었던 가수 같았다. 이런 비전(祕傳) 치유 쪽으로 전향하기 전에 말이다.

「물론 가능하죠. 믿지 못하시겠어요? 가능하지 않다면 당신이 왜 여기 오셨겠어요?」

나는 계속 그 방을 관찰했다. 조각품들, 특히 중국 전설에 나오는 그 유명한 세 마리 원숭이 조각상으로 눈길이 갔다. 한 마리는 제 눈을 가리고, 한 마리는 제 귀를 막고, 한 마리는 제 입을 틀어막고 있었다.

보지 말 것, 듣지 말 것, 말하지 말 것.

「자, 여기 소파에 길게 누워 보실까요.」

나는 시키는 대로 했다.

「신발 벗으시고, 두 다리를 쭉 뻗으세요. 허리띠는 풀어 놓으시고요. 미리 말씀드린 대로 카세트테이프는 가져오셨죠?」

난 테이프를 그에게 넘겨주고 안경을 벗어 동양제 서랍장 가장자리에 놓고는 소파에 누워 몸을 죽 뻗었다.

「긴 여행 떠날 준비가 되셨나요? 아마 당신 일생에서 가장 대단한 여행이 될 겁니다! 그러니 눈 감으세요. 이제 이륙합니다.」

녹음기 돌아가는 소리가 들렸다. 스테판 카발랑의 목소리가 내게, 우선은 점점 더 깊이, 그다음엔 점점 더 천천히 숨을 내쉬라고 지시했다.

「이제 몸을 느껴 보세요. 몸이 가벼워집니다. 소파에서 붕 떠오릅니다. 계속 올라갑니다……」

나는 천장을 뚫고 올라가 하늘 높이 날고 있었다. 단지 정신의 힘만으로, 공기처럼 가볍고 투명한 형상의 나를 보면서, 사물을 투과하여 하늘을 가르며 올라갔다.

구름 위로 올라가 가장 가까운 해안에 도달했다. 내 마음속 영화 스크린에 절벽이 보이고, 그 너머로 회색, 적갈색, 붉은색으로 얼룩진 하늘이 노란색 반사광을 길게 드리웠다.

이러한 야생의 자연 풍경이 꽤나 희한하다고 생각되었다.

스테판 카발랑이 그 장소와 내 느낌을 아주 세세하게 묘사해 보라고 했다.

회오리치는 에너지의 공간을 발견한 것 같은 느낌이었다. 아이오딘 냄새, 해초 냄새, 톡 쏘는 소금 냄새가 코에 와 닿았다. 바람은 요란한 폭풍으로 바뀌더니, 어느덧 먹먹해지며 잦아들었다. 철썩이는 파도가 물거품 레이스를 단 옥색 너울을 만들었다.

스테판 카발랑은 〈파리에 남은 나〉의 곁에 붙어서서 부드럽고 은근한 음성으로, 그 절벽에서 바다 쪽으로 나 있는 칡덩굴 다리를 떠올려 보라고 했다.

곧 눈앞에 그런 다리가 나타나는 것이 보였다. 다리는 불투명한 구름 속 깊은 곳으로 이어져 저쪽 끝이 보이지 않았다.

스테판 카발랑의 음성이 내게 이 상상의 통로로 나아가라고 했다.

그래서 칡덩굴 다리 위를 걸어가는 내 모습을 떠올렸다. 앞으로 나아가다 보니 그만 안개 속에 폭 잠겨 버리고 말았다. 나를 이끄는 최면술사의 음성이 점점 더 멀리서 들려왔다.

「이 다리 끝까지 가서 만나는 세상이 당신이 가기로 선택한 세상입니다. 그 세상을 찾으면 뭐가 보이는지 말해 주세요. 그 세상이 바로 당신의 영혼이 〈가장 대단한 사랑〉을 했던 곳입니다.」

나는 반쯤은 걱정, 반쯤은 조바심 속에서 그 길을 걸어갔

다. 앞으로 나아가다 보니 밀리, 안개 구름 너머 저쪽에 빛이 보였다.

마침내 자욱한 안개가 걷히기 시작하고 바다, 태양, 그리고 곧 언덕이 하나 보였다. 해변에서 바닷물 속에 발을 잠근 채 서 있는 사람의 윤곽을 알아볼 수 있었다.

「뭐가 보이죠?」

「어떤 남자요.」

스테판 카발랑은 그 남자를 묘사해 보라고 했다.

「피부는 햇빛에 그을리고, 머리는 거의 대머리인데, 관자놀이 쪽에 조금 남은 머리카락은 백발이네요. 파란 연속 무늬가 있는 베이지색 치마를 입었는데, 치마에 터키석들을 꿰매 붙여 놓았어요.」

「그 사람이 누구죠?」

「음, 그러니까…… 저예요.」

내가 대답했다. 비록 내가 그를 바깥에서 보고 있기는 해도, 멀리 있는 그 윤곽이 바로 나의 것임을 알 수 있었기 때문이다.

이제부터는, 세 명의 〈나〉가 공존하고 있었다. 부동자세로 두 눈을 감고 말하는 파리의 나. 절벽에서 출발해 다리를 건너서, 모습은 눈에 보이지 않으면서도 이 새로운 세상을 관찰할 수 있는 나. 마지막으로 섬에 살면서 앞의 두 나의 존재를 의식하지 못하는 나.

「배경엔 무엇이 있죠?」

「야자나무들, 전형적인 열대의 식생이에요. 멀리는 아주 높은 산이 있는데, 정말 멀어요. 날씨는 덥고요. 갈매기들이 날아다니네요.」

「그 남자는 해변에서 무얼 하고 있지요?」

「바닷물 속에 조약돌을 던져 물수제비뜨기를 하고 있어요.」

「그의 마음 상태는 어떻죠?」

마치 질문들이 내게 바로바로 대답을 가져다주는 것 같았다.

「그는 긴장을 탁 풀고 있어요. 릴랙스. 이완되다 못해…… 현기증이 날 정도예요.」

「말하자면?」

「그는 마음의 큰 상처라고는 경험해 본 적이 없는 사람이에요. 이 남자는 갈등과 대립이라는 것을 몰라요. 누가 괴롭힌 적도, 누구를 괴롭힌 적도 없어요. 그는 두려움도, 욕망도, 후회도, 희망도 갖지 않아요. 그저 지금 여기에서 평안하지요. 신경증 같은 것은 그와 거리가 먼 일이에요. 그야말로 건강한 육체에 건전한 정신이에요.」

「좀 더 정확히 말해 주실 수 있나요? 당신이 그에 관해 아는 게 뭐죠?」

「그의 삶은 조용히 흘러갔어요. 부모님의 사랑을 받았고요. 그를 교육한 사람들은 그의 지각과 지식을 함양하기 위한 방편만 제공하고 기다릴 줄 아는 사람들이었어요. 그는 항상 배려심 깊고, 긍정적이고 그를 높이 평가하는 사람들에게 둘러싸여 있었지요. 원한이나 좌절, 복수의 욕심 같은 것은 손톱만큼도 모르는 사람이에요. 그는 완전한 이완 상태예요. 그 말에 아무리 강한 의미를 실어도 도저히 표현할 수 없을 만큼.」

「이름은 뭐죠?」

나는 이름을 알아내려고 애써 보았다.

「모르겠네요. 그가 자신을 생각하면서 자기 이름을 부르지 않으니까요. 그러니 이 질문에는 대답할 수가 없네요. 반면 내게 전해져 온 그에 대한 다른 정보들은 있어요. 그는 나이가 아주 많아요. 겉으로 보이는 모습보다 훨씬 많아요. 예순 살쯤 되어 보이지만, 실제로는 백 살도 훨씬 넘었어요. 어림잡아······.」

나는 충격을 받고 멈칫했다가, 다시 분명히 말하면서 나 자신도 놀랐다.

「이백 살 이상일 거예요······.」

스테판 카발랑은 여전히 중립적인 태도로 나에게 계속해 보라고 했다.

「건강은 아주 좋아요. 근육도 발달했고, 몸은 날씬하고 날렵하고 유연해요. 축적된 지방도 없고요. 어디 한 군데 아픈 데도 없어요.」

이런 말을 함과 동시에 나는 21세기를 사는 나의 삶, 류머티즘, 충치, 감기, 알레르기, 입병, 복통, 결막염, 고막염 등 항상 몸 어딘가에 조금씩은 탈이 있는 나의 삶과 너무 대조적이라는 생각을 했다.

이처럼 스트레스가 하나도 없다는 것이 신기했다. 사람이 이 정도로 평화로울 수 있다는 걸 나는 알지 못했다. 과거 언젠가 이만큼이나 마음이 평안한 사람이 존재했다는 것도 알지 못했다. 이건 거의 이국적인 느낌이었다.

「그는 조약돌을 물속에 던지다 그만두고, 수평선의 태양을 응시하다가, 도시 방향인 듯한 쪽으로 걷고 있어요. 그럴 때도 그의 행동거지는 참 인상적이네요.」

「행동거지가 어떤데요?」

「장중해요. 특히 몸을 꼿꼿이 세우고, 머리를 똑바로 세운 모습에서는 힘과 안정감이 풍겨요. 마치 앞으로 닥칠 그 어떤 일도 두렵지 않다는 것 같아요. 인간이 이런 상태로 있을 수 있다는 걸 나는 미처 몰랐어요. 말문이 막힐 만큼 놀라워요.」

스테판 카발랑은 내가 그 상황에 푹 젖어 있게 놔두었다가 다시 물었다.

「여전히 이름은 모르고?」

「여전히.」

「장소와 시대에 대해 좀 더 알려고 노력해 보세요.」

「……알겠어요. 그러니까, 느껴져요. 그가 해변에 있을 때는 바다를 바라보고 있고, 바다 건너편에 땅으로 된 대륙이 있다는 걸 그는 알고 있어요. 그 땅이…… 지금의 멕시코예요.」

「그럼 지금 그 일이 멕시코에서 일어나고 있나요?」

「아뇨, 멕시코 맞은편에서요. 사실 이 섬은 실제로는 더 이상 존재하지 않는 섬인 것 같아요. 멕시코 맞은편에 있는, 멕시코와 아프리카 사이에 있는 큰 섬요.」

「섬 이름이 뭐죠?」

그건 내 이름과 같다. 나는 내가 살고 있는 나라 이름을 말할 생각도, 〈현재 위치〉라고 표시한 지도나 오늘 날짜가 쓰여 있는 달력을 들여다볼 생각도 하지 않는다. 앞으로 벌어질 이야기를 자리매김하기 위해 장소와 날짜를 알리고 시작하는 것은 영화나 소설뿐이다. 그리고 그 상황에서 내 등장인물이 바라보는 대상 속에 〈당신 이름은 X 혹은 Y〉라고 쓰인 표지판이 없다. 아침에 거울에 비친 자기 얼굴을 보면서 자기 이름과 성을 부르며 인사하지는 않는다. 그리고 자기 자신에 대해 생각할 때는 그냥 〈나〉라고 한다.

「모르겠어요. 여기는 내가 모르는 곳이에요. 지금이 어느 시대인지도 모르겠어요.」

「노력해 보세요. 틀림없이 무슨 징표가 있을 테니까요.」

나는 집중해서 생각해 보았고, 마침내 명확히 말했다.

「이 땅은 한참 후에 〈아틀란티스〉라는 이름으로 불리게 될 섬인 것 같아요. 그 사람은 자기 섬을 생각할 때 그곳을 〈갈〉이라고 부르네요. 아니, 섬 이름은 〈하-멤-프타〉, 그가 사는 도시 이름이 〈갈〉이군요.」

나는 단번에 이 두 지명을 알아낸 것이 몹시 기뻤다.

「어느 시대죠? 시대를 느낄 수 있나요?」

나는 생각해 보고 이렇게 말했다.

「……1만 2천 년 전. 그래요, 1만 2천 년 전 아틀란티스 대륙, 훗날 멕시코가 될 땅의 맞은편에 있다는 게 느껴져요. 내 나이는 이백여든여덟 살이에요. 그리고 나는 이완되어 편안한 남자고요.」

「이 모든 정보를 알아냈는데, 아직도 당신 이름을 모르겠다고요?」

계속 집요하게 물어보는 게 이젠 지겨웠다. 최면술사 때문에 짜증이 나기 시작했다. 나는 그의 다음 질문을 기다렸다.

「당신 이야기 속 그 아틀란티스인의 직업은 무엇입니까?」

나는 숲을 향해 걸어가는 그의 모습을 그려 보았다. 그러자 그가 무엇을 하는 사람인지 느낄 수 있었다.

「그는 의사예요. 하지만 좀 특별한 의사죠. 이 당시의 의사들은 지금과 아주 달라요. 약 같은 것도 없고요.」

「그러면 어떻게 치료를 하죠?」

「두 손을 쓰죠. 진단을 할 때는 손이 〈수신〉 모드가 돼요. 그리고 치료할 때는 〈송신〉 모드가 되고.」

이런 말을 하고 있으니 자연스럽게 내 마음속에 〈그의〉 추억이 샘솟아 났다. 탁자에 누운 한 남자의 몸과 마주한 내가 보였다. 〈그/나〉는 환자의 몸 위로 두 손을 가져갔고, 눈을 감으면서 〈그/나〉는 피부 아래 흰 줄과 붉은 줄들을 마음속에 그려 냈다.

그건 단지 줄이 아니었다. 그것들은 가느다란 관이었고, 그 속으로 하얀 점, 빨간 점 들이 흘러다녔다. 밤에 헤드라이트를 켜고 고속 도로를 주행하는 것 같았다.

나는 환자의 살 깊은 곳에 뻗어 있는 이 망(網)을 보았고 인식했다.

「침술의 경락처럼 말이지요?」

스테판 카발랑이 물었다.

「내가 아는 침술 경락도에 있는 것보다 흰 줄, 붉은 줄이 훨씬 더 많아요. 가지에 가지를 친 복잡한 나무 모양을 한 진짜 망이에요.」

「혈관인가요?」

「혈관보다는 덜 복잡하게 얽혀 있어요. 가느다란 평행선이 아주 많이 있다고나 할까요.」

「그럼 당신은 어떻게 치료를 하죠?」

「그 사람이…… 그러니까 내가 내 에너지를 두 손바닥에 집중시켜요. 그러면 거기서 열기가 나오고 나는 그 열기를 한곳에 모아 이 흰 줄, 붉은 술 위의 꽉 막힌 것이 녹아내리게 만들지요. 보통 나는 병의 증상이 나타나기 전에 치료를 해요. 이 붉은 줄, 흰 줄 속의 순환을 원활하게 해서요. 나는 이 환자에게 바로 이런 치료를 할 준비를 갖추고 있죠.」

「환자는 누군데요?」

「환자는 그, 아니, 나보다 더 작고, 더 뚱뚱해요. 이 사람은 환자일 뿐만 아니라…… 친구예요.」

나는 마치 꿈을 묘사하듯이 말하지만, 사실은 그 장면이 마치 내 눈동자 앞에서 직접 펼쳐지는 것 같았다.

「내가 환자에게 말하고 있어요.」

「그에게 뭐라고 하는데요?」

「단지 에너지의 조화 문제만이 아니라고 말하고 있어요. 문제는 그가…… 변비라는 거예요. 그는 나보고 자기를 치료해 줄 수 있느냐고 물어요. 내가 대답해요. 내 생각에 소화 기관의 두꺼운 관 속에서 원활한 순환이 이뤄지게 하는 최선의 방법은 어쨌든 물을 많이 마시는 것이라고. 음식도 체내에서 순환하는 에너지의 한 형태라서, 물이 들어가면 이 음식 에너지는 창자 속에서 더 잘 돌게 된다고. 그 친구가 내게 말해요. 먹으면서 물을 마시면 안 되는 줄 알았다고. 왜냐하면 그렇게 하면 배가 불러 오고 소화액이 묽어질 것 같아서. 나는 그에게, 아침에 깨면 물을 마셔야 한다고 대답해요. 일어나자마자 물을 마셔야 한다고. 적어도 하루에 2리터는 마시라고. 그렇게 하면 몸속의 독소가 소변으로 배출되는 데도 도움이 된다고.」

「실용 의학이군요.」

「상식이죠. 내가 사람들을 치료하는 방법은 사람들을 느끼고, 사람들의 말을 귀담아듣고…… 그리고 이치대로 하는 것입니다. 이 환자는 물을 마셔야 해요. 그 말을 그에게 해주는데, 동시에 내게 생각이 하나 떠오르네요. 아니, 내가 아니고 〈그〉에게 생각이 하나 떠오르네요.」

「말해 보세요.」

「난 그 환자에게, 어쩌면 그게 우리 시를 위한 해결책도 될 거라고 말해요. 실제로 우리는 쓰레기 문제로 부심하고 있거든요. 원래는 도로 위 한복판에 배수용 도랑이 파여 그리로 쓰레기가 배출되는 거예요. 썩은 것을 먹고 사는 부식(腐食) 동물들이 쓰레기를 분해하는 거죠. 그런데 조금씩 더 더워지면서, 도랑물이 증발해 갑자기 쓰레기가 잘 미끄러져 내리지 못하고 쌓여 썩으면서 구역질 나는 냄새를 풍겨요. 난 그 환자에게 도로 밑으로 〈창자〉에 해당하는 것을 파야겠다고, 그래서 내부에서 물이 잘 흘러 순환하면서 찌꺼기를 실어 갈 수 있게 해야겠다고 말해요. 그렇게 하면 증발할 위험도 없고, 물이 도로 위 한복판 도랑에서보다 훨씬 활기차게 흐를 수 있을 테니까요.」

스테판 카발랑은 관심을 보였다.

「하수도를 발명하는 중이군요, 당신의 그 에너지 학자 겸 의사가 말이죠.」

「내 환자이자 친구인 이 사람은 도시의 기능이 사람 몸과 같다는 생각, 그리고 물이 도시와 사람 몸, 이 두 가지를 다 청소해 준다는 생각을 듣고 재미있어해요. 인간의 창자와 도시의 창자. 그는 이 생각이 아주 훌륭하며, 이 안(案)을 자기가 소속된 현자 위원회에 제출하겠다고 하네요.」

「그는 아틀란티스의 정치인인가요?」

「사실 이 세계엔 징치석인 직분이 존재하지 않아요. 좋은 생각으로 이루어진 공화국이죠. 누구든 아무것이나 제안할 수 있어요. 만약 내게 이 도시를 치유할 좋은 아이디어가 있다면 그걸 제안하면 돼요. 꼭 정치인이어야 할 필요는 없어요. 현자들은 단지 그 안을 표결에 부치고, 구체적인 실현책이 마련되도록 관리할 뿐이죠.」

이런 말을 하면서, 인류 정치사에서 내가 아는 그 어떤 것과 비교해 봐도 완전히 이색적인, 새로 알게 된 이 체제가 감탄스러웠다. 선의에서 나온 선언은 많고 많았지만, 내가 알기로 어떤 현대 국가도 이렇게 시민 각자의 창의성을 과감히 채택하고 후원한 예가 없었다.

「아틀란티스에는 정부가 없나요?」

「현자들은 집단 결정을 내리기 위해서 있는 거지만, 그들이 지도자는 아닙니다. 게다가 경찰도, 군대도, 주인도, 노예도, 하인도, 노동자도 없고, 우리는 정말 모두 평등해요.」

「그러면 누가 통치하죠?」

「〈일반의 이익〉이라는 개념이 통치하죠. 우리는 항상 집단 이익을 인지하고 있어요. 마치 우리 위에 떠 있는 구름처럼. 아는 사람이 모르는 사람에게 정보를 주지요. 능력이 있는 사람이 필요한 사람을 돕고요.」

「그 아틀란티스 의사에 대해 더 이야기하도록 합시다. 그에게 위대한 사랑의 이야기를 다시 떠올리게 하려던 참이었잖아요.」

「그는 자기 도시로 돌아갔어요.」

「〈갈〉로요?」

「그는 갈시의 대로를 걷고 있어요. 여전히 인상적인 그런

위엄을 갖추고 있어요. 내가 그의 입장이 되어 잘 느낄 수 있어요. 산뜻한 느낌, 고요하고 충만한 느낌 같아요.」

「뭐가 보이죠?」

「3층짜리 건물들요. 다른 건 안 보여요. 벽은 베이지색이고, 창틀은 둥글고, 창유리는 없어요. 건물들이 해변에 쌓은 모래성처럼 지어진 것 같아요. 음악이 들리네요, 하프 소리가. 사람들이 이야기하는 소리도 나고요. 길에선 몇몇 사람들이 나를 알아보고 웃으며 인사를 건네요.」

「아틀란티스 사람들은 옷을 어떻게 입었나요?」

「나처럼, 베이지색 의상을 푸른 터키석으로 돋보이게 한 여름옷 차림이에요. 사람마다 옷의 장식 구멍이 다르네요. 색깔이 다른 게 아니고 옷의 장식물들이 달라요. 여자들은 머리 모양이 아주 복잡해요. 머리를 여러 갈래로 땋아서 보석으로 고정했어요.」

「계속해 봐요. 모든 걸 다 묘사해 보세요. 길은 어때요?」

「보도(步道)가 없어요. 문은 나무 문이고 잠금장치는 전혀 없어요. 녹색 식물들이 담쟁이처럼 창문으로 늘어져 있어요. 한 번도 맡아 보지 못한, 무슨 향인지 모를 향내가 나요. 향신료 같아요. 해 질 녘 노을빛이 벽에 어룽지면서 분홍색을 띠었다가 다시 연보랏빛으로 변해요. 이런 일몰은…… 어째서 해 지는 풍경에 내가 매혹되는지 모르겠어요. 나는 걸음을 멈추고 해가 지는 걸 오래 바라봐요. 지는 해의 빛깔이 내게 무한한 만족을 안겨 줘요. 살아 있다는 게, 여기 있다는 게 행복하게 느껴져요.」

스테판 카발랑의 음성이 더욱 재촉하는 목소리가 되었다.

「속도를 좀 올려 봐요. 아틀란티스에서 있었던 당신의 사랑 이야기로 가봅시다.」

「난 이 영화를 빨리 돌릴 줄 몰라요. 영화는〈제 나름〉의 속도로 돌아가고 있어요. 이 각성몽은 내가 통제하는 게 아니에요.」

내가 말했다.

「그렇다면, 당신이 산책의 목적지에 도착할 때까지 기다려야 하니까, 음…… 당신은 오늘 나와 약정된 치료 시간 내에 사랑했던 사람을 만나게 해달라고 했잖아요. 그 사람을 만나기 전에, 말하자면 당신이 이미 결혼한 몸이었는지 말해 줄 수 있나요?」

「하-멤-프타에 결혼 같은 것은 있지도 않아요.」

「그럼 당신에게〈공식적인 여인〉같은 건 있나요? 함께해서 아이도 낳을 수 있는 그런 여자 말입니다. 당신이 이백여든여덟 살이라는 연로한 나이인 걸로 보아…….」

「아닌 게 아니라, 내 나이가 많다는 게 나의 여자 관계를 이해하는 데 결정적이겠지요. 사실 나는 한 번도 결혼한 적이 없지만 이백여든여덟 살 먹을 동안 같이 산 여자는 많았지요.」

「애인 말인가요?」

「그런 개념도 마찬가지로 이곳에는 없답니다. 아무도 누구에게 속하지 않아요. 심지어 일시적으로라도 말이에요. 우린 모두 자유로워요. 우린 본능적인 감정으로 인해 가까워지거나 멀어지지만, 우릴 붙들어 놓는 것은 아무것도 없어요. 그러니까 소유도 없고, 질투도 없지요. 나는 많은 여자들과 사랑하면서 발견하고 경이로워했던 추억이 있어요. 그게 다예요.」

「그럼 아틀란티스에서 한 쌍은 어떻게 살아가나요?」

내 마음속에 수많은 답변이 즉각 떠올랐지만, 나는 가능한 한 간략한 답을 했다.

「양쪽이 함께하고 싶은 시간만큼 함께 살다가, 헤어지고 싶을 때 헤어지죠. 이런 말이 있어요. 〈사랑의 부재가 우리를 갈라놓을 때까지 우리는 하나다.〉 둘 중 하나가 싫증 났을 때, 부부 싸움을 하거나 몰래 바람을 피울 필요가 없어요. 굳이 설명하거나 자기 합리화를 할 필요 없이 거기서 그만인 거지요.」

「그게 그렇게 간단한가요?」

「물론이죠. 한 쌍이 만나 함께하는 건 즐겁고 행복하려는 목적에서예요. 둘 중 한 사람에게 더 이상 즐거움도 행복도 없다면 헤어지는 거죠.」

「그럼 아이들은요?」

「나는 다섯 아이를 두었어요. 하-멤-프타에서는 아이를 많이 낳지 않아요. 아주 오래 살기 때문이죠. 내 아들딸들은 대부분 백 살이 넘었지요……. 가장 나이 어린 애가 일흔 살이에요. 자식들과 나는 함께 살았지만 어떤 자식도 이제 나를 기다리지 않아요. 그들은 그들의 삶을 사는 거죠. 어떤 자식은 내가 양육했고, 또 어떤 자식은 그 애들의 엄마가 길렀어요. 내게는 애들이 필요로 할 때 의식주를 해결해 줄 의무만 있지요. 나는 자식들에게 자립적으로 사는 법을 가르쳤어요. 이제 내 자식들은 모두 자립했습니다.」

「그래도 어쨌든 당신의 자녀들이잖아요.」

「그래서요? 아무도 누구에게 소속되지 않아요. 내가 내 정자로 아이들을 만들었다고 하여 그들에게 행사할 무슨 권리가 있는 건 아니죠. 내가 애들 엄마들의 성기에 내 성기를 집어넣었다고 하여 내게 그녀들에 대한 권리가 있는 것도 아니고요. 그 여자들도 마찬가지로 나에 대한 권리가 없지요.」

나의 마지막 대답에 그는 당황하는 듯했다.

「이백여든여덟 살이면 수많은 경험을 해볼 만큼 해본 나이잖아요. 만약 당신이 이백여든여덟 살까지 살 수 있다면 아마 당신도 똑같은 이야기를 할 겁니다. 다만 요즘 세상에선 사람들이 너무 일찍, 백 살도 되기 전에 죽기 때문에 이런 걸 〈경험적으로〉 추론해 낼 시간이 없을 뿐이죠.」

최면술사는 재빨리 다음 말로 이어 갔다.

「좋아요. 그 〈이름 모를 아틀란티스인〉은 도시로 돌아가는 길에 어디까지 와 있죠?」

「선술집 앞에 와 있어요. 불이 환히 켜져 있고 안에선 사람들이 이야기를 하고 있네요. 입구에는 구슬로 만든 주렴이 쳐져 있고요. 지금 내가 들어가요. 손님이 많네요.」

「지금은 무얼 하죠?」

「탁자 하나를 골라서 자리에 앉아요. 다들 떠들고 있어요. 몇몇 사람이 내게 인사를 해서, 나도 답례로 인사를 해줬어요. 종업원이 마실 것을 한 잔 갖고 오네요. 지금 맛을 보고 있어요. 음료수에서 꿀맛이 나는군요. 꿀물 같은 건데, 알코올은 안 들어 있어요.」

「좋아요, 그런데 당신의 연애담은요?」

스테판 카발랑이 조바심하면서 반복했다.

「뭔가 일이 일어나요. 방금 불이 꺼졌어요. 하지만 선술집 저 안쪽의 무대엔 불이 켜져요. 모두 입을 다물어요. 나도 입을 다물어요.」

「뭔데요? 무슨 일이죠?」

「그녀예요.」

「그녀라니, 누구?」

「〈문제의 그녀〉요. 마침내 그 여자가 나타난 거예요. 처음엔 등만 보여요. 그러다가 이쪽으로 돌아서고, 그녀 모습을 볼 수 있어요.」

「어떤 모습을 하고 있나요? 그녀의 직업은 뭐죠?」

「춤추는 여자예요. 무대에 서 있어요. 그녀의…… 그녀의 드레스는 베이지색 천 조각들로 뒤덮여 있어요. 춤을 추기 시작하네요. 매우 관능적인 춤이에요. 그녀는 신들린 듯하고, 춤추는 기쁨에 완전히 사로잡혀 있어요. 끝에는 모두가 박수를 치고, 그녀가 인사를 해요. 나도 박수를 힘차게 치고 있어요.」

「그녀는 어때요?」

「놀라운 여자네요.」

「좀 더 정확하게요. 머리는 갈색, 금발, 빨간색? 키는 큰 편, 보통, 작은 편? 눈은 파란색, 밤색?」

나는 무대를 응시했다.

「정말 굉장한 여자예요. 마술 같아요. 그 여자 안에서 빛이 나오는 것 같아요. 박수갈채가 오래 계속돼요. 난 매혹에 빠져 있어요.」

「갈색 머리? 금발?」

「키는 작고, 갈색 머리, 장난기가 많아 보여요. 심장 언저리에 등대가 달려 있기라도 한 것처럼 생명의 에너지가 빛으로 뿜어져 나와요.」

「그 아틀란티스 선술집의 상황은요?」

「사람들이 모두 일어서자, 그녀는 나를 봐요. 그녀의 눈길이 내게 꽂혀요. 순수한 열기의 빛이죠. 그녀는 눈부셔요. 선술집 전체가 환해져요. 사람들은 다시 자리에 앉아서 술을 마셔요. 그녀가 무대에서 내려와 내 쪽으로 오네요.」

나는 입을 다물고, 숨을 멈추고, 기다렸다.

「어떻게 된 거죠?」

스테판 카발랑이 재우쳐 물었다.

「그녀가 내게 말을 해요. 내가 누군지 안다고 하네요. 자기는 학생이라고 하는군요. 나의 〈치유술〉을 자기에게 가르쳐 주었으면 한대요.」

「멋진 표현이군요.」

「그녀는 자기 손의 수신 감도를 올리고 싶어 해요. 내가 대답해요. 연습을 하면 완벽해질 거라고. 하지만 그녀가 이미 갖고 있는 것을 깨닫도록 돕고 싶다고. 그녀는 내게 어떻게 그리 신속하게 진단을 내릴 수 있느냐고 물어요. 그것은 단지 직관이라고 나는 대답해요. 누구나 자연히 아는 거지만, 자신의 진정한 느낌에 귀를 기울이는 습관을 잃어버린 거라고. 자신의 지성을 침묵시키고 순수 직관이 말하게 해야 한다고. 남들의 몸을 이해하려면 자기 자신의 몸에 물어봐야 한다고 설명해 줘요. 그녀는…….」

「그녀는 뭐요?」

「아무것도 아녜요. 우린 단둘이 밤길을 걸어요. 이 시각 갈시의 도로엔 인적이 없어요. 달빛만 우리를 비춰 주고, 멀리서 매미 소리가 들려요. 그녀에게서 풍기는 향내가 아주 좋아요. 그녀는 타고난 우아함을 지녔고 생생한 에너지를 뿜어내서 곁에 있기만 해도 나 역시 시원해져요. 갑자기 그녀가 내 손을 잡아요. 난 거북해하네요.」

「거북하다니요? 왜요?」

「나이 차이 때문이죠. 그녀는 25세, 난 288세. 그녀는 내가 거북해하는 것을 이해하고, 그걸 부드럽게 무마하려고 최선을 다하네요. 그녀는 내 손을 더 꼭 쥐어요. 그리고 나를 멈춰 세워 벽에 기대서게 해요. 나를 뚫어지게 바라보더니 손으로 내 두 눈을 가리고 내게 입을 맞춰요. 난 겨우 입을 조금 벌려요. 그녀는 좀 더 깊은 키스를 하려고 해요. 그녀의 빛이 내 안으로 들어와요. 몸속에서 눈부신 빛이 계속 나와요.

난 너무 성급하게 진도가 나간다고 말하고 싶지만, 감히 그러지 못해요. 그래서 난 그녀의 욕망과 소통 에너지에 그냥 몸을 맡겨요. 그녀는 내 눈을 가렸던 손을 떼어 내요. 난 그녀를 자세히 보고, 너무도 멋지다고 생각하죠. 웃을 때 두 뺨에 파이는 보조개며……」

「그러고요?」

스테판 카발랑은 마음이 동요되어 작은 소리로 물었다.

「그녀는 우리 집까지 바래다주겠다고 해요. 그래서 우리는……」

「우리는 뭐요?」

「……우리는 사랑을 나눠요.」

이어지는 섬광처럼, 나는 내 몸 위에 있는 그녀를 본다. 나는 위를 보고 누워 있고, 그녀는 내 성기를 축으로 삼아 그 위에 앉아 있다. 그녀는 춤을 춘다. 몇 분 전 선술집 무대에서 추던 것처럼. 그녀가 내게 공연을 해주는 건 똑같은데, 단지 내가 무대가 된 것만 다르다.

그 옛날의 체험을 재현하게 되니 내 안에서 엔도르핀의 물결이 확 돌며 퍼져 갔다.

「그래서, 무슨 일이 일어나죠? 아틀란티스 여인은 뭘 하고 있죠?」

최면술사가 물었다.

「웃어요.」

「〈하면서〉 웃나요?」

「그래요, 성관계를 하면서 이렇게 즐거워하는 사람은 처음 보았어요. 그녀 땀 냄새가 느껴져요. 모래와 사탕수수가 섞인 냄새. 아니면 백단 냄새라고 할까요. 특이한 향내예요. 그녀의 환한 웃음과 땀 냄새가 더없이 고상한 감각을 촉발해요. 우리의 흰 에너지 선이 있는 대로 어울려 공명하네요. 우리는 머리 둘에 팔 넷, 다리 넷이 달린 하나의 존재가 되어 버리고, 이 융합은 완벽해요. 우리 두 빛의 혼합은 각각을 단순히 합한 것보다 한층 더 밝은 광채를 발해요. 1+1=3인 거죠. 우리는 〈승화〉되었어요. 오늘날의 어떤 존재도 체험하지 못하는 황홀의 순간이에요.」

최면술사의 목소리가 이상해졌다.

「아? 그 정도라고요?」

「내겐 아주 새로운 일이에요. 이런 상태가 존재할 수 있다는 걸 어떻게 알 수 있겠어요? 이렇게 품격 높은 사랑이? 그런 다음 모든 게 멎어요. 난 그녀의 나이 때문에 여전히 좀 난처해하며, 완전히 긴장을 풀지 못해요. 이번에는 내가 웃음을 터뜨려요. 사실은 나를 비웃는 거죠. 난 내가 어린애 같아요. 그녀가 나를 다시 태어나게 한 거죠. 바로 그게 그녀가 가진 능력 중 하나예요. 그녀는 너무도 강렬한 생의 에너지와 빛을 뿜어내기 때문에 나를 회춘시킬 수 있는 거예요.」

「그녀 이름이 뭔데요?」

나는 이름을 알아내려 애써 보았다. 그녀의 얼굴을 그려 보고, 그녀의 향내를 맡고, 약간 새된 그녀의 음성을 듣고, 그녀의 웃음을 인식할 수 있었지만, 그녀의 이름은……. 그건 나 자신에 대해 그랬던 것처럼, 내 마음속에서 나는 그냥 〈나〉이고 그녀는 그냥 〈그녀〉일 뿐이다. 나는 그녀를 이름으로 부르지 않는다. 그러므로 그녀의 이름을 모른다.

「사랑을 나눈 뒤로, 그녀가 달리 보여요. 그녀는 삶의 원천이에요. 그녀는 치료약이고요. 그녀는 멋진 공연이고, 그녀는 예술 작품이에요. 그녀가…… 내 척추뼈를 환하게 밝혀 주었어요.」

「좋아요. 그다음엔?」

그가 약간 짜증스럽게 말했다.

「며칠 뒤, 그녀는 내게 굳이 자기 부모를 만나야 한다는군요. 그녀의 부모님을 만나서 나는 그분들이 우리의 관계를 탐탁잖아 한다는 걸 느껴요. 저녁을 먹은 뒤 그녀에게 그렇게 얘기하자, 그녀는 나를 선택한 건 자기니까, 만약 부모가 우리에게 장애가 된다면 다시는 부모를 안 보겠다고 해요.」

「딱 부러지는군요.」

「누구에게 속한 사람은 아무도 없어요. 정말로 그녀는 부모 곁을 떠나 우리 집으로 왔어요. 놀랍게도 그녀는 살림에도 실용적인 지혜가 있어요. 물건들을 어떻게 놓아야 조화로운지 그런 걸 잘 알아요. 음식도 맛있게 해주고요. 항상 웃고 노래하고……. 그녀는 너무도 행복해 보여요.」

「그 아틀란티스 사람은 이 여자 전에도 많은 여자를 알았겠죠.」

「그래요. 하지만 누구에 대해서도 이처럼 진한 감동을 느낀 적은 없었어요. 그녀와 나는 마술 같은 하나를 이루어요. 같이 있으면 우리는 우리의 저녁 시간을 가득 채우는 기막힌 뭔가를 할 수 있어요……. 별나라 여행이라고 할까. 우리는 함께 육체를 벗어나요. 우리 영혼의 투명한 껍질은 계속 나란히 있고, 우리는 이렇게 벽과 천장을 뚫고 지구 위로, 우주로 여행할 수 있어요. 우린 심지어…… 아! 이건 정말 전설 같은 일인데!」

「뭔데요?」

「우리는 구름 위, 대기권과 허공을 가르는 경계에까지 이르러요. 일단 이 경계를 넘어서니, 시간의 리듬이 달라져요. 마치 과거, 현재, 미래가 세 층으로 중첩되어 하나의 덩어리가 된 것 같아요.」

최면술사는 비전의 세계에 입문한 사람인데도 적응이 잘 안 되는 모양이었다. 그는 더 이상 이해하지 못했다.

「그런데…… 그러고요?」

「뭐, 갈에는 수세식 화장실이 건설되었지요. 도로 한복판에 있던 도랑들은 사라졌어요. 멀리 있는 산에서는 연기가 나기 시작했어요. 화산이었죠. 우리는 아들 둘을 두었어요. 큰애는 강건한 성격을 타고난 독립적인 아이였어요. 배를 타고 항해하면서 〈하-멤-프타〉 밖에 있는 야만인의 땅을 발견하고 싶어 했지요.」

「그거 좋네요.」

「아니, 그리 좋지 않아요. 오히려 걱정스럽죠. 현자 위원회에서 큰 논쟁이 벌어졌어요. 여길 떠나 멕시코나 아프리카 연안까지 가 닿은 우리 탐험가들 대부분이 원주민들에게 적대적인 대접을 받았어요. 그들은 학살당했어요.」

「항해자들이 자기방어를 안 하나요?」

「무기가 없어요. 이미 우리 배 여러 척이 청년들의 시신을 가득 싣고 돌아오는 걸 보았지요. 현자들은 서로 물어요. 〈우리 자식들을 이렇게 계속 보내서 죽음을 당하게 해야 하나?〉 몇몇 사람들은 아니라고 생각해요. 또 몇몇 사람들은 무기를 갖춰서 보내야 한다고 해요. 또 어떤 사람들은 결국 야만인들이 우리를 죽이다 지치고 말 것이라고 해요.」

「그럼 댁의 장남은요? 그의 생각은 어떻죠?」

「그는 어떤 경우에도, 어떤 희생을 치르더라도 계속 야만인 나라로 가서 그들을 도와야 한다고 주장해요. 당사자들이 싫어하더라도 말이에요.」

「그런데 당신은?」

「나는, 나야 물론 우리 자식들을 죽음이 확실한 길로 보내는 일을 그만둬야 한다는 편이죠. 우리 큰아들과 이것 때문에 논쟁을 하곤 하죠.」

「그럼 〈부인〉은 어떻게 생각하시죠?」

「그녀는 다음 세대를 믿어야 한대요. 우리 큰아들이 어떻게 제때 행동할지를 알 거라고.」

「그럼 작은아들은요?」

「그 애 역시 항해를 해요. 하지만 첫째보다 위험한 도전은 덜 하죠. 말수도 적고요. 큰애는 보통 동쪽으로, 아프리카 쪽으로 떠나는데, 둘째는 서쪽으로, 멕시코 쪽으로 떠나요. 둘 다 그곳에 가서 피라미드를 세우고 싶어 하죠. 두 아들은 그 생각만 해요.」

「피라미드라고요? 피라미드는 뭐 하게요?」

「원격 소통을 좀 더 쉽게 하려고요.」

「아틀란티스에 피라미드가 있어요?」

「물론이죠. 아, 내가 이 말을 깜빡 잊고 안 했군요. 이 도시 동쪽에 커다란 피라미드가 있는데, 그 덕분에 파동을 송수신할 수 있어요.」

「파동이라면, 전파요?」

「아뇨, 〈우주의 파동〉이죠. 우리의 거대한 피라미드는 〈송수신〉 안테나예요. 이걸 다르게는 어찌 설명할 수가 없군요. 그 피라미드가 소중한 파동들을 수신하고 송출하지요. 이 파동들이 우리가 천체 여행을 할 수 있도록 돕는 거예요. 하지만 설명하긴 좀 복잡하네요. 말하자면…….」

「미안하지만, 이야기를 오래 했지요. 테이프가 다 되었어요. 속도를 좀 높여 주시겠어요? 항해사인 아들 둘을 얻은 그 사랑 이후에는 무슨 일이 있었죠?」

「대재앙.」

「대재앙이라면, 어떤 재앙?」

「큰 파도가 닥쳐온다고 사람들이 알렸을 때, 우리의 문명은 끝이로구나 하는 걸 알았어요.」

「대홍수인가요?」

내 마음속 스크린에 다시 이미지들이 떠올랐다.

「어떤 사람들은 공황 상태에 빠지고, 어떤 사람들은 배에 기어오르려고 해요. 다행히 우리 아들 둘은 오래전부터 먼바다에 나가 있었어요. 일주일 전부터 내가 아내에게 떠나자고 했지만 아내는 나와 함께 그냥 이곳에 있겠다고 했어요. 당시 아내 나이가 마흔여섯 살쯤 되었을 때인데, 하나도 변하지 않았죠. 여전히 우아하고, 부드럽고, 한없이 이해심 많고,

강렬한 빛을 뿜어내고. 그녀는 아주 용한 의사가 되어 있었어요. 얼굴도 전혀 변하지 않아, 여전히 술집 무대에서 춤추던 모습 그대로였고, 그녀에 대한 나의 감정 또한 변치 않았지요. 난 항상 그녀를 사랑하고, 갈수록 더 사랑했어요. 만나던 첫날보다 훨씬 더.」

「다른 이야기로 새지 마세요. 대재앙 이야기를 하고 있었잖아요.」

「우린 해변으로 가요. 모두들 뛰어 달아나고, 외치는 소리, 부르는 소리가 들리고, 어떤 사람들은 배로 기어오르려 하고, 식량 자루를 나르기도 해요. 우리는 짐도 싸지 못했어요. 우리는 바다를 바라보고 앉았어요. 서로 손을 잡고. 이것이 우리가 함께하는 삶의 마지막 순간이란 걸 알아요. 세상에서 가장 사랑하는 사람과 함께 죽음을 기다린다는 것은 이상한 일이에요. 멀리서 다가오는 죽음이 우리 눈에 보여요. 다가오고 있어요.」

「뭐가요? 누가?」

「파도가요. 세찬 바람이 느껴져요. 바람이라기보다는 차디찬 공기의 부르짖음 같아요. 파도에 밀린 공기가 다가와요. 바닷물 위로 어마어마하게 높은 벽이 미끄러져 와요. 초록색 벽 꼭대기엔…… 갈매기들, 갈매기들이 물고기를 낚아채고 있어요. 강력한 회오리가 치면서 물고기들을 물 벽 위의 하얀 파도 꼭대기까지 밀어 올려 튕긴 거예요. 그다음에 소리가 나요. 우르릉대는 천둥소리가 우리 발 아래의 땅에 그대로 반향을 일으켜요.」

「무서워요?」

「난 이 종말을 받아들였죠. 거부할 때 무서운 법이죠. 난 평화로워요. 내 동족과 함께, 내가 이 생에서 가장 사랑한 사람 곁에서 숙는 건데요 뭐. 삶은 정말이지 한순간에 멈춰야 해요. 내 나이 삼백 살이 넘었는데……」

「그래서, 그〈엄청난〉파도가 닥쳐와서요?」

스테판 카발랑이 다시 화제를 제자리로 돌려놓았다.

「……파도가 점점 더 커지다 보니 하늘을 덮어 어두워졌어요. 그녀와 나는 계속 손을 잡고 있어요. 이제 더 이상 해가 안 보여요. 어마어마한 파도. 그것이 천천히 다가오니 놀랍더군요. 차갑고 짠 바람이 불어와요. 파도가 몇백 미터 앞까지 왔을 때, 추워서 이가 딱딱 맞부딪치고, 하늘과 땅이 똑같은 심연의 굉음을 내면서 진동했어요.」

「그래서요……」

매초가 매분으로 늘어났다. 응고된 듯한 새로운 시간의 궤도. 그런데 점점 더 조바심을 내고 있는 저 최면술사와 이런 느낌을 어떻게 공유할까? 그녀의 손 안에서 바르르 떨리는 에너지를, 우리 아들들은 멀리 다른 곳에 안전하게 있다는 것을 아는 만족감을 그에게 묘사할 수 있으면 좋으련만. 진동하는 땅의 느낌을 그에게 전해 주었으면 싶은데. 숨도 못 쉬게 날리는 모래 먼지도. 우리를 둘러싼 공포의 비명도. 나는 그녀를 바라보았다. 바르르 떨리는 그녀의 눈두덩이 이렇게 말하고 있었다.

〈모든 게 다 괜찮아요. 우리가 할 수 있는 일은 다 했고, 이제 나머지는 순리대로 될 거에요.〉

「파도가 우리를 덮쳐요. 나는 그녀의 손을 더욱 꼭 쥐어요. ……그녀의 마지막 말이 들려요.〈우리 곧 다시 만나요.〉」

이 표현이 너무 생뚱맞았는지 최면술사는 거의 웃음을 터뜨리려 했다.

「〈곧 다시 만나요〉라고요?」

「그래요, 그녀가 마지막으로 한 말이 바로 그거예요.」

「그다음엔? 파도는요?」

「……파도, 파도는 마치 손가락이 달린 것처럼 우리를 거머쥐어요. 우리는 빨려 들어갔다가 다시 튕겨 나와 물 벽에 부딪혀, 그 물 벽을 뚫고 지나가는데 물 벽에 닿으니 얼어붙을 것 같아요. 세탁기에 들어가서 막 사정없이 후려침을 당하며 사방으로 돌려지듯이 그렇게 휩쓸렸어요. 하지만 나는 내가 사랑하는 여자의 손을 놓지 않아요. 나는 눈을 감아요. 눈을 다시 뜨니, 모든 게 차츰 고요해져요. 우린 수면 밑으로 멀리 내려와 있는 것 같아요. 여기선 햇빛이 아주 미미한 빛에 지나지 않아요. 옆에 있는 그녀를 보니 그녀도 나를 보는 것 같은 느낌이에요. 숨이 막히면서 내 몸뚱이가 버둥대고, 짠물로 가득 찬 내 허파는 작동을 멈추는 걸 여전히 거부하고 있어요. 하지만 나는 확실히 느껴요. 난 생을 마무리하는 이 최후의 느낌 역시 받아들였어요. 의식을 잃는 순간에도 내 손은 그녀의 손을 꽉 쥐고 있어요.」

나는 입을 다물었다.

스테판 카발랑이 반응을 보이기를 기다렸지만, 그는 아무 말도 하지 않았다.

테이프는 끝까지 다 돌아가서 탁탁 소리만 내고 있었다.

마침내 최면술사가 입을 열었다.

「이제, 아까 칡덩굴 다리로 다시 가보세요.」

〈그/나〉가 다시 〈나/그〉가 되었다가 그냥 〈그〉가 되는 순간은 끔찍했다.

바닷물 속에, 다른 시체 곁에서 빙빙 도는, 사지가 탈골된 그의 시체가 멀리 보였다. 함께 있으니 이 두 시신은 음양의 상징 같았다. 대양에서 빙빙 돌며 헤엄치는 두 마리 물고기 같았다.

나의 시야는 점점 더 끝없이 멀어져, 마침내 수면을 치고 공중으로 치솟아 올랐다. 마치 한 마리 새처럼, 용암을 뿜어내는 활화산의 공격을 받고 물에 잠기는 〈하-멤-프타〉 섬을, 물속에 완전히 잠겨 촛불 꺼지듯 훅 꺼져 버릴 때까지 응시했다. 그러자 부글거리며 이는 오렌지 빛의 노란 물거품과 엄청난 연기가 물 밖으로 솟아올랐다.

세상이 끝나는 순간을 지켜보는 매혹을 떨쳐 버리고, 나는 몸을 돌려 예의 그 칡덩굴 다리로 돌아올 수 있었다.

「아까 출발했던 절벽까지 걸어가세요.」

스테판 카발랑이 내게 지시했다.

나는 출렁거리는 다리 위를 걸어, 수평선 쪽에 시선을 두고 앞으로 나아갔다. 잠시, 뒤로 돌아가고 싶은 마음이 들었지만 이제 그리로 가봐야 물투성이 세상과 둥둥 떠다니는 시체들밖엔 아무것도 날 기다리지 않으리라는 걸 알고 있었다.

한 발 한 발 내디디며, 나는 지난 생의 두 아이, 그 사랑에서 태어난 아들들을 다시 생각했다.

〈그들은 살아남았어. 그들은 나중에 《하-멤-프타》의 지식을 멕시코와 아프리카에 전파하려고 노력하게 될 거야. 어쩌면 큰아들이 결국 피라미드를 세웠는지도 몰라.〉

절벽이 나타났다.

하늘이 달라져 있었다. 검정과 청색이 섞여 아롱지고 있었다. 최면술사의 지시대로, 나는 화강암 절벽에서 이륙하여, 어둡고 구름 낀 하늘로 올라가, 현재의 세계로 날아왔다.

나는 파리 방향으로 날았다. 곧 에펠 탑이 보였다. 몽마르트르 언덕의 사크레쾨르 성당도 보였다.

「내가 0을 세면 눈을 떠요. 그 전에 뜨면 안 돼요. 자, 숫자를 세겠습니다. 10, 9, 8. 손가락을 움직여 봐요. 7, 6, 5. 두 다리를 움직여 봐요. 4, 3, 2, 1, 0. 눈 떠요.」

나는 천천히 눈꺼풀을 들었다.

「그래서요?」

「그래서라니, 뭐가요?」

「어땠냐고요.」

「다시 거기로 돌아가고 싶어요.」

「안 돼요. 오늘은 이걸로 됐어요.」

원숭이 세 마리 조각상이 나를 마주 보았다.

말하지 말 것, 듣지 말 것, 보지 말 것.

이런 체험을 하고 나서 무슨 말을 할까?

「기막힌 체험이었어요. 고맙습니다.」

「정말 아름다운 연애 이야기였어요.」

〈아름다운 연애 이야기〉라고? 말이란 어쩌면 이다지도 체험을 축소해 버릴 수 있는 걸까! 나는 〈위대한 사랑〉을 체험했는데. 우주에서 가장 놀라운 여성과의 사랑을. 그리고 우리의 사랑은, 전생의 마지막 순간까지 순수한 황홀 그 자체였는데.

「괜찮아요?」

그가 흘긋 나를 살피면서 물었다.

「괜찮아요. 그저 조금…… 뭐랄까, 우울한걸요. 내 전생의 그 남자가 체험한 행복과 이완을 현생에선 결코 겪어 보지 못할 겁니다. 하지만 그런 일이 있을 수 있었다는 것은 알겠네요. 그리고…… 이센 알겠네요. 이랬을 때 왜 그토록 물을 무서워했는지 말입니다.」

스테판 카발랑은 씩 웃으며 마치 내가 난파됐다 구조된 사람인 것처럼 내 어깨를 한 번 탁 쳤다.

「음…… 5백 프랑입니다.」

그가 말했다.

「수표도 되나요?」

「아뇨, 현금만 받습니다.」

그는 〈카르마 여행을 체험한 벅찬 마음을 차분히 가라앉히라〉며 뜨거운 녹차 한 잔을 내주었다.

나는 걸어서 집으로 돌아왔다. 오는 길에 센 강의 강둑 부근에서 한 아이가 강물에 돌을 던져 물수제비뜨기 놀이를 하는 것을 보았다. 열 살쯤 되어 보이는 남자아이인데 조그만 여자아이에게 이 기술을 가르쳐 주었고, 여자아이도 따라 해보았지만 잘 못했다. 남자아이는 여자아이에게 잘난 체하며 조약돌을 어떻게 쥐어야 하는지, 손목을 어떻게 비스듬히 틀어야 하는지 설명했다.

나는 생각했다. 〈하-멤-프타〉에서 있었던 이 1만 2천 년 전의 전생 이야기가 그저 내 상상의 소산인지, 아니면 내 무의식 저 밑바닥에 새겨진 진짜 기억인지 나로서는 결코 알 수 없을 거라고. 하지만 기이하고 부정할 수 없는 사실이 하나 있으니, 그건 이 최면 치료를 받는 동안 내게 떠오른 그 숱한 정보들과 세부 사항들이었다. 소설을 쓰면서는 각 장면을 불러오기 위해 내 상상에 기대지 않을 수 없었다. 상황들, 얼굴들, 의복들, 색깔들, 단어들을 애써 찾아야만 했다. 그런데 거기서는 모두 게 즉각 떠올랐던 것이다.

나는 손에 쥔 카세트테이프를 보았다.

여자아이에게 물수제비뜨는 법을 가르쳐 주는 남자아이를 바라보았다.

나는 스테판 카발랑에게 다 말해 주지 않았다. 그는 지나치게 안달했었다. 안 그랬다면 그 술집의 접시마다 어떤 음식이 담겨 있었는지, 얼굴 하나하나, 옷 한 벌 한 벌, 길 하나하나, 집 한 채 한 채, 이런 것을 모두 자세히 묘사해 줄 수도 있었을 텐데 말이다. 만약 그것이 완전히 상상으로 지어낸 세상이라면 어떻게 그리도 정확히 투사할 수 있단 말인가?

여자아이가 마침내 물수제비를 퐁 퐁 퐁 세 번 뜨는 데 성공했다. 남자아이는 잘했다고 칭찬해 주었다.

그들은 행복해 보였다.

나에게는 이루어야 할 아주 힘든 일이 남아 있었다. 지금은 사라진 섬, 종말의 파도 앞에서 1만 2천 년 전 잃어버린 그 놀라운 여자의 영혼을 다시 만나는 일이었다.

내 머릿속에 그녀의 마지막 말이 맴돌았다.

〈우리 곧 다시 만나요.〉

감사의 말

리샤르 뒤쿠세, 프랑수아즈 샤파넬페랑, 렌 실베르에게.

클로드 를루슈, 막스 프리외, 제라르 암잘라그, 카린 르페브르, 실뱅 팀시트, 로르 팡텔, 알렉스 자프레, 보리스 시륄니크, 장모리스 벨레슈, 로익 에티엔, 바네사 비통, 카린 델가도, 리샤르 뢰벤, 셀리그, 도미니크 샤라부스카에게.

내가 매일 아침 글 쓰러 가는 우리 집 근처 카페에. 특히 녹차와 포도빵과 생수 한 잔을 웃으며 갖다 주고, 노트북 컴퓨터와 자료들을 놓으려고 테이블 두 개를 차지하고 앉은 나를 그냥 내버려 두는 카페 종업원 피에르, 세바스티앵, 다비드, 세드리크에게.

〈있을 법한 과거〉의 이야기들을 쓰도록 내게 영감을 준 실제 인물들에게.

이 작품들을 쓰면서 들은 음악은 다음과 같다.

마이크 올드필드의 앨범 「Music of the Spheres」.
아카이브의 앨범 「You All Look the Same to Me」.
알렉스 자프레, 로익 에티엔의 「우리 친구 지구인Nos

amis les terriens」(베르나르 베르베르 감독) 오리지널 사운드 트랙.

클린트 맨셀의「샘The Fountain」오리지널 사운드 트랙.

대니 엘프먼의「은손의 에두아르Edouard aux mains d'argent」와「빅 피시Big Fish」오리지널 사운드 트랙.

뱅상 바기앙의 전곡.

베토벤의 전곡.

또한 던도타, 로저 워터스, 핑크 플로이드, 피터 가브리엘, 제너시스, 머릴리언, 피시, 필립 글래스, 토머스 뉴먼.

웹사이트: www.bernardwerber.com

옮긴이 **임희근** 서울대학교 불어불문학과를 졸업하였으며, 프랑스 파리 제3대학에서 불문학 석사, 동 대학원에서 박사 과정을 수료하였다. 현재 전문 번역가이자 출판 기획 번역 네트워크 〈시이에〉 대표로 일하고 있다. 논문으로 「장 지오노의 소설 공간」, 「플로베르의 『감정 교육』에 나타난 소설 공간」 등이 있고, 옮긴 책으로는 앙리 프레데리크 블랑의 『저물녘 맹수들의 싸움』, 『잠의 제국』, 에밀 졸라의 『살림』, 다니엘 페낙의 『독재자와 해먹』, 앙드레 고르의 『D에게 보낸 편지』, 오노레 드 발자크의 『고리오 영감』, 아티크 라히미의 『인내의 돌』, 스테판 에셀의 『분노하라』 등이 있다.

파라다이스 2

발행일	2010년 3월 22일	초판 1쇄
	2012년 1월 15일	초판 42쇄
	2012년 4월 20일	신판 1쇄
	2023년 12월 30일	신판 8쇄
	2024년 10월 20일 신판 2판 1쇄	

지은이 베르나르 베르베르
옮긴이 임희근
발행인 홍예빈
발행처 주식회사 열린책들

경기도 파주시 문발로 253 파주출판도시
전화 031-955-4000 팩스 031-955-4004
홈페이지 www.openbooks.co.kr 이메일 literature@openbooks.co.kr

Copyright (C) 주식회사 열린책들, 2010, 2024, *Printed in Korea.*
ISBN 978-89-329-2475-5 04860
ISBN 978-89-329-2473-1 (세트)